忌木のマジナイ

作家・那々木悠志郎、最初の事件

阿泉来堂

角川ホラー文庫
22971

目次

前日

二杯目のコーヒーはすっかり冷めきっていた。

ろくに甘みを感じないそれで唇を湿らせ、私は問いかける。

「それで、次の取材はどこへ行かれるんですか？」

向かいに座る男はどこか芝居じみた仕草で肩をすくめ、片方の眉を軽く持ち上げた。

「道東のある地域に有名な湖があってね。そこのキャンプ地のそばに、一晩で住民が全滅した集落跡地というのがあるらしいんだよ」

「一晩で住民が……なんだか恐ろしい場所ですね」

眉をひそめた私に対し、彼は嬉々とした表情を浮かべてうなずく。

「ああ、そうなんだよ久瀬くん。ロケーションとしては最高なんだがね。問題はその地で語られる怪異譚が、私を納得させるだけのものとなり得るかという点だよ」

「那々木先生なら、きっと恐ろしい怪異譚を見つけ出せるはずです」

だといいんだが、とその男——那々木悠志郎は自嘲気味に口元を歪ませた。彼は私の所属する出版社から十数冊の小説を刊行しているホラー作家であり、私は彼の担当編集者だ。

私が彼の担当になったのは、この春に今の部署に異動してきてからのことで、実質、まだ数週間しか経っていない。それまで私は文芸誌の部署で雑誌の編集をしていた。もともと、本を作りたくて入社した私にとって、現在の編集部に異動できたことはまさしく幸運といえた。苦節六年。ようやくやりたい仕事に全力で取り組むチャンスに恵まれ、勢い勇んだ私はまず、担当する那々木悠志郎の刊行作をすべて読破した。だが正直な感想をいうと、少しばかり拍子抜けしてしまったのである。

那々木悠志郎の著作は、毎回様々な怪異が登場するスタンダードな、悪く言えば古めかしくもあるホラー小説。北海道の各地に彼自身が足を運び、怪異について調査する傍ら、凄惨(せいさん)な事件に巻き込まれるというものである。特徴として、作中にも那々木悠志郎なる人物が登場し、主要人物と関わりながら、怪異の起源や成り立ち、性質を推察し、生き残る手段を講じるというスタンス。エンタメとして悪くはないし、それなりの人気を博してはいるけれど、まだまだ一部のコアなファンにしか受け入れられていない。ほとんどが初版どまりだし、一般的な知名度も低い。旅先の書店などに足を運ぶと、彼の著作を置いていないこともしばしばで、そういう時、那々木はどこへ行く時にも持ち歩いている自著にサインをして、強引に書店に押し付けてしまうらしい。そのことで、何度か編集部宛にクレームが来たことがあるという。

そんな那々木悠志郎の作品に対して私が個人的に感じたのは、『自らの体験をベースにしたフィクション』という設定に対する胡散臭さであった。

彼の小説に登場する怪異はどれも荒唐無稽であり、単なる幽霊や怨霊の類とは大きく一線を画した、いわゆる化け物ばかりなのである。読む側として、そんなものがあたり前に存在する世界観というものにリアリティを感じられないし、本当の体験だと言われても、はいそうですかと信じられるわけもない。要するに安っぽく感じてしまうのだ。

「それで、出発はいつですか？」

「ああ、二時間後のフライトだよ。戻りはいつになるかはわからないが」

「そうですか。ところで先生、新作の原稿はいつ頃見せていただけます？」

水を向けると、那々木は少し考え込むような仕草で息をつき、軽く首を傾げた。

「今度の取材次第だから、今すぐに答えるのは難しいな」

「当社としましては、秋ごろの刊行を目指してスケジュールを進めたいのですが……」

ちら、と窺うと、那々木は難しい顔をして黙り込んでいた。普段、注意して見ていなければ感情を表すことがないので、この反応は珍しかった。

繰り返しになるけれど、那々木悠志郎の作品は熱狂的な一部のファンには好評なのだが、あまり大衆受けは狙えない。ゆえに知名度も知れている。彼自身そのことは理解しているようだが、だからといって作風を変えるつもりはないらしく、出会った相手が自分のことを知らないと、目に見えて不機嫌になり、これまた強引に自著を押し付けようとする。相手からすればはた迷惑な話だが、自著に対し絶対的な自信を持っているという点に関しては、見上げたものがある。

しかしその一方で、彼には刊行ペースが非常に不安定という欠点もあった。怪異譚を求めて各地に足を運ぶという習性からか、連絡が一切通じない時期が多々あるという。前任者が急な仕事を任せようと連絡をしても一向に連絡がつかず、忘れた頃に見知らぬ番号から電話が来て、「携帯を壊されてしまってね。いやあ参ったよ」などとのんきにのたまうことも少なくなかったらしい。

締め切りに遅れることもしばしば、ライフワークとする怪異譚蒐集の取材旅行に一年の半分以上を費やしているため、簡単に打ち合わせも組めない。そういう意味で、彼は非常に扱いの難しい作家なのである。

とはいえ、彼の新作を待ってくれている読者はいるし、編集部内にも那々木悠志郎はとてつもない才能の持ち主だと豪語する編集者も若干名存在する。こうして細々とではあるが、シリーズものとして続けていられるのは、『刺さる人間には刺さる』小説を書く那々木の魅力ゆえだろうか。

冷えたコーヒーを流し込み、私はもう一度、内心で嘆息する。

「——続編ではなく、過去に書いたものならすぐに見せられるが」

ふと、思い出したような口ぶりで那々木は言った。

「どんなお話ですか？」

「『崩れ顔の女』の話だ」

端的に告げられた言葉を頭の中で反芻し、私は軽く眉をひそめた。

「崩れ顔の……。それも先生の体験談ですか？」

問いかけると、那々木はずい、とテーブル越しに身を乗り出し、私の顔をじっと覗き込んでくる。生気の感じられない白い肌、怪しげな光を宿す黒い瞳。寒気がするほど整ったその顔に至近距離で見つめられ、私は思わず身を引いてたじろいだ。

「もちろんだ。しかもこれはとっておきでね。私が初めて体験した怪異の物語なんだよ」

「それはとても興味深いです。でも、なぜ今まで発表されなかったのですか？」

半信半疑ではあったが、そのことを表には出さず、先を促した。

「ふむ、実を言うと、デビュー前に書いたまま放置していた原稿でね」

どこか言葉少なげな那々木の様子に微かな疑問を抱いたが、すでに出来上がっているというのなら、こちらとしてもありがたい。

「ぜひ、読ませてくださいませんか？」

テーブルに身を乗り出して問いかけると、那々木は姿勢を正し、優雅な仕草で呑みかけの紅茶を一口含んでから、改めて私を見据えた。

品定めされているような視線を真正面から受けた時、ふと何の脈絡もなく、前任者から言われた言葉が私の脳裏をよぎった。

『――新しい編集者は是非とも久瀬古都美にお願いしたいって、那々木先生がおっしゃってるんだよ。まったく編集者冥利に尽きるなぁ』

嬉々とした口調で呑気に言いながら、前任者は私の肩を叩いた。彼の異動が決まり、担当が変更になると伝えた際、那々木はそう申し入れてきたのだという。私にはその理由が全くもって理解できなかった。

那々木は以前、とある文芸賞のパーティに参加した際、私の姿を一度だけ目撃していたらしく、そのことを理由として挙げていたという。だがその時、私は那々木と話をした記憶もないし、挨拶の一つも交わさなかったはずだ。つまり面識すらもない私をどうして指名してくるのか。その理由がわからない。

経験も実績も前任者には遠く及ばないし、私の他に優秀な編集者はたくさんいる。にもかかわらず、那々木はろくに知りもしない私なんかを指名した。そこにどういう意図があるのかを考えると、光栄に思うよりもむしろ、不信感を禁じ得なかった。

とはいえ、任された以上はやるしかない。きちんと仕事をこなしていけば、いつか那々木の本心も理解できる日が来るかもしれないのだから。

「お願いします。その原稿、私に読ませて下さい」

もう一度繰り返し、深々と頭を下げた。それに対して那々木はしばし黙考。彼の方から話を持ち出してきたというのに随分と煮え切らない態度だった。

「――わかった。あとでデータを君に送るよ」

「本当ですか？　ありがとうございます」

「でも、あまり焦らない方がいい」

そう告げた那々木の表情には、なんとも名状しがたい暗い感情が見え隠れしていた。

「それは、どういう意味ですか？」

問いかける声に、思わず緊張が滲む。

「今ここで詳しく説明するのは難しいんだ。とにかく、落ち着いたら原稿のデータを送る。今度の目的地はそこまで僻地ではないから、取材の合間に連絡も取れると思う。詳しい話はその時にでも」

そうして一方的に会話を終えると、那々木は時計を確認し身支度を整え始めた。詳細を問い詰めたい気持ちはあったが、急いでいる所を無理に引き留めることもできないので渋々、諦めることにした。支払いを済ませ、店の前で那々木と別れる。あわただしく去っていくその背中を見送ってから、私は最寄駅から電車に乗り込んだ。

実をいうと私も、明日から四日間の休みを取って実家に帰ることになっている。

母に会うのは二年ぶりだ。元気にしているだろうか。

車窓に映る自分の顔を見つめる。そこに母の面影を重ね、私はふと、言い知れぬ複雑な思いに駆られた。

一日目

「ただいまー」

玄関の扉を開いて声をかけると、母親が驚いた顔をして居間の方から顔をのぞかせた。

「あら、古都美なの？　ずいぶん早かったわね」

「ちょうどいい時間のバスがあったから」

荷物を下ろし、上がり框に腰かける。母はエプロンで手を拭きながら、ぱたぱたとスリッパの音をたてたてやってきた。

「ああー、疲れた。ねえお母さん、荷物、お茶ちょうだい」

「なによ、帰って来て早々に。荷物、こっちに運ぶわよ」

バッグを手に居間へ向かう母を肩越しに見てから、私は重い腰を上げる。駅からバスに乗れば数十分程度の道程だが、久しぶりの我が家への道のりは思いのほか長く感じられ、疲れからか身体がずっしりと重かった。

見慣れた居間に足を踏み入れると、ふわりと涼しい風が漂う。開かれた窓から抜けていく風が心地よく、汗ばんだ肌を冷やしてくれるようだった。テーブルの上に投げ出された新聞のテレビ欄には、夜に放送されるドラマの部分が赤いマジックで縁取りされていた。

昨年、母は友人との旅行先で車の接触事故に遭い、右脚を骨折した。二か月ほどで完治したのだが、その間の運動不足も相まって、長く勤めていたスーパーのパートを辞めてしまった。以前のように働くのがつらくなったと言っていたが、すでに六十代も後半の母にとって、一日六時間、立ちっぱなしのパートはそもそも限界だったのだろう。

パートの収入が無くても、母一人やっていくには困らない様子だったので、その点は心配していない。ただ、日がな一日テレビを見て過ごすようになると、それはそれで心配になる。だからといってこまめに様子を見に来ることもできないため、暇を見つけて電話しようと思うのだが、忙しい日々にかまけてしまい、それもできずにいた。

「兄さんは元気にしてる？」

「相変わらずよ。この前も下の子のランドセル選びに付き合わされて、デパートを三軒も回ったんだから。どれも同じようなデザインにしか見えないのにねぇ」

「諒太くんがもう小学校？　うわぁー。早いね」

兄の透は富良野市の市役所に勤めており、車で一時間とちょっとでこの町と行き来できる。孫の顔を見せるという口実でこまめに母の様子を見に来ているようで、私としては助かっている。兄の上の子は少年野球チームに所属しており、居間の戸棚にはユニフォームを着た甥っ子の写真が何枚も飾られていた。兄は昔から運動神経が悪く、どちらかというと勉強ばかり頑張っていたから、きっと奥さんの遺伝子が優秀なのだろう。

「お昼は食べたの？　うどんかそうめんでも茹でる？」

「そうめんがいい」

　はいはい、と立ち上がり、台所へ向かう母の背中を目で追う。

　二年ぶりに見る母はほんの少し縮んだように感じられたが、所作を見る限りでは老け込んだ様子はなくて安心した。昔から、じっとしているよりも動いている方が多い人だったから、パートを辞めて一気に老け込んでしまうかと心配していたのだが、今のところはその心配は必要なさそうである。居間を見渡してみても、きれいに片付いていて、埃も目立たない。することがないから常に掃除をしているのだろう。

　出ていった頃と何ら変わりない、時が止まってしまったかのような居間の様子をしばらく眺めた後、麦茶を飲み干して立ち上がった私は仏間に続く襖を開いて足を踏み入れる。便宜上、仏間と呼んでいるが、別に仏壇があるわけではない。ただ、木組みの簡素な祭壇に亡き父の遺影がぽつりと据えられ、線香をたく香炉と蠟燭が一本、そして、大きめの額に入れられたお札と、手のひらサイズの木彫りの彫像が置かれているだけだ。彫像の台座部分には幾何学的な文様が大きく彫り込まれ、同じ図形が額に入ったお札にでかでかと記されている。

　祭壇の前に正座して父の遺影を見つめる。厳格だった父が交通事故で突然この世を去ってから、我が家は様変わりした。父とそりが合わず喧嘩ばかりだった兄はすっかり落ち着き、専業主婦だった母は働きに出るようになった。私は毎日泣いてばかりだったけど、次第に父のいない生活に慣れていった。

「——古都美」

名を呼ばれて我に返る。振り返ると、こちらを覗き込む母の顔があった。

「そうめん、できたよ」

何気ない口ぶりで言った母の顔は、しかしどこかぎこちなく、父の遺影を見つめていた私を責めているかのように感じられた。

「うん、今行くね」

平静を装って返すと、母の顔が向こう側へ引っ込んだ。

咎めるような眼差しを向けられていると感じるのは、今に始まったことじゃない。昔からずっと、母は私をあの目で見ていたんだから。

ちょうど、父が亡くなったあの頃から。


昼食を終えた私は二階の自室に向かった。部屋の中は少しだけ埃っぽくなっていたけれど、使い古された学習机、シングルのベッド、上から二段目の引き出しが重くて開けづらい箪笥など、見慣れた光景を目にすると、やはり心が落ち着く気がした。

荷物を置き、ベッドに寝転んでスマホをいじる。帰る前は久々に中学や高校の同級生と連絡を取ってみようと思っていたのだが、いざその段になると躊躇してしまう。仕事仕事でろくに友人づきあいをしてこなかったから、こういう時に遊ぶ相手の一人も見つからない。恋人でもいれば違ったのかもしれないけど、ここ数年はろくな縁がなかった。

惨めな気分に陥りそうになったところで、ぽろん、とスマホが鳴動した。まさか、と思いながら確認すると案の定、仕事のメールである。

届いたメールは二通。一通は後輩の社員からで、緊急性の低い――はっきり言えばどうでもいい報告だった。後で返信しておけばいい。

そしてもう一通。差出人の名前を見て、私は無意識に上体を起こした。

『例の原稿を送付する。那々木悠志郎』

取材先から送付してくれたのだろうか。添付ファイルには『忌木の呪』とタイトルがつけられている。

「なんて読むのかな、いみきの、のろい……？　まじない……？」

彼の作品らしい、忌まわしげなネーミングに興味がそそられた。

原稿を読むのは休暇を終えてからにしようと思っていたのだが、こうして手元にある以上、読みたいという欲求が抑えられそうもなかった。

メールの文面をスクロールすると、最後に「追伸」の文字があるのに気づく。

『追伸　原稿を読んで何か不可解なことが起きた場合は、速やかに私に報告するように』

持って回ったような言い回しがどこか不気味に感じられた。窓から吹き込む湿り気を帯びた風が、肌をべたつかせる。それはまるで、今この瞬間の私の心境を表しているかのような不快さでもあった。

それでも、抗(あらが)うことのできない感覚に誘われるように、私は荷物の中からノートＰＣ

を取り出して起動し、原稿のデータを開く。

その物語の主人公は篠宮悟（しのみやさとる）という人物で、北海道のとある地方都市の小学校に転校してきた六年生の少年だった——。

第一章

其の一

チャイムの音を合図に授業が終わり、担任教師が教室を出て行くと、篠宮悟は大きなため息を漏らし、両手を上げて軽く伸びをした。

「——ねえねえ、聞いたことある？」

机の中から読み止しの文庫本を取り出し、しおりを挟んだページを開いたところで、二つ後ろの席に座るショートカットの女子が弾んだ声を上げた。

「なになに？　どしたの？」

その傍らに立つポニーテールの女子が目を輝かせて問い返す。

「深山部町の七不思議だよ」

「なにそれ、学校の七不思議じゃなくて？」

「そういう、よくある怪談話とは違うの。この町のあちこちに実際にあるんだよ」

「七不思議がぁ？　そんなの聞いたことないけどなぁ」

ポニーテールの女子が顎に指を当て、小首を傾げた。

別に盗み聞きするつもりはないのだが、二人があまりにも大きな声で周囲をはばからずに喋っているせいで、意識せずとも会話が耳に入ってくる。

「オレも知ってるよ、その話」

「やだ、勝手に話に入ってこないでよ」

割り込まれたことにショートカットの女子——吉川由衣子が不機嫌そうに声を上げる。それをものともせず、割り込んだ坊主頭の松原隆二はつぶらな目を輝かせていた。

「山麓屋敷の『ドレスを着た幽霊』とか、町立図書館の『屍人の本』とかだろ」

「二つしかないじゃん」

ポニーテールの香坂志保が突っ込みを入れる。うっとたじろいだ松原の代わりに、由衣子が話題の主導権を取り戻すみたいにして後を引き継いだ。

「ゴミ山の『山姥』、物見坂の『古井戸』、あと、この学校にある『絆の銅像』と、南城中学校の『グラウンドから生える生首』。そして最後が緑地公園の『呪いの木』よ」

「その公園って、大きな池のある深山部緑地公園のこと？」

「そうそう。その池のそばにある古くて大きな木の下に写真を埋めると、写っている人の所にすごくおっかない幽霊がやって来るんだって。しかも、ただの幽霊じゃなくて『崩れ顔の女』っていう、怨霊なんだよ」

「おんりょう？　なにそれ」

彼女たちを中心に人だかりが増えていく。由衣子の語る怖い話に眉をひそめながらも、怖いもの見たさに集まっている様子だった。

「オレ知ってる！　おんりょうってのは、人を襲う幽霊のことだよ。昨日の『日本怪奇特捜部』で、蘆屋道元が説明してた」

「俺も見た！　あの心霊写真やばかったよな。絶対本物だったたって」

気が付けば、クラスの半数以上がその話題に食いついていた。各々、幽霊は存在するだの呪いは本当にあるだの、蘆屋道元が最強の霊能者だのと、口々に話し始めている。

ちなみに蘆屋道元というのは、最近、心霊特番で人気の霊能者で、かの安倍晴明とライバル関係にあったとされる有名な陰陽師の血を引いているという。悟も何度か番組を見たことはあるが、よくあるインチキの類に違いないというのが率直な感想だった。

この学校の連中は、そうした低俗な娯楽番組がとにかく大好きで、心霊特番が放映された次の日は決まってこんな風に、クラス中がどこから集めてきたのかわからないような怪談話でもちきりになる。

——まったく、くだらない。

内心で呟くと同時に悟は大きく息を吐いた。それから本にしおりを挟み直して閉じ、机の中にしまって立ち上がると、一部を除いたクラスの大半の視線が何故か悟に集中していた。

「おい、なんだよ篠宮。なんか文句でもあるのか？」

真っ先に因縁をつけてきたのは安良沢太一という、クラスの中心人物を気取っている奴だった。

「別にないけど」

「嘘つくなよ。お前いま、嫌味ったらしく溜息ついただろ」

安良沢は背が低いわりに声がでかくて、根拠のない自信に満ち溢れ、そのことをアピールせずにはいられない。つまり典型的な目立ちたがり屋である。

「自分がこういう話を信じないからって、俺たちのこと馬鹿にしてるんだろ」

なまじ的外れでもないので、悟はつい口ごもってしまった。否定しないというこなる。

とは、安良沢の言い分を認めたことになり、すると当然、大勢の顰蹙を買う羽目に

「なにあれ、感じ悪い」

「自分だっていつも気味悪い本読んでるくせに……」

口々に悟に対する批判がこぼれ始める。それについていちいち否定したり文句を言ったりするのも疲れるので、あえて何も言わずにその場を離れ、教室を後にした。

悟は幽霊の存在自体を信じないわけではなかった。死んだ後の人間が何かしらの方法で現世に留まるというのはあり得ることだろうし、悟自身、本でも映画でも、ホラーというジャンルが好きだった。だがそれらはあくまで作り物であり、現実に幽霊が人に危害を加えたりするなんてこと、そうそう起こるものではないと理解している。

そして、作り話だとわかっているからこそ、目をそむけたくなるような描写でも楽しむことができるし、恐怖から逃げずに立ち向かうことだってできる。そうすることでフィクションなんかよりも、もっとずっと最悪な現実を一時でも忘れられる手段になり得るのだ。

悟にとって、ホラーというのはそういうものだった。

放課後、掃除当番を終えた悟が下校していると、後ろから名前を呼ばれた。振り返ると、同じクラスの小野田菜緒（おのだなお）が小走りにやってくる。

「よかったー。追いついた。悟くん、歩くの早いよ」

後ろで一つにまとめた髪の毛は夕日を浴びて栗色に光り、そよ風に後れ毛がふわりと揺れる。小綺麗（こぎれい）な白いブラウスとデニムが清潔感を漂わせ、やや使い古したスニーカーですらも、彼女が履いているとみすぼらしく感じない。悟と比べると頭一つ分くらい背の低い菜緒は、肩で息をしながら隣に並んで歩き出す。

転校してきた当初、彼女とは席が隣同士で、帰る方向も一緒だったため、自然と会話をするようになった。下校時にわざわざ追いかけてきて一緒に帰ったりするのも、この町に来て二か月も経つのに、いまだにクラスになじめない転校生を心配する、おせっかい焼きな性格がゆえだろう。そのことをからかう連中も少なくないが、もともと彼女はクラスメイトたちとあまり親しくしていないようで、気にしている様子もなかった。眉唾（まゆつば）ものの心霊話でバカみたいに盛り上がったりしないことも、ウマが合う理由の一つかもしれない。

とりとめのない話をぽつりぽつりとかわし、傾いた陽光に目を細めながら歩くうち、通りの先に大きな公園が見えてきた。昼間、話題に上った緑地公園である。正式な名称は『深山部緑地公園』というのだが、長ったらしいので単に緑地公園と呼ばれている。悟は毎日、学校帰りにこの公園に立ち寄って、人の往来の少ないスペースにあるベンチで読書をする。菜緒はそんな悟の習性を理解していて、二日にいっぺんくらいの割合で一緒に公園にやってきては読書の邪魔をし、適当な時刻に帰っていく。今日もそうするつもりなのだろう。

ところが、この日はいつも通りの流れにはならなかった。広場の中央にある噴水のそばに、悟らと同じ年ごろの子供たちが集まっている。

「あれって、由衣子ちゃんとか安良沢くんたちだよね。この公園で遊んでるの、珍しいね」

何気ない口ぶりで菜緒がいった。特に何もコメントせず、悟はベンチへ足を向けたが、その姿を目ざとく見つけたクラスメイト達が、あっと声を上げた。

「――おい篠宮」

呼びかけてきたのは、やはり安良沢だった。

「みんなで『呪いの木』の噂を確かめようって話してたんだ。お前も来いよ」

「……なんで僕が？」

そう問い返しただけで、連中の中からクスクスと忍び笑いが漏れてくる。まるで悟が声を発すること自体がおかしくてたまらないかのように。

「お前、こういうの信じてないんだろ。幽霊なんかいないって思ってるんだよな」

「……だったらなんだよ」

「信じてないんなら『呪いの木』にまじないをかけても平気だろ？　試しにやって

みろよ」

安良沢の発言をさも名案であるかのように、周囲の連中が手を叩いて囃し立てた。ひゅーひゅーと口笛を鳴らす者もいる。

「――バカバカしい」

まともに相手にする気になれず、悟は踵を返す。すると即座に安良沢が食い下がった。

「逃げるのか？　やっぱりお前も怖がってんじゃねえか」

「怖がってなんかない。そんな低レベルな遊びに付き合ってられないって言ってるんだよ」

「はぁ？　なんだよ低レベルって。お前、自分がどんだけだと思ってんだ？」

そうだそうだ、とお手本のようなヤジが飛ぶ。すぐ隣の菜緒が、聞こえるかどうかの声で「やめなよぉ……」と訴えかけていた。

「逃げんなよ篠宮。怖くないなら、やって見せろよ」

「それをやったところで僕になんの得がある？　どうして君らを満足させるためだけにそんなことしないといけないのさ？」

「それができたら、クラスの仲間だって認めてやるよ」

安良沢が悟の肩を突いた。痛みはなかったが、そうされたことにいら立ち、悟は我知らず拳を握り締めていた。

「悟くん……」

シャツの袖を引かれて振り返る。菜緒が不安そうに首を横に振っていた。

「ねえ、やめようよ。冗談でもそういうの、よくないよ……」

菜緒は悟の手を強引に引き、半ば引きずるようにして歩き出した。そこで頑なに彼女を拒絶することもできず、悟はされるがままに広場から遠ざかっていった。

「なんだアイツ、女に命令されて言う事聞くとかだっせぇな」

「ていうか小野田も何なんだよ。せっかくいい所だったのによ」

「いい子ぶって邪魔するとかマジでうざい。親が教師だからって調子に乗ってるんだよ」

言い返したい言葉が喉元まで出かかっていた。しかし、菜緒が有無を言わせぬ勢いで腕を引くので、それもかなわない。

言いたい放題のクラスメイト達の声を背中に聞きながら、悟たちは夕暮れの公園を後にした。

其の二

どこで発生し、どういう経緯で広まったのかは不明だが、緑地公園の『呪いの木』にまつわる噂には、かなり多くの人間が興味を示しているらしい。

数日後の昼休み、当番で体育館前の渡り廊下を掃除していた悟と菜緒が、ゴミ捨て場にやってきた時、どこからともなく聞こえてきた話し声。

「――だから、本物なんだって」

「ええ、うそだー。そんなのありえないよ」

「それがありえるんだよ。俺の友達の従兄弟――深山部高校に通ってる柳田って人なんだけど、彼女と一緒に緑地公園の『呪いの木』にまじないをしたんだって」

最初は意識しなかったのだが『呪いの木』の話題だとわかると、つい聞き耳を立ててしまう。見ると、ゴミ捨て場のすぐ脇にある図書室の窓が開いていた。背伸びをして覗き込むと、数人の男女が窓際の席に寄り集まって話し込んでいる。「立ち聞きしちゃダメだよ」と菜緒に言われ、すぐにその場を離れようとした悟だったが、直後に放たれた一言によって思わず足を止めた。

「それがさぁ、その人、死んじゃったみたいなんだよね……」

輪の中心になっているのは隣のクラスの男子だった。彼は身を乗り出し、口の横に手をかざしてひそひそ話をするみたいに声を潜めたが、友人らが完全なる沈黙でもって彼の話に聞き入っていたため、窓の外にいてもその声は聞きとれた。

「自殺したんだよ。その人、二日くらい前に両目を怪我して病院に入院してたんだけど、看護師やお医者さんと話も出来ないくらいにめちゃくちゃな言葉を話したりしてて、とっくにまともじゃなかった」

「どうして？　頭を打ったとか？」

「いや、呪いのせいなんだってさ。『呪いの木』の下に、呪いたい人の写真と自分の写っている写真を埋めて、『イサコオイズメラ』って呪文を三回唱えるまじないをするんだ。すると、それぞれの所に女の幽霊がやってくる。その女の顔はとにかく恐ろしくて、一度見たら絶対に忘れられないんだってさ」

他の男子生徒が「こんな感じの顔かな？」と変顔をしてみせたが、誰も相手にしない。

「じゃあそのおまじないで、気に入らない人の所に幽霊を行かせることができるの？」

「ちょっと待って、それぞれの所ってことは、自分の所にも幽霊が来るってことでしょ？」

「それって自分も危ないじゃん。こわぁい……」

三人の女子たちは揃って自分の肩を抱き身震いする。

「それで、その柳田って高校生は幽霊の顔を見ちゃったの？」

「そういうこと。それからは家族ですら会話が成り立たなくて、何かって言うと『顔が……顔が……』なんて言って怯えたり、暴れたりするようになった。両目の怪我よりも、そっちの方がずっと深刻だったらしい」

「やだぁ。なにそれ……」

「入院先の病院でも手に負えなくて、家族も困っちゃってさ、どうしようかって相談しているうちに果物ナイフで手首を切ったんだって。病室はもう血の海で……」

「やめてよもう。聞きたくないー」

一人の女子が突然立ち上がり、悲鳴じみた声を上げて図書室を出ていった。他の女子もそれを追いかけて行ってしまい、張り切って話していた男子は残念そうにしながら、残りの男子らと一緒に図書室を後にする。壁に張り付くようにして聞き入っていた悟と菜緒も、そこでようやく止めていた息を吐き出した。

互いに顔を見合わせ、やや気まずい調子で乾いた笑いを浮かべる。

「……今の話って、本当かな？」

「何言ってるんだよ。そんなわけないだろ」

やや強引に笑い飛ばした悟に対し、菜緒は真剣な顔をして食い下がる。

「悟くんだって真剣に聞いてたじゃない」

「気になったから聞いていただけだよ。別に信じるなんて言ってないだろ。それに、自殺したって言っても、本当に呪いが原因かも分からないじゃないか」

「それは……」

「もういいだろ。さっさと教室に戻ろう」

何か言いかける菜緒を強引に遮って、悟は歩き出した。

――放課後、帰り支度をしていた悟の前に、例のごとく安良沢が立ちはだかった。

「やっぱり、呪いは本物だったな」

勝ち誇ったかのような表情を前に、悟は無意識に嘆息していた。

「何の話？」

「『呪いの木』の話に決まってるだろ。松原の兄貴の友達がその呪いのせいで死んだんだぜ」

言いながら、安良沢は松原と肩を組んだ。なぜか誇らしげな顔をしている松原が、一緒になって悟をせせら笑っている。先程、図書室で耳にした柳田という高校生は、どうやら松原の兄の知り合いでもあるらしい。

「おい、聞いてんのか？　なんとか言えよ」

安良沢がずいと顔を寄せ、間近に睨みつけてきた。

「呪いが本物だって信じる気になったか？」

「……別に」

無関心な返しが気に入らなかったのか、安良沢はいきなり悟の胸倉に摑みかかってきた。

「お前、まだ信じねーのかよ。だったら、やってみろよ」

「は？　何を？」

「決まってんだろ。『呪いの木』の下に写真を埋めるんだよ。怖くないんだったら出来るよな？」

「興味ないね。そんなことして何になるっていうんだよ」

吐き捨てるように言いながら腕を振り払った直後、安良沢が力任せに悟を突き飛ばした。突然のことに反応できず、周囲の机をいくつか倒しながら、悟はしりもちをついた。まだ教室に残っていた数人の女子たちがキャッと悲鳴をあげる。

「なにかっこつけてんだよお前。チョーシのるなよ！」

唾をまき散らしながら、小さな体を痙攣させるみたいにして安良沢が叫んだ。だが苛立っているのは悟も同じだった。今度こそ我慢ならなくなり、立ち上がった悟が安良沢を突き飛ばすと、安良沢は顔を真っ赤にして飛び掛かってきた。

そこからは無我夢中で、訳が分からなかった。

気が付くと悟と安良沢は駆け付けた教師たちによって引き離されていて、坂井という担任教師の大きな手が悟の肩をがっちりと押さえつけていた。

「やってみろよ！　信じてないならできるだろ！　明日、写真持って来いよな！」

隣のクラスの担任に羽交い締めにされてもなお、安良沢は悟に向かって怒鳴り声をあげ、喚き散らしていた。完全に頭に血が上っている安良沢を冷淡に見つめながら、悟はこの時、やり場のない空虚感に苛まれていた。

呪いの木の下に自分と呪いたい相手の写真を埋めると、それぞれのもとへ女の怨霊がやってくる。そして、その怨霊の顔を見てしまったら、二度と忘れられず、一生怯え続けることになる……？

馬鹿馬鹿しいにもほどがある。根も葉もない噂話も、それを口実に突っかかってくる安良沢に対しても、悟は心の底からうんざりしていた。

「――わかった。やるよ。写真、持って来ればいいんだろ」

悟が溜息混じりに告げた途端、安良沢は「えっ」と驚いたように声を漏らして黙り込んだ。

「なんだかわからんがもうやめろ。とりあえずお前たち、職員室まで来い」

何か言いたげな安良沢を遮ってそう告げた坂井は、他の生徒たちに「ほら、お前らは早く帰れ」と促す。蜘蛛の子を散らしたみたいに教室を出ていくクラスメイト達の中には、こちらを心配そうに見ている菜緒の姿もあった。彼女に対し、なんとなく後ろめたい感じがして、悟は強引に視線を逸らす。

改めて安良沢と向かい合うと、彼はどういうわけか青白い顔をして、言葉を失ったみたいに立ち尽くしていた。

其の三

職員室で坂井に強く注意を受けた後で、悟と安良沢は解放された。

安良沢は連絡を受けた家族が迎えに来ていたらしく、高そうな車に乗り込んで帰っていった。走り去る車を見つめながら、悟は普段よりも数倍重苦しい気持ちで家路についた。

緑地公園を素通りして大きな通りを横切ると、夕暮れ時に活気づく商店街が見えてくる。アーケードに大きく『深山部商店街』と掲げられたそこでは、こぢんまりとした店がいくつも軒を並べ、買い物客でいつも賑わっている。威勢のいい八百屋の大将がメガホンで声を張り上げる姿を横目にしながらそこを通り過ぎ、いくつかの角を曲がってゆるい坂道を上った先の住宅街。その一角に悟の住む篠宮家がある。外観は周囲の家よりも大きめで、門や塀も高く、軒先には監視カメラが設置されている。明らかに他とは違う立派な造りをした篠宮家を前にして、悟は何度目かの溜息をついた。

夕暮れ時の住宅街にはちらほらと帰宅してくるサラリーマンや学生の姿が多く見受けられた。誰もが笑顔というわけではないが、それでも彼らの顔には一日を終えて自宅に帰っていくという安堵の色が見て取れた。

それが普通なのだと悟は思った。世の中の大多数の人間は、家に帰り、家族と過ごすことで安心し、疲れを癒し、とりとめのない話をかわすことで家族の大切さを実感する。そしてまた外へ出かけていくための英気を養うのだ。しかしながら、その普通という枠の中に悟は含まれていない。何故ならこの家は悟にとって……。

「――ちょっと、なにバカみたいに突っ立ってんの。邪魔よ」

鋭く向けられた声によって物思いが打ち消された。振り返ると、セーラー服姿の少女が仁王立ちで悟を見下ろしている。

「あ、ごめん……」

「早くどいてよ。疲れてるんだから」

さもうんざりしたような口調で吐き捨てた少女――篠宮江理香は悟を乱暴に押しのけ、インターホンを三回続けて鳴らした。すぐに玄関扉が開いて、エプロン姿の中年女性が「おかえり」と弾んだ声で江理香を出迎える。江理香の母親、篠宮満里子である。

江理香はうん、と愛想のない返事をして中に入っていく。そのまま扉を閉めようとしたところで悟の姿に気が付いた満里子は、途端に表情を一変させ、憎々しげに鼻を鳴らした。

「そんな所に突っ立っていたらご近所さんに怪しまれるでしょう。さっさと入りなさい」

まったくのろまなんだから。と聞こえよがしに付け足して、満里子は悟が玄関に辿り着くのを待たず、わざと大きな音を立てて玄関扉を閉めた。

学校にいる時とはまったく別種の、絡みつくような嫌悪感が一気に押し寄せ、悟は今すぐどこか遠くへ逃げ出したくなった。

急いで家の中に入り靴を脱ぐ。鼻先にカレーの匂いを感じながら二階に上がり、自室のドアを開いた。一日中締め切られていたせいか、室内からはむせ返るような熱気がここぞとばかりに溢れ出してくる。カバンを置いて、敷きっぱなしの布団に倒れ込もうとしたところで、階下から名を呼ばれた。すぐに降りていくと、リビングのソファに腰を下ろした篠宮道雄が肩越しに振り返って悟をじろりと見た。

道雄は悟の父の従兄弟にあたる人物で、今は悟の保護者でもあった。

「悟、学校の先生から連絡があったそうじゃないか」

開口一番、野太く低い声が威圧的に居間に響く。半ば反射的に下唇を噛みしめていた。

「同級生と喧嘩したって？　何が原因なんだ」

「どうせろくでもない理由に決まってるわよ。相手は安良沢さんのところの次男だっていうじゃない。向こうがクラスの人気者で、友達が多いことに嫉妬でもしたんでしょ」

悟の弁解を聞こうともせず、満里子が横から口を挟んだ。ダイニングテーブルに着いてテレビを見ていた江理香がけらけらと笑う。

「ガキのくせに気味の悪い本ばっか読んでるから友達が出来ないのよ」

クラスの連中に向けられるのと同様の――いや、それよりもずっと強い悪意をその表情や声色、笑い方から感じ取り、悟は胸の奥に鈍い痛みを感じた。

「黙ってないで何か言いなさいな。そうやって反省したフリしていれば、許してもらえるとでも思ってるのかしら」

満里子に続いて、道雄が更に声を低くして悟を糾弾した。

「そうなのか悟。自分から言わなければバレないとでも思ったのか。そうやっておじさんたちを騙そうとしたんだな」

「そういうわけじゃ……」

「言い訳するな！」

立ち上がると同時に、道雄が怒鳴った。周囲の空間がびりびりと痺れるような怒号をまともに向けられ、悟の両足は意図せず震え出す。

次の瞬間、左のこめかみに強い衝撃が走り、悟は床に倒れ込んでいた。

「つくづく根性の曲がった奴だ。見ているこっちが情けなくなる」

衝撃がやがて痛みとして知覚されると、殴られたのだという事実が認識される。意思とは無関係に涙を流し、ぐすぐすと鼻を鳴らす悟を、怒りに支配された道雄の眼が見下ろしていた。殴られたこと自体がショックなのではない。悪いことをしてしまったという罪悪感がそうさせるのでもない。悟はただ、恐怖に震えていた。自分よりも身体の大きな道雄の振るう拳が自分を容赦なく痛めつけ、詳しい事情を知ろうともせず、他人から聞いた話だけで判断を下し、さらには弁解の余地すら与えられないこの状況が、彼は怖くてたまらなかった。

「両親に捨てられてかわいそうだから預かってあげたのに、とんだ問題児じゃない。まったく、あなたの従兄弟はどういうしつけをしてたのかしら」

皮肉たっぷりの満里子に対し、道雄は苦々しい表情をして眉を寄せる。

「そう言うなよ。従兄弟といっても、俺だってあいつとはずっと会ってないんだ」

「だからってどうしてウチで預かることにしたのよ？　あなたどうせ、親戚の前でいい顔したかったんでしょう？」

「誰かが引き取るしかないんだから仕方がないだろう。あいつとその妻が見つかるまでの辛抱だ。それまで悟はうちの子として、我が家のルールに従ってもらわないとな」

説いて聞かせるような口調。しかしそこには、有無を言わせぬ迫力があった。

「ほら、いつまで寝てるのよ。さっさと食器を運びなさい。また何もしないで食事にありつこうとしてるの？」

言葉と一緒に濡れた雑巾が飛んできた。横っ面に張り付いたそれからは、どぶのような匂いが漂ってくる。咄嗟に払い落として満里子の方を見ると、彼女は「まあ！」と声を上げて手にしていた食器を乱暴な手つきでテーブルに置いた。

「いま私を睨んだわ！　まったくどういう神経してるのよ。それがここまでよくしてもらっている恩人に対する態度なの？」

「ちが……睨んでなんか……」

「言い訳する気か！　お前はいったい、どこまで根性がひん曲がっているんだ。そんなことじゃ、将来まともな大人になどなれんぞ」

「だからあたしは言ったじゃない。こんな奴を預かるのやめようって。いっつも暗い顔してさ、こっちまで気が滅入るし」

そこで一旦言葉を切り、江理香ははっと何かを思い出したみたいに顔を上げた。

「ねえ、もうこんな奴ほっといてご飯食べようよ。あーお腹すいた」

彼女は用意されたカレーライスに手をつけ、パクパクと口へ運んでいく。テーブルに載せられたカレーの器は三つ。スプーンも水の入ったコップも三つだけだった。

「そうね。そうしましょ。言っておくけど悟、あんたの分はないわよ。あたしたちが食べ終わるまで部屋で反省でもしてなさい」

「でも僕は……」

「言い訳はやめろと何度言わせるんだ！　さっさと上へ行かないか」

道雄が再び、悟の横っ面をぶ厚い手で張った。焼けつくような痛みに再び涙がこぼれる。悟は重い足取りでリビングを出て階段を上り、自室に入って、後ろ手にドアを閉めた。

――両親に捨てられた。

満里子の声が脳裏をよぎる。その言葉を日常的に浴びせられるたびに、悟の胸はびりびりと音を立てて張り裂けそうになる。

そんなはずはない。仕事ばかりでろくに話もしない父さんはともかく、母さんが自分を捨ててどこかへ行くなんてあり得ない。そう思いたくても、現実問題として容赦なく突きつけられてしまう。ある日突然、なんの前触れもなく家からいなくなった両親。一人残された自分が置かれたこの状況。そして、終わりの見えない日々の暮らし。

どこにも味方なんていない。大人は信用できないし、頼れる相手もいない。まるで、この広い世界にただ一人、自分だけが取り残されてしまったかのような孤独感に打ちのめされ、悟は真っ暗な部屋の隅で膝(ひざ)を抱えて座り込んだ。

其の四

翌日の放課後。いつものように菜緒と下校しようとした悟の前に、安良沢を筆頭とする男女グループが現れ、強制的に緑地公園へと連れていかれた。

「持ってきたんだろうな、写真」

安良沢がなぜここまで悟に執着してくるのか、その理由はさっぱりわからなかったが、こうまでしつこいと、さすがに根負けしてしまう。適当に言う事を聞いて満足させてやるのが一番だと思った。

悟はカバンの中から一枚の写真を取り出し、安良沢に見えるように掲げて見せた。

「――それ、お前の家族か？」

「居候している家の人たちだよ。別に何人写っててもいいんだろ」

写真には篠宮道雄、満里子、江理香の三人が、江理香の通う中学校の校門の前で笑みを浮かべて並んでいた。この四月に江理香の入学式で撮影したものだ。

「人数はともかく、自分が写ってる写真じゃないとおまじないは成功しないよ」

横から吉川由衣子が口を挟む。

「ちゃんと写ってるよ」

端的に言い返し、悟は写真の一部を指差した。篠宮家の三人と少し離れて、校門のそばの塀にもたれかかっている悟の姿が確かに写り込んでいる。

「この写真を埋めたら、お前だけじゃなくてこの家族の所にも幽霊がやって来るんだぞ。それでもいいのかよ？」

安良沢の挑発的な口調に対し、悟は小さく首を横に振った。

「そんなもの、本当に来るわけがないんだから、別に平気だよ」

何か言いたげにしている安良沢の脇をすり抜けて、悟が緑地へと続く遊歩道へ向かおうとすると、安良沢は今思い出したような声で引き留めた。

「そうそう、写真を埋めたあと、ちゃんと『イサコオイズメラ』って三回唱えろよ。まじないが成功したら、『呪いの木』から叫び声が聞こえるんだってよ。日が暮れたら遊歩道は真っ暗になるから、早めに行ってきた方がいいぜ」

「死んだ人たちの顔が浮かび上がるって噂もあるよな」

「あれ、地面から手が出てきて足を摑まれるんじゃなかった？」

「あたしは池の中から女の人が出てくるって聞いたけど……」

誰もが口々に勝手なことを言いだすので、踏み出そうとする悟の足はつい重くなる。

徐々に日が傾き始め、公園内にも闇の気配が漂っていた。安良沢の言う通り、遊歩道はもっと暗いはずである。尻込みする気持ちがないわけではないが、だからといってやめるなんて言い出したら、それこそ安良沢たちの思うつぼだった。彼らは悟を臆病者だと笑い、腰抜けだのなんだのと嘲るに決まっている。ヒーロー扱いしてほしいとは思わないが、ろくに自分を知らない奴らに腰抜け扱いされるのは我慢ならなかった。

ぐっと奥歯を嚙みしめ、歩き出そうとしたその時――。

「悟くん、待って」

面白半分に囃し立てるクラスメイト達を押しのけて、菜緒が駆け寄ってきた。

「あたしも一緒に行く。一人で行ったら危ないよ」

戸惑う悟に言い聞かせるように、菜緒は悟の手を強引に摑んだ。そんな彼女の姿を見て、あからさまな舌打ちをした由衣子が「偽善者」と呟いた。

「それじゃあお二人さん。ごゆっくり」

安良沢が皮肉たっぷりに言い放った台詞(せりふ)に苛立(いらだ)ちを覚えながらも、悟は菜緒のひんやりとした手の感触に意識を向けていた。

深山部緑地の遊歩道は広い敷地内をぐるりと一周する形で延びている。安良沢の言っていた古い木というのがどこかはわからないが、菜緒が池のある場所ならわかると言ってくれたので、まずはそこを目指すことにした。

腐葉土のような柔らかい土の上を歩くたび、靴の下でぐにゃりと柔らかく、やや湿った感触がした。普段なら何も気にならないが、今は目的が目的なだけに、それだけのことがひどく不気味に感じられ、悟は強引に意識を上へ向けた。やはり思った通り、遊歩道は薄闇に包まれていて、深い木々に日光が遮られているせいか、肌寒さすら覚えた。

「なあ小野田、吉川と何かあったのか？」

何気なく問いかけてみると、菜緒は一瞬、表情をこわばらせた。

由衣子は悟だけではなく、菜緒にまであからさまな敵意を向けていた。他の連中と違い、彼女が菜緒に向けるまなざしには、単なる冷やかし以上の何かがあるように感じられる。

「前は仲良しだったんだけどね。色々あって……」

菜緒はそう濁したきり、詳しい話をしようとしなかった。複雑そうな横顔を見てしまっては、悟としてもしつこく食い下がる気になれない。「そうか」と返したきり黙り込んでいると、菜緒はせわしなく周囲を見渡しながら、半そでからのぞく二の腕を軽くさすった。

「ていうか、ここ誰もいないね」

不安そうな声。彼女に倣って周囲を見渡してから、悟はうなずいて見せた。

「本当にあるのかな。『呪いの木』なんて」

「嘘に決まってるよ。いや、まじないをした人が自殺したっていうのは本当かもしれないけど、それが『呪いの木』と関係してるとは限らないだろ。きっと別の理由があったんだよ」

悟が断言すると、菜緒はどこか理解できないという顔をして首をひねった。

「悟くんは幽霊とか信じないの？　いつも読んでる本は怖い話ばかりなのに」

「あくまで作り話として楽しんでるだけだよ。本に書いてあることが全部事実だなんて思わない」

「ふぅん、そういうもの？」

「そうだよ。推理小説好きが、殺人事件が起きるたびに大喜びするわけじゃないだろ？」

そうかな、と納得がいかない様子の菜緒を横目で一瞥（いちべつ）し、悟は軽く溜息をついた。

「結構、距離があるんだな」

特に話題は浮かばなかったが、黙っているよりはましだと思い、悟は独り言のようにつぶやく。

「もう少し先だと思う。前にお父さんと一緒に来た時は昼間だったたし、人もたくさんいたけど」

ふぅん、と相槌を打つと、菜緒は思い出したように問いかけてくる。

「悟くんのお父さんはどんな人だったの？　よく遊んでくれた？」

菜緒には、悟の両親が行方不明であることはすでに伝えてあった。これまで詳しい事情を訊いてきたことはなかったが、内心では詳細が気になっているのかもしれない。

「父親とはあまり遊んだことはないかな」

「そうなんだ。ウチはねえ、いつもお父さんが遊びに連れ出してくれた。お母さんは怪我をしたらいけないからって、あまり外に出るのは良い顔しないんだけど」

「うちの母さんとは逆だね。僕は本ばかり読んでないで外で遊んで来いって言われたよ。そういう母さんの方が、本ばかり読んでて表に出ないんだけどね」

「それじゃあ、読書家なのはお母さんに似たんだね。もしかして、顔もお母さん似？」

おもむろに顔を覗き込まれ、悟の心臓が大きく跳ねた。反射的に歩調を速めて菜緒の視線をやり過ごす。

「――さあね。そっちは？」

「あたしは父親似だって。自分ではよくわからないけど、お母さんには今でも毎日のように言われてるよ。お父さんが出ていってから二年も経つのにね」

少し寂しそうな顔をして、菜緒は自嘲的に言った。どことなく儚げなその横顔を見て、悟は返す言葉を失ってしまった。

ほどなくして、右にゆるくカーブした道を越えると、その先が三つに分かれていた。正面と左の道は同じような遊歩道が続き、右の道はひらけた空間へと繋がっている。少し先に池のようなものがあるのが見えて、菜緒があっと声を上げた。

「あった。あの池だよね」

言うが早いか、菜緒は小走りにかけていく。さっきまでのおっかなびっくりといった歩調とは打って変わって軽やかな足取りだった。

そこは森を一部分だけ切り取ったような空間だった。周囲を背の高い木々に囲まれ、うっそうと茂るそれらによって外界からは完全に隔絶されている。中央の池は、濁った水が風もないのにゆらゆらとたゆたっていた。船を浮かべられるほど大きくはないが、それでも池と名のつくものの中では大きい方だろう。水面を覗き込むと、暗く澱んでいて、気分が悪くなるような臭いがした。じっと見つめていると、深いところで何かが揺らめいているようにも見える。底の方で水草が生い茂っているのだろう。

こういう濁った水の下には大量の藻が繁殖していて、沈んだ死体は二度と浮かんでこない。そんな怪談話を何かで読んだ覚えがあった。悟が今目にしているこの光景は、まさしくそういった状況を想起させた。こうして覗き込んでいると、今にも全身ぐずぐずの腐った死体が浮かんできて、骨だけの手に摑まれ、水中へと引きずり込まれていく……。

そんなとりとめのない妄想も、今は背筋を凍らせるには十分だった。

「ねえ、あれ……」

不意に声をかけられ、悟は顔を上げて振り返る。菜緒が指差していたのは、池の西側にぽつんと生えている大きな木だった。そばに寄って両手を広げてみても、幹の太さには遠く及ばない。あちこちが白く変色し、花はおろか、葉の一枚も残っていない丸裸な所を見る限り、健康な状態とは思えなかった。ほとんど枯れて生気を失っているものの、かろうじてそこに留まっているという感じである。歪に伸びた枝の先は、鋭いかぎ爪のように広げられ、今にも襲い掛かってきそうな雰囲気すら感じさせる。更に周囲の土はでたらめに掘り返され、不自然に盛り上がったりくぼんだりしていた。

「ここ、何か掘り出そうとしたみたい。タイムカプセルとか？」

「いくらなんでも、こんな場所に埋めたりしないだろ」

そうだよね、と菜緒が納得してみせた直後、悟はたまたま覗き込んだ地面のくぼみに白くて四角いものを発見した。屈みこんでそっと手を伸ばす。

「――写真、かな？」

予想した通り、それは四つ折りにされた一枚のスナップ写真だった。慎重に広げた写真を覗き込んだ瞬間、菜緒がひゃっと短い悲鳴をあげる。

「なんだ……これ……」

無意識に悟の口から漏れた疑問は、静寂の中に浮かんで消えていく。

写真には二人の人物が写っていた。一人は学生服姿の男性、そして肩を寄せ合うようにしているセーラー服姿の女性も写り込んでいる。奇怪だったのは、二人の首から上の部分が白く変色し、水気を吸ってぐにゃぐにゃに変形していることだった。

まるで、首から上だけが奇妙に変形してしまったかのように。

「気色悪いな……」

言いながら、写真を元あった場所に戻そうとしたその時、

「待って、ちょっと見せて」

そう言いながら、菜緒は悟の手から写真をひったくった。薄暗がりに眼をこらし、じっと写真を覗き込む。

「どうしたんだよ」

「名前……書いてある……」

菜緒が指差した箇所を覗き込んでみると、確かに、学生服の胸元には名札があり、

『柳田』と読み取れる。同じように、女性の方の胸元には『杉谷』とあった。

「この人たちって、ここに写真を埋めたってことだよね。それで、こっちの男の人が自殺した人と同じ名前ってことは……」

　意味深げに言葉を途切れさせ、菜緒は同意を求めるように真剣な面持ちを悟に向けた。

「やっぱり、呪いは本当にあったんだよ。悟くん、ここに写真を埋めちゃだめだよ。きっと良くないことが起こると思う」

　柳田の写真を手に怯えた表情を崩さない菜緒。喋りながら、その顔はどんどん青ざめていくかのようだった。だが悟はそんな彼女の言葉になど耳を貸そうとせず、写真を見つけたのとは別の、適当なくぼみを見繕って持参した写真を手早く埋めた。それから、安良沢に言われた通り、『イサコオイズメラ』と意味の分からない呪文を三回呟いた。

「悟くん……」

　菜緒は複雑な表情をして立ち尽くしていた。立ち上がった悟は彼女の手から二人の学生が写っている写真をもぎ取って、ズボンのポケットに押し込む。

「小野田は気にしすぎだよ。これで安良沢も満足して、しばらくはうるさいことを言ってこない。だから一件落着――」

　そう、言いかけた時だった。

何の前触れもなく吹きすさんだ一陣の風が悟たちの間を駆け抜けていく。今の今まで風なんて吹いていなかったのに、凄まじい突風が悟たちを容赦なく打ちのめし、そのまま周囲の木々をなぎ倒さん勢いで駆け抜けていった。それと同時に、何か不可解な音がすぐそばから響いてくる。

「これ、何の音……？」

菜緒が声を震わせる。悟ははっとして振り返り、目の前にそびえる巨木を見上げた。

どういう仕組みかは不明だが、ウオオォォ、と断続的に聞こえてくるその音は、どうやらこの木から発せられているようだった。それはあたかも、獰猛な獣の遠吠えのような、あるいは人知を超えた異様な存在が慟哭するかのような、ひどく不気味な響きだった。

悟と菜緒を襲う正体不明の現象はしかし、それだけでは終わらなかった。

……で

バタバタとシャツの裾を揺らす風が収まり、巨木から響いてくるおぞましい音がやんだ直後、ほんの微かに何事かを囁くような声がした。

悟は顔を上げて周囲を見渡した。だがそこに自分たち以外の人影など見受けられず、寒気がするほどの静寂があるばかりだった。

「悟くん……もう行こうよ……」

自らの肩を抱くようにして、菜緒が訴えかけてくる。悟はただ小さくうなずき、無意識に彼女の手を取って足早にその場を立ち去った。遊歩道を抜けるまでの間、背中に言い知れぬ視線のようなものを強く感じたが、決して振り返ることはしなかった。

広場に戻った時、すでにクラスメイト達の姿はなかった。その頃になると、何かに見られているような感覚もなりを潜め、二人とも落ち着きを取り戻していた。それでも、互いに石のように押し黙り、握った手を離すことも忘れたまま、悟と菜緒は逃げるように公園を後にした。

「うん、面白いかも」

第一章を読み終えて、私はＰＣの画面から顔を上げた。

両目の間を指でもみほぐしつつ、強く目を閉じる。じーんと鈍痛に似た感覚が両目の瞼(まぶた)に広がっていく。そのまま伸びをしてベッドに背をもたせかけた。

那々木悠志郎の未発表原稿。滑り出しは悪くない気がする。

クラスメイト達の間で囁かれる深山部町の七不思議。そのうちの一つである『呪いの木』の噂。緑地公園の呪いの木の下に、自分と呪いたい相手の写った写真を埋め、意味不明な呪文を三回唱えると、女の幽霊が襲い掛かって来る。その幽霊は世にもおぞましい顔をしていて、ひと目見ただけで、まともな精神ではいられなくなる。詳しい原因は不明だが、両目を怪我して視力を失うという記述もあった。那々木の小説に登場する怪異らしい、凶悪な設定である。

ちょうど、この年代の子供たちというのは怖い話や怪談話に興味を持ち始める年頃なのだろう。かくいう私もそうだった。根も葉もない噂を真実と思い込み、日が沈むまで遊んだ帰り道には口裂け女や人面犬と遭遇しないかと、怯え半分、期待半分で胸を躍らせたものである。

まだ那々木も登場していないし、最終的にこの物語がどのような着地を見せるのかという点も気になるところではある。『崩れ顔の女』がこの先、大いに暴れてくれるのではないかという期待ができそうだ。

外を見ると、すでに陽が暮れそうになっていた。原稿に熱中するあまり時間の感覚を失ってしまったのだろうか。

階下からは夕餉の匂いが漂ってきて、いい頃合いにお腹もすいてきた。続きは後にして、少し早めにお風呂にでも入ろう。

そう思って立ち上がった時、ふと、壁に掛けられた一枚の写真が目に入る。埃にまみれたフォトフレームを手に取って眺めると、途端に懐かしさがこみあげてきた。私がまだ小さかった頃、家の前で家族で撮影した写真だ。まだ小学校に上がる前の私はやや仏

をしたのだ。頂面をして、父の手にしがみついている。写真を撮る直前に、四つ年の離れた兄と喧嘩

小さい頃は兄と喧嘩したり母に怒られたりすると、いつも父に泣きついていた。父は兄が生まれる頃から女の子が欲しいと言っていたらしく、私が生まれた時はとにかく大喜びだったという。文字通り目に入れても痛くないような可愛がりようだったので、兄はそれが気に入らず、親の目のないところで事あるごとに私をいじめるようになり、ある時なんかは、工作用のハサミで私の髪の毛をバッサリと切り落としてしまったこともあった。

この原稿に登場する小野田菜緒は、父親がいない家庭で母親と暮らしている。その点は私の境遇と似通っていた。もっとも私の方は事故で父を失っているので、単に家を出てしまったのと違い、ある程度の気持ちの整理はついているけれど。

悟の方も、両親に捨てられた――というか行方不明――とあったし、心霊現象に否定的という点も私に似ていて感情移入しやすい。この先、登場するであろう那々木が、悟や菜緒とどのようなかかわり方をしていくのかが楽しみだ。

そういえば、兄の部屋に使っていないプリンターがあったはずだ。まずは原稿を印刷して――とそこまで考えて、私は改めてハッとする。

「これじゃ、仕事してる時と変わらないじゃない……」

一人で苦笑しながら、写真を壁に戻した私は部屋を後にした。

二日目

久々に実家に帰ってきた安心感からだろうか。二年ぶりに自分のベッドで眠りについた私はその夜、長い夢を見た。

その夢の中で、まだ小学生だった私は父に手を引かれていた。大きな広間にひしめく人々の間を、私たちは海を割ったモーゼみたいに進んでいく。

誰もが父を尊敬のまなざしで見つめていた。私はそんな父が誇らしかった。どんな時でも優しくて、力強く私を抱き上げてくれて、危険なものがやってこないように守ってくれる父のことが。母や兄も、きっと同じ気持ちだったはずだ。

でも、あの日以来、すべてが変わってしまった。

場面は変化し、私は父と二人で車に乗っていた。我が家が所有していた古いセダンの車内で、これからどこへ行くのかと問いかける私にまともな返事をせず、いつもと変わらぬ笑みを浮かべる父の横顔。

家を出る直前、何故か泣いていた母と兄。行くなと私の手を摑（つか）んだ兄は、見たこともないような顔で父を睨（にら）みつけていた。

そして、あの事故が……。

再び場面は移り変わり、時は更に遡る。

まだ就学前の私が家の前の路地に座り込んでいる。周りには誰もいない。周囲の家に気配はあるのに姿は見えない。

両手が痛かった。どこかで擦りむいたらしい。膝からは血も滲んでいる。痛くて、一人じゃ心細くて、誰かに気づいてほしいのに誰も気づいてくれない。このままずっと、独りぼっちでいるのだろうか。

悲しくて寂しくて、わんわん声を上げて泣いた。

そんな時、ふっとどこからともなく現れたのは、一人の少女だった。私よりもずっと大きくて、とてもかわいい女の子。赤いランドセルを背負ったまま、私の前に屈みこみ、怪我した手と膝をじっと見つめて、悲しそうに眉を寄せている。

「――もう大丈夫」

女の子はそう言って柔らかく微笑んだけれど、痛みはなくならないし、依然として家族は気づいてくれないままだ。

全然大丈夫じゃない。そう訴えかける私に対して、女の子は笑みを絶やすことなく、白くて指の長い手をそっと持ち上げ、私の手に重ねる。

「大丈夫だよ。おまじない、してあげるから」

おまじない？

「そう、世界で一番、優しいおまじない」

その言葉と、女の子の表情を前にして、私の涙は自然と引っ込んだ。

不思議なことに、胸の辺りがポカポカしてくる。

「――――」

女の子が、私の手を握って何かを囁いた。すると、痛みが驚くほど和らいでいく。

抱えていた不安が嘘のように消えて、じんわりと温まっていく心と身体。

「ほらね。もう大丈夫だよ」

顔を上げた私を優しく見下ろす少女。その時になってようやく、彼女が誰なのかに気がついた。そうだ。近所に住むお姉ちゃんだ。いつもこうやって、私を優しく慰めてくれたお姉ちゃん。幼い私にとって、父の次に心の支えになってくれたお姉ちゃん。

姉のいない私にとって、彼女は憧れの人だった。彼女のようになりたいと、暇さえあれば後を追いかけていた。そんな私を邪険にすることなく、いつも優しく笑ってくれた彼女のことが、私は大好きだった。

それなのに、彼女はある日突然、何の前触れもなく私の前から姿を消した。それ以来、姿を見ることはなかった。まるで、最初からその存在自体が幻であったかのように。

一階に降りたところで、居間から出てきた母と鉢合わせした。

「やっと起きたのね。死んだように眠っていたから、心配しちゃったわよ」

「うん、久々にゆっくり寝れた」

壁掛け時計を見ると、すでに十時半をまわっている。昨日はそれほど夜更かしをしたというわけではなかったのに、こんな時間まで寝たのは本当に久しぶりだった。

目が覚める瞬間まで見ていた夢の内容が、やけに印象に残っていた。あの事故と、近所に住んでいた女の子の夢。この二つを同時に見たことに、何かひっかかるものを感じる。それが具体的に何なのかは、はっきりとはわからないけれど。

「お母さん、出かけるの？」

「ちょっとね。お隣の米谷（よねや）さんと富良野まで行ってお買い物よ。夕方までには帰るわね」

ふぅん、と返しながらソファに寝転んで、テーブルの上にあったバナナに手を伸ばし、皮をむいて齧（かじ）りつく。

お隣の米谷さんは、私が中学に上がる頃に隣の家に引っ越してきた家族で、私と同級生の息子さんがいる家庭だった。その頃すでに母子家庭だった我が家とは、単なるお隣さんとしての関わりしかなかったが、母親同士は妙に気が合うらしく、互いに子供の手が離れた今では、週に何度も一緒に出掛けたりするほどの仲だという。

「朝ごはん、何か作ろうか？」

「ううん、大丈夫。気をつけて行ってきて」

居間を出て行く母を見送ろうとしたところで、ふと思い当たる。

「ねえ、お母さん、私が小さい頃、お隣さんって別の家族が住んでたよね？　女の子いたでしょ。私より少し年上の」

「うーん、いたかしらねぇ」

振り返った母が首をひねり、何故そんなことを聞くのかと不思議そうな顔をする。

「いたよ。ほら、お父さんとお母さんが集会で遅くなる時なんか、ずっと遊んでくれてたんだよ」

夢で見た光景が脳裏をよぎる。優しく笑う当時の少女の顔が、今でも鮮明に思い出せた。

「よく覚えていないわねぇ。それがどうかしたの？」

母が怪訝な顔で覗き込んでくる。その顔にどことなく影が差したように感じられるのは、私の質問のせいで父の事故のことを連鎖的に思い出してしまったからかもしれない。やはり、この話題は未だにデリケートな問題となって私たちの心に澱のようにたまっているようだ。

「――ごめん、いいの。気にしないで」

これ以上、無意味にぎくしゃくするのが嫌だったので、私は意識して明るい声を出し、作り笑いで誤魔化した。

「変な子ね。まだ寝ぼけてるのかしら」

「そうかもしれない。もう一回寝ようかな」

「やめなさい。ちゃんと朝食食べるのよ」

母は苦笑しながら、ひらひらと手を振って玄関を出ていった。

適当にテレビを見ながらトーストを二枚食べて、自分の食器を片付けた私は、改めて居間を見渡した。この機会に家事でもして母を喜ばせようかとも思ったけれど、埃一つ落ちていない。どこもかしこも整理整頓されていて小綺麗なものである。洗濯物は少し溜まっていたが、慣れない洗濯機を使いこなす自信がないのでやめておく。

結局、何をするでもなく自室に戻ってきた私はスマホでメールチェックを済ませ、ノートPCを起動し、兄の部屋に置きっぱなしの古いプリンターで那々木の原稿を印刷した。

窓から吹き込んでくる生ぬるい風を肌に感じながら、プリントアウトした原稿に目を落とす。

さて、次は第二章からだ……。

第二章

其の一

　翌朝、悟がいつものように通学路を歩いていると、住宅地の一角に人だかりができていた。

　道幅の狭い路地をせき止めるみたいに救急車が停まっていて、その周辺に大勢の通行人や近所の人々が集まっている。救急隊員が携帯電話で搬送先を探しているらしく、かなり大きな声で問答している。思わず足を止め、その様子を遠目に眺めていると、人だかりの中からふらりと現れた菜緒が「おはよう」と声をかけてきた。

「これ、何の騒ぎ？」

「あたしも今来たばかりだから……」

　菜緒が首をひねったところで、騒ぎの中心となっている家の玄関扉が開き、救急隊員が担架に乗せた女性を運び出してきた。

「いぃやあああああ！　やぁあああああああ！」

　ガラスをひっかいたような金切り声が轟き、周囲の人々は一斉に息を呑む。

「やめてぇ！　来ないでぇー！　えぇぇああああああ！」

　パジャマ姿の女性は救急隊員に両腕を押さえられながらも、その身体をのけぞらせ、これでもかとばかりに大きく開いた口から、およそ人のそれとは思えぬような奇声を発していた。

　女性の顔には赤く染まったガーゼが固定され、包帯でぐるぐる巻きにされている。尋常ではない量の血がガーゼから染み出し、顔や衣服を赤々と濡らして地面にまで滴っていた。

　その場に居合わせた誰もが女性の異様な姿にどよめき、恐れおののいている。そんな中、悟は人垣の中に紛れた一人の男に目を留めた。スーツ姿ですらりと背が高く、不健康なほどに青白い顔をした男だった。不安そうに顔をしかめたり、目を背けたりしている野次馬たちの中でただ一人、食い入るような視線を女性に注いでいる。女性がそんな状態にあることを不思議がりもしない。ともすれば、当然のことのように見つめているのだ。そんな雰囲気を醸し出す男に対して、悟は異様な不気味さを感じずにはいられなかった。

　女性を乗せた担架は玄関前から救急車へと運ばれていく。太いベルトのようなもので担架に身体を固定されているにもかかわらず、女性はなおも激しく暴れていて、救急隊員は三人がかりで彼女を救急車に運び込んでいた。そして耳障りなサイレンを響かせ、野次馬たちに見送られながら、救急車は走り去っていった。

　騒ぎが収まったのを見届けて散っていく人波。口々に何やら話している彼らの会話から、「自殺未遂ですって」「こわいわねぇ」といったやり取りがかすかに聞き取れた。

朝から嫌なものに遭遇してしまった。そんな風に感じながらしばし呆然としていた悟は、突然、横からぶつかられてよろめいた。

「――おっと、すまない。大丈夫だったかい？」

そこで二重に驚いた。ぶつかってきたのがさっきの男だったからだ。悟が何度かうなずいてみせると、スーツ姿のその男はやや安堵した表情を見せ、口元にわずかながら笑みを浮かべた。その表情からは、苦しむ女性を見ていた時の鬼気迫るような迫力は欠片も感じられなかった。

そうして立ち去っていく男の背中を見送った悟は、女性の家をじっと見つめている菜緒に向き直る。

「小野田、早く行こう。このままだと遅刻しちゃうよ」

菜緒は答えない。ショッキングな光景が頭から離れないのか、あるいは恐怖で足が固まってしまったのか。

もう一度声をかけてみると、彼女は首だけをぐるりと悟の方に向けて、

「これ……」

短い言葉と共に、その家の表札を指差した。そこには、『杉谷』とある。

はじめは訳が分からず戸惑った悟だったが、やがて彼女が言わんとしていることに気付き、ズボンのポケットを探って指先に触れたものを引っ張り出す。昨日、あの『呪いの木』の下で見つけたカップルの写真を入れっぱなしにしていたのだ。

制服姿の女性の名札には、やはり『杉谷』と記されていた。

「さっきの女の人、その写真に写ってる人だよね？」

確かめるような菜緒の口調にうなずく一方で、答えのない問いかけが悟の脳内を覆い尽くしていた。

写真の二人は何故、首から上だけが白く変色しているのか。あの女性は何故、顔から大量に血を流していたのか。我を失い、金切り声を上げて叫び続けていたのは何故なのか。

彼女はいったい、何から逃れようとしていたのだろうか……。


案の定、教室内は今朝の話題でもちきりだった。

いくつかに分かれたグループが各々、同じ話題で盛り上がり、教室はかつてないほどのざわめきで溢れている。

その中でも、特に目立っているのが安良沢の率いるグループだった。彼を中心に一つの大きな輪をつくり、得意顔から繰り出される言葉に、誰もが真剣に耳を傾けていた。

「だからさ、自殺した柳田って高校生の恋人が病院に運ばれたんだよ」

「その人も自殺未遂なんでしょ？　やっぱり呪いは本当だったってことだよね」

「当たり前だろ。二人ともまじないをしたせいで幽霊に襲われたんだ。『崩れ顔の女』に会って、顔を見ちゃったんだよ」

「うそー、見たら目が潰れるってやつ？　こわーっ！」

「だからその女の人、顔に包帯してたんだよ。私、運ばれていく時に見たもん」

周囲からわっと声が上がる様子を満足げに眺めつつ、安良沢は鼻息を荒くしていた。

そんな連中をかき分けるようにして悟が自分の席に座ろうとすると、ふいに安良沢と目が合った。その途端、安良沢の顔に挑発的な笑みが宿る。

「そういえば俺たち、次に襲われるのが誰かってことも知ってるんだぜ」

安良沢は聞こえよがしに大声でのたまう。周囲の生徒が歓声に似た声を上げた。

「そうだよな、篠宮？　『呪いの木』の下に写真埋めてきたんだろ？」

その場にいた全員――それこそ、会話に参加していなかった他のグループの人間すらも、一斉に悟の方へと視線を向ける。悟は思わず生唾を飲み下した。

「……埋めたけど」

答えると同時に、クラス中が一斉にどよめく。さっきまでとは違った種類の興奮が彼らの間に広がっていく。

少し離れた席に座る菜緒はその顔を困惑の色に染めて何か言いたげに、それでいておろおろと不安そうな眼差しで悟を見ていた。

「――くだらない」

気づけば、無意識にそう呟いていた。

笑い声が一斉におさまり、教室は唐突に静まり返る。

「はぁ？　どういう意味だよ」

「こんなことで騒いだりして、何が楽しいんだって言ってるんだよ。目立ちたがり屋のデタラメに乗せられてさ、本当にくだらないよ」

数秒置いてから、数人が一斉に口を開き、悟の言葉に抗議した。だが、それ以上に顔を真っ赤にして怒りをあらわにしていたのは、やはり安良沢だった。

目立ちたがり屋と言われたことが気にいらなかったのだろう。有無を言わさぬ勢いで友人たちをかき分け、手近にあった誰かの机を蹴とばして悟の方へと駆け寄ってきた。

「お前、むかつくんだよっ！」

言いながら悟の胸倉を摑んだ安良沢に対し、悟も負けてはいなかった。相手の服を摑み、力負けしないように足を踏ん張って押し返す。

教室中が大騒ぎだった。なにやら言いながら手を叩き、囃し立てるクラスメイト達の声を遠くに聞きながら、悟と安良沢は互いに無我夢中でもみ合った。

それからはあっという間の出来事だった。

バランスを崩して倒れ込みそうになるのをぐっと堪え、同じように体勢を崩した安良沢を強く突き飛ばすと、安良沢は教卓に半分身体を乗り上げてから、床に転がり落ちた。

　何かが割れる甲高い音が響いたと同時に、誰かの悲鳴が聞こえた。

「おい、何やってるんだ！」

　がら、と音を立てて教室の扉が開き、担任教師の坂井吉廣が駆け込んできた。倒れ込んだまま立ち上がろうとしない安良沢を見つけるなり、その傍らに屈みこんで彼の様子を窺う。そして、すぐに顔を上げると、

「お前ら下がれ！　破片に触るなよ！」

　大きな声で一喝した。

　教卓越しに覗き込むと、倒れ込んだまま動こうとしない安良沢の額の辺りから、真っ赤な血が流れ出し、床に小さな血だまりを作っていた。その周辺には、砕けてバラバラになったガラスの破片が散らばっている。教卓の上に置かれていたガラス製の一輪挿しが落ちて割れてしまったようだ。

「騒ぐな！　おい、お前ら手を貸せ。とにかく保健室に運ぶぞ。ガラスに気をつけろよ」

　坂井は数人の男子の助けを借りて、ぐったりしている安良沢を抱え上げる。うち一人が付き添い、ハンカチで安良沢の額を押さえていた。

「クラス委員、ホウキでガラスの破片片付けておいてくれ。雑巾も使っていいから」

坂井はそう言い残し、教室を出る間際、悟を振り返ると、

「お前も一緒に来るんだ、篠宮」

有無を言わさぬ口調で告げた。

安良沢は保健室に運ばれ、簡単な応急処置を済ませた後に早退していった。

その頃には意識も戻り、記憶の混濁なども見られなかったため、軽い脳震盪と判断された。額の傷は血の量に比べてさほどでもなく、ちゃんと処置すれば痕は残らないだろうとのことで、それを聞いた悟は内心、ほっと胸をなでおろした。

安良沢が早退していった後、悟は職員室の隣にある会議室に連れていかれ、坂井と二人でテーブルを挟んで向かい合った。

「あついなー。まだ六月だっていうのにな」

コップに入った麦茶を飲み干した坂井は、「お前も飲め。あ、でもクラスのみんなには内緒だぞ」とわざとらしく声を潜めて言った。

悟は小さくうなずいてコップに口をつける。そこで喉が渇いていたことに気が付き、そのまま半分近く飲み干した。コップを置いた悟をじっと見つめて、坂井はこう切り出した。

「まあ、あれだ。お前もこの町に来てもう二か月くらいになると思うが、どうだ？」

「どうって……？」

問い返すと、坂井はごま塩のような短髪をがりがりやって、口元ににんまりと笑みを形作る。

「決まってるだろ。生活には慣れたのかってことだ。学校や友達関係、その他もろもろだよ」

「別に普通ですけど……」

悟の気のない返事に対し、坂井はやや身を乗り出すようにして質問を重ねた。

「クラスではどうだ。お前は勉強はできる方だから心配ないと思うが、やっぱり友だちとの関係が難しいか？」

悟は何も言わずに黙っていた。わざわざ訊かなくても、どんなものかは坂井自身わかっているはずではないか。

「転校してきたばかりでうまくやれとは言わないけどな。ああ見えて安良沢も根は良い奴なんだ。先生はお前ならみんなと仲良くなれると思うんだけどなぁ」

「……よくわかりません」

「案外、安良沢だってお前と仲良くなりたくて、あれこれとちょっかい出してくるのかもしれないぞ。あいつだって、意味もなくお前のことを嫌ってるわけじゃない。あいつなりの照れ隠しなんじゃないかと思うんだよ」

「僕は、とてもそうは思えないですけど」

坂井の言うことは無理なこじつけにしか思えなかった。

「まあそう言うな。お前も、ご両親との間に色々とあって大変だとは思うけどな」

思いがけずその話題に触れられ、悟はわずかに身構える。坂井は説き聞かせるような口調で、先を続けた。

「だからって腐ってちゃいけない。ご両親だって、お前がそんなだったら心配すると思うんだ」

言っていることはもっともである。でも、だからこそ素直に聞き入れられない。

坂井の真っすぐな眼差しを受け、悟はどうしたらいいのかわからずうつむいた。

「転校生で、しかも家庭環境に悩んでいる。それに関しては大変だと思う。でもな、それはお前の一側面でしかない。篠宮という人間には、もっと別の様々な面がある。そのことをみんなに知ってもらって、お前もみんなのことを知ろうとしていけば、自然と関係は良くなっていく。きっと、安良沢とだってうまくやっていけるんじゃないかな」

坂井の話を信じたい気持ちと、そんなはずはないと否定したくなる気持ち、二つの相反する感情に揺り動かされ、悟は重々しく息をついた。

「たとえばそう、お前の好きなこととか、夢中になっているものとかがあるなら、そういう話題を友だちと話せばいい。何かあるだろ、そういうの？」

悟は思わずぐっと下唇をかみしめた。

真っ先に思い起こされるのは、篠宮の家で向けられる眼差しだった。容赦なく悟の人間性を打ちのめし、立ち上がれないほどに踏みにじる彼らの言葉が鮮明に蘇る。

――ねえねえお母さん、こいつ、休みの日に部屋から出ないで何してるか知ってる？

――さあ、知らないよ。知りたくもないわね。

――それがさあ、ノートにきったない字でびっしりと小説なんか書いてるのよ。しかもホラー小説。ガキのくせに陰気でしょ？　キモイよねぇ。

満里子と江理香の顔には、これでもかというくらいに嘲りの色が浮かんでいた。ソファに腰かけて新聞を読んでいた道雄も同様に、汚いものでも見下ろすかのような眼で悟を見ていた。

その日の夕食は砂を嚙んでいるような味がした。好きなものを否定されることは、ある意味では自分自身を否定されることよりも強く胸に響く。それが日常的に繰り返されるのだから、たまったものではない。そんな風に、家族に否定される毎日を送っている悟にとっては、よそ者である自分がクラスメイトたちに受け入れられるとは到底思えず、心を開いて話をするなんてことも簡単に出来るはずがなかった。

「もし悩んでいることがあるなら、先生はいつでも話を聞くからな。話したくなったら話してくれ。な？」

思いがけずそんなことを言われ、悟は戸惑いと驚きの入り混じった感情にさらされた。

「先生はお前の味方だ。もちろん、他の皆の味方でもあるけどな。今回のことにしても、安良沢にも悪いところはあるし、お前にもある。どちらか一方を責める気はない」

立ち上がった坂井は悟の肩を優しく叩く。

「だが、先に手を出したのが相手でも、怪我をさせてしまうとお前の立場が悪くなることも分かってくれるだろう？」

「……はい」

触れられた肩の感触。それが意図せず悟の心の深い部分を刺激した。もしかするとこんな風にして、誰かに話を聞いてほしかったのかもしれない。たとえ義務的にだとしても、優しい励ましの言葉をかけてほしかったのかもしれない。そんな自分の弱い部分を自覚し、悟はこらえきれずに涙をこぼした。

「心配するな。先生が安良沢のご両親とちゃんと話をするから、お前だけ割を食うようなことにはさせないよ」

もう一度うなずくと、坂井は無精ひげを撫(な)でながら表情を緩ませた。

「呪いだ何だとくだらない話はやめにしないとな。小学生らしく、もっと明るい話題で盛り上がらなきゃだめだ。よし、教室に戻ったら、みんなにもそう伝えよう」

坂井が明るい口調で言うと同時にチャイムが鳴った。

その日の放課後は、菜緒と話をする気にもなれず、悟は一人で下校した。特に意識したわけでもないが、自然と緑地公園に足が向いていた。

敷地に入るとすぐに、広場の一角に佇む人影が目に入った。遠目にも背が高く、高級そうなスーツを纏った後ろ姿に、なんとなく見覚えがある。

じっと観察する悟の気配を感じたのか、男は唐突に振り返った。

「おや、君はたしか——」

どこか馴れ馴れしくも感じられる口調で言いながら、男は悟の方へ近づいてくる。やや青白く、とても整った顔立ちをしているが、瞳には意志の光が感じられない。そのせいか、柔らかな口調とは裏腹に表情に色がないのだ。無感情な眼差しで悟を見下ろすその姿には、それこそ幽霊か何かではないかと思わせる異様さがあった。

「私のことを覚えていないかい？　今朝、救急車で運ばれた女性の家の前で……」

「……あ、あの時の」

悟はそこでようやく気がついた。写真に写っていた杉谷という女子学生が救急車で運ばれた時、野次馬の中に見つけた顔。それがこの男だったことに。

同時に、その時に抱いたこの男性に対する複雑な感情が想起され、悟は無意識に後退していた。それを警戒と受け取ったのか、男は両手を軽く持ち上げる。

「おっと、勘違いしないでくれよ。私は無差別に子供を襲う怪しい変質者なんかじゃあない。こう見えても――」

そこで突然言葉を切った男は、急にばつが悪そうな顔をして後頭部をがりがりやった。

「――いや、私の書いた本は君くらいの子供には少しばかり難しいからな。名乗ったところで私のことを知らないかもしれないが……」

どこか不満げに、そして自嘲気味にぼやいてから、男はおもむろに右手を差し出した。

「私は那々木悠志郎という。ちょっとした取材のためにこの公園にやってきたところでね」

おずおずとその手を握る。血が通っているのか心配になるくらい冷たい手だった。

「取材って？」

悟は素朴な疑問を投げかけた。本を書いているというくらいだから、きっと小説家か何かなのだろう。そのこと自体に不思議はないが、取り立てて目立つもののないこの町で、いったい何を取材するのだろうと疑問に感じた。

そんな悟の心中を察するかのように、那々木はどこか得意げに口元を歪めて笑った。

「何を隠そう、私が調べているのは、この町に囁かれる噂の正体なんだよ。君も知っているかな？　呪いの木と、その下に写真を埋めると現れるという女の怪異について」

問いかけられ、最初ははっとした悟だったが、直後にひどく怪訝な気持ちに陥った。

大の大人が、小学生が夢中になるような噂についてわざわざ取材しに来るなんて、どこか普通じゃない。坂井のように頭から嘘っぱちだというのとは対照的に、この人物は噂が現実のものであるという前提で話しているように思える。

そんな大人を、少なくとも悟は見たことがなかった。

「どうしたんだい？　不思議そうな顔をして。私のような、どこからどう見てもまともな大人が、そんな怪談話を信じているのがおかしいとでも？」

「いや、その……」

まともかどうかはわからないが、図星を指されたことにドギマギしてしまう。

悟の反応を見て、那々木は噴き出すように笑い出した。

「君がそう思うのも無理はない。しかしね、私はそういった話を現実のものとして捉え、各地の怪異譚を蒐集することをライフワークにしているんだ」

「ライフワーク……？」

「そう、だからこそ、些細な噂でも聞き逃すことはできない。実際に各地に足を運び、そうした怪異譚を蒐集する。そして時には自らが怪異に触れることで、その性質や起源を明らかにする。つまりは、怪異のことを知ることが私の使命でもある。わかるかな？」

はっきり言って意味が分からない。

今の話をそのまま受け取ると、那々木はただの怖い物好きというか、大人になってもそういうのが抜けない変人という事になる。というか、そんな噂を真に受ける時点で、小学六年と変わらない頭脳レベルなのではないか。悟にはそう思えてならなかった。途端に目の前の人物がおかしな大人に見えてくる。安良沢といい勝負か、いや、大人であることを考えると、安良沢よりもずっとヤバい。こういうのとはあまり関わり合いになってはいけないと、内なる声が必死に訴えかけていた。

「私が聞いた情報だと、つい先日に自殺した柳田という高校生と、今朝救急車で運ばれた杉谷という女子学生は恋人関係にあったらしい。二人とも視力を失うほどの怪我を負い、精神的に追い詰められて自殺を図ったそうなんだが、君はその事を知っていたかい？」

素直にうなずいてみせると、那々木もまた満足気にうなずき返してくる。

それから、広場の中央に鎮座する桜を見上げ、

「『呪いの木』にまじないをかけたために、彼らは『崩れ顔の女』に襲撃された。両目を負傷し、精神に異常をきたしたのはその証左と言ってもいい」

「はあ……」

気のない返事をすると、那々木は唐突に振り返り、悟の肩をぐっと摑んだ。

「そこでだ、私は綿密な調査の結果、噂の真偽を確かめるいい情報を摑んだ。なんだと思う？」

「さあ……知りません……」

「まじないの手順だよ。自分の写真を『呪いの木』の下に埋め、『イサコオイズメラ』と三度唱えることで怪異を呼び出すことができる。自分以外に誰かが写っている写真を埋めることで、他者を呪うことも可能だというんだ。だから、私もやってみようと思ってね」

「やってみるって……まさか、そのまじないをですか？」

問いかけた悟の眼前に、一枚の写真を示す那々木。そこには、立派な外観をした洋館のような建物の前で、こちらをじっと見つめている彼の姿が写し出されていた。

「これを埋めれば、怪異が私のもとへやってくる。実物を見れば、それが本物かどうかなど一目瞭然だろう？」

そうやって、さも名案であるかのように言った那々木に対し、悟は返す言葉を失っていた。そんなことをしたら彼自身が怨霊に襲われ、目を潰されてしまう。那々木はその危険を冒してまで真偽を確かめたいのだろうか。それとも最初から噂など信じていないのかもしれない。だが、それならばなおのこと、わざわざ、まじないを行う意味が分からなかった。

「ふふふ、君は本当に運がいいね。たまたま通りかかったこの場所で、この私がまじないを実行する場面に立ち会えるのだから。ふふふふふ」

一人で嬉しそうに呟きながら、那々木は広場の一角にある比較的大きな桜の木を指差し、鼻息を荒くして歩み寄っていく。

「あの、無駄ですよ。その木の下に写真を埋めても何も起きません」

「ほう、君も噂を信じていない側の人間なんだな？　子供のくせに現実主義じゃないか。しかし、これればかりはやってみないとわからない。虎穴に入らずんば虎子を得ずというだろう」

「いや、そうじゃなくて、その木じゃ意味がないってことですよ」

那々木は立ち止まり、怪訝そうに振り返る。

「――なに？」

「その桜の木は『呪いの木』じゃないんです。だから写真を埋めても何も起こりませんよ」

「な、なんだって！　間違いだと？　バカな、この私がリサーチを誤ったというのか？　いや、そんなはずはない。ちゃんと取材費まで支払って得た情報だぞ。クソ、あの役場の職員め、欲しいというから本にサインまでして渡したのに……」

那々木は猛禽めいた両目を大きく見開き、怒りをあらわにしている。ガセネタを摑まされたのがよほどショックなのだろう。恥ずかしげもなく声を荒らげ、地団太を踏むその姿が妙に哀れに感じられ、悟は黙っていられなくなってしまった。

「本物は別の場所にあるんです。自殺した高校生も、そっちの木の下に写真を埋めたんだと思いますよ」

もっとも、彼らが自殺を図ったことと呪いが関係しているかどうか、その点に関しては判断が分かれるわけだが。などと内心で呟いていた時、小走りに近づいてきた那々木が悟の両肩をがっちりと摑んだ。

「――君は、その場所を知っているのか？」

「え、いや……その……」

「どうなんだ。知っているのか？」

那々木はその青白い顔をこれでもかとばかりに近づけ、穴が開きそうなほどに悟を凝視した。そうすることで、頭の中を覗(のぞ)き込もうとでもするみたいに。

「し、知りません……何も……」

「本当なのか？　いいや怪しいな。子供にしては随分と詳しい情報を持っているじゃあないか。ん？　どうなんだね？」

「ほ、本当に……知らな……」

那々木の指がぎりぎりと肩に食い込み、思わず苦悶(くもん)の声が漏れる。身をよじって強引に手を振りほどくと、那々木はようやく我に返り、「ああ、すまない。つい……」などと取り繕っては咳払いをした。

「呪いなんて、本当にあるかどうかも分からないのに……」

悟が独り言のように呟いた直後、那々木の顔から表情が失われた。

「本当かどうかわからない、ね。確かにその通りだよ。この世は、そんなふうに存在が曖昧で疑わしいもので溢れている。そして、その大半は君が思っているようなまがい物ばかりだ。けれどね、それでも一つ一つの可能性を無下にせず、確かめていくことでたどり着くことができるんだよ――」

強い口調で断言し、那々木は口元をぐにゃりと歪めるようにして嗤った。

「――本当の、怪異というやつにね」

黒く澱んだその瞳は、あらゆる感情の欠落した深い穴そのものだった。


ようやく那々木悠志郎の登場である。

シリーズのメインキャラクターであるこの人物は、作品の性質上、どうしても登場が遅くなってしまう。ファンにしてみれば、その焦らされている感じも悪くない、と言ったところだろうか。それにしても、今回の那々木は少々、自己主張が少ないように感じられる。普段は平気で他人に自分のサイン入りの本を押し付けるくせに、今回は小学生を相手にして遠慮でもしているのか。得意の自意識過剰がなりを潜め、落ち着いた大人の雰囲気を醸し出している。普段の彼を知っている身としては、少々物足りない気もするのだった。

「――この原稿って、いつ書かれたものなのかな」

作中では、那々木はすでに作家として本を出していると発言していた。彼がデビューしたのは今から十数年前。年齢は正確には把握していないが、二十代前半だとすると、那々木はいま、三十代半ば過ぎということになる。篠宮悟や小野田菜緒も、原稿内で小学六年生ということは、現実世界では社会人になっているということか。

「彼らが今でも生きていれば、だけどね」

不吉なことを考え、つい独り言ちてしまう。

那々木の作品には、女子供でも容赦なく命を絶たれる場面が数多く存在する。怪異によって悲劇的な末路を辿るのは、悪人ばかりではないのだ。もちろん、そういう勧善懲悪とはかけ離れた展開がある種のリアリティを読者に与えるのは理解している。だがそれでも、子供がひどい目に遭う話は出来ることなら避けたいと思うのが一般的な考えだろう。

しかし、那々木悠志郎の作品は、そうした読者の予想であったり望みであったりを、軽々と飛び越えてしまう。残酷だと眉を顰める読者もいるだろうけれど、そうした容赦のない展開がいいというファンの声もあるので、やはりその点も一概には言えないのだ。

休憩がてら下に降りて冷蔵庫を漁り、魚肉ソーセージとさけるチーズ、それからスナック菓子を抱えて上に戻った。原稿を汚さないよう気を付けてそれらを頬張りながら、私は再び文字を追い始める。

「そういえばこれ、どうして今まで未発表にしておいたのかな……」

文章にはいくつか粗もあるし、直した方がいい表現もちらほらあった。しかし、全体的な筋の運び方、怪異の性質、物語の雰囲気などは悪くない。なぜ那々木は今までこの作品を誰にも見せなかったのだろう。

いや、見せなかったのではなく、見せられない理由があったと考えるべきか？

だとしたら、それはいったい――。

……いで

「――え？」

ふと、原稿を持つ手を止めて顔を上げる。何か聞こえた気がした。だが静まり返った自室には自分以外に誰もいない。半分開きっぱなしの部屋の扉の向こうには廊下が続き、更にその先は階段がある。そっちの方から何か聞こえた気がしたが……。

「気のせい……かな……」

小さく息をついて、私は居住まいを正す。なんだかひどく居心地が悪い。見慣れた部屋の光景が、どことなく見たことのないようなものに感じられて、思わず息を詰まらせた。

先を急ぐように、私は原稿に向き直った。

其の二

悟は那々木と並んでベンチに腰を下ろし、噂についてや自殺した高校生などについて知り得た情報、そしてこれまでに自分が見聞きしてきたことなどを話して聞かせた。

普段なら、見知らぬ大人を相手にこんな話などしないのだが、この時はどういうわけか、さほど抵抗もなく話すことができた。那々木が自分に害を為すとも思えなかったし、何より自分の話を熱心に聞いてくれる大人が、悟にはとても珍しく感じられたのだった。

「――なるほど、つまり君とお友達の女の子は『呪いの木』を探している時、偶然この写真を拾った。肝心の木は見つけられなかったが、この写真に写っている二人の名札を見て、彼らが犠牲となったカップルだとわかったというわけだね」

悟と菜緒が『呪いの木』を発見し、そこに写真を埋めたことはあえて伏せておいた。

　那々木は疑いを持つ様子もなく、悟が手渡したくしゃくしゃの写真をしげしげと見つめながら、何度もうなずいている。

「今朝救急車で運ばれたのが杉谷という娘だとわかったのも、そういうことか」

「僕は呪いなんて信じているわけじゃないけど、友達がそう言ってるから……」

　自分で言っておきながら、どこか言い訳じみた発言に感じた。でも、嘘はついていない。

「信じていない、か。君は本気でそう思っているのかい？」

　えっと声を漏らし、悟は那々木の顔をしげしげと見上げた。その反応を見越していたかのように、那々木はおどけた仕草で肩をすくめる。

「この件に関して君がどう思うか、何を信じて何を信じないかという点に関しては、私は口出しする気はない。だが、呪いというものは確実に存在するよ。それは断言しておこう」

「嘘だ。そんなのは迷信ですよ。そのカップルだって、何か理由があって自殺しようとしたに決まってる。それを周りが面白おかしく騒いでいるだけで……」

「──私が言っているのは、そういう事じゃあないんだよ」

　那々木が軽く手を掲げて悟を遮った。

「いい機会だ。これも社会勉強ということで、特別に教えてあげよう」

そう、嬉々として語り始めた那々木は、まるで子供のように目を輝かせている。

「一口に呪いといっても、その分類は多岐にわたる。だからまず、わかりやすいところから例をあげてみよう。そもそも君は、呪いとまじないの違いを知っているかね？」

そんなこと考えたこともない。悟は素直に首を横に振った。

「この二つを並べてみると呪いには悪しき印象があり、逆にまじないには、どことなく良い印象が感じられるだろう。だがその実、この二つに違いはないんだよ」

「同じ、ってこと？」

「そうだ。呪いもまじないも、様々な方法を用いて何らかの超常的な現象を呼び起こすために行われる行為に他ならない。その目的次第で、呪いにもまじないにもなるという事なんだ。例えば、君が正義と信じてまじないを行ったとしよう。それが他者に危害を加えた場合、その人物から見た君の行為は呪い、あるいは呪詛に他ならない。つまり、これらは目線一つで簡単に変化してしまうということだ」

わかるようなわからないような、曖昧な気持ちで悟はぎこちなくうなずいた。もう少しかみ砕いた説明を求めようかとも思ったが、那々木があまりにも気持ちよさそうに喋っているのでやめておいた。

「さて、今の話を踏まえてだが、呪いというものにはいくつもの種類があってね。その中でももっともポピュラーなのは今まさしく話題に上っている、超常現象としての呪いというやつだ。人ならざる存在が人に害を為す際に発生する兆候、あるいは、まじないや儀式を通して怪異を呼び寄せ、他者に災いをもたらす行為のことだな」

「でもそんなの、現実には存在しないですよね。お話の中にしか出て来ない作り話だ」

はっきりと、思ったままの意見をぶつけてみた。那々木はどこか虚を突かれたように困り顔をして、こめかみの辺りをぽりぽりやった。

「まあ、解釈は人それぞれだし、それを今ここで議論するのは話の本筋からそれてしまうから、割愛するとしよう」

那々木はそこで指をぴんと立て、わずかに間を置いてから続けた。

「そうした呪いとは別に、人が人に対して施す呪いというのもある。これはいわゆる『言霊』というやつでね。要は思い込みの効果を利用したものなんだ。幼い頃から親に虐待されたり、何者かに強い洗脳じみた言動を向けられ続けた人間が、後にそのことが原因でPTSD——心的外傷後ストレス障害を引き起こす場合がある。それによって、成人後にも親や周囲の人間にかけられた言葉、された行動を事あるごとに思い返し、当時の苦痛に苛(さいな)まれ、苦しみ続けるわけだ」

「それは、呪いとは関係ないんじゃ？」

「いいや、そんなことはない。心の傷も立派な呪いの一種になるんだよ。わかりやすい例で言えば、お前なんか生きている価値がないと言われて育った子供は、仕事や友人、恋人関係で悩んだ時、真っ先にその言葉を思い返しては、自分を責めるようになる。これは人格の形成時期に何度も言い聞かされた言葉がある種の楔のように深く打ち込まれ、その人の基本的思考にまで影響を及ぼすことが原因なんだ」

話を聞きながら、悟は高鳴る心臓の音に耳を塞ぎたい気持ちにさらされていた。

篠宮家で向けられる暴言や冷酷な眼差し。そういった経験があるからこそ、悟は那々木が言わんとしていることの意味が理解できる。したくもないのに理解できてしまうのだ。

「今言ったのはあくまで一例で、人が人に施してしまう呪いというものは、数えきれないほど多く存在する。たとえば、友人に歯並びが悪いことを指摘されて以来、高い金を払って矯正をしたのに、いつまでも改善されないと思い込んでしまう人。異性に外見のことをけなされたせいで、何度整形を繰り返しても自分は醜いと思い込んでしまう人。体形のことを指摘され、血のにじむようなダイエットの末に摂食障害を引き起こし、骨と皮しかない身体になってもなお、自分が太っていると思い込んでしまう人もいる。わかるかい？　人は怪異になど頼らずとも簡単に他者に呪いをかけることが出来るんだ。意識的にであれ無意識的にであれ、その人の一生を狂わせてしまうほどの呪いをね。このことを踏まえたうえで、怪異による呪いもまた存在すると考えるのは、さほど大それたことではないと思わないかい？」

悟は返す言葉を失ったまま那々木を見つめていた。彼の話を聞けば聞くほど、自分の知らなかった世界が開け、否定していた事象の本当の姿が見えてくるようだった。

「それにしても、『崩れ顔の女』というのは、どういう怪異なんだろうねぇ」

悟の心中などよそに、那々木は突然、話題を切り替えた。話が急に違う方向へスライドしたことに戸惑いを感じながらも、悟は相槌を打って先を促す。

「まじないによって呪いを受けた人物のもとへやってくる女の幽霊。その顔を見た人間は、視力を失い精神的にも異常をきたす。この性質が実に素晴らしいと思わないか。姿を見た段階では何も起きない。接近を赦し、その顔を目の当たりにした段階で初めて、呪いに見舞われた人間は被害者となる。実にタチの悪い怪異じゃあないか」

その顔にこれまでとは別種の笑みを張りつけ、那々木は不敵に笑った。元来が無表情なだけに、こんな風に感情をあらわにしたとき、その不気味さがより一層強調される。

「果たして、この噂の出所はどこなんだろうねぇ」

「この町の七不思議のひとつ、だったと思いますけど」

腕組みをして考え込む那々木にそう答えると、彼は何か物思わしげに首を傾げた。

「七不思議ね。君の話だと確かにそうなんだが、どうにもおかしい気がするんだよ」

「何がですか？」

「学校の七不思議、あるいはその土地に根付く七不思議なんてのは、まあ珍しい物じゃあない。実際、この町のものも、どこかで聞いたことのある話ばかりだ。ただ一つ、『崩れ顔の女』の怪異以外はね」

那々木の視線がほんの一瞬、何かを射貫こうとするみたいに鋭く細められる。

「学校の怪談や七不思議、そして都市伝説の類というのは、大概は発祥が曖昧で、具体的な歴史や起源が明記されないことが多い。それは話を聞いた人間に『もしかしたら自分の土地にも同じことが起きるのではないか』という恐怖を抱かせるためだ。まあ、すべてがそうだとは言わないし、実際、由来や土地がはっきりしているものもあるんだが、口裂け女や人面犬、歩く二宮金次郎像などの超がつくほど有名な例は、やはりどの町にも、どの学校にも存在し得るわけだから、どんな人間でも遭遇する可能性があると思えるわけだ」

「――でも、『崩れ顔の女』にはそういう性質がない……？」

那々木は少しばかり驚いたような顔をして、何度かうなずいてみせる。

「この話には、強い土着性みたいなものを感じる。この土地でなければ決して起こりえない必然性のようなものがね」

那々木はそう断言した後、ぶつぶつと独り言を繰り返し始めた。悟に対してというよりも、自分の思考をまとめるために思考を垂れ流しているような感じだった。

「……つまり、この場所にはそういう類の……いや、それよりもずっと昔に……」

　しばらくそうやって考え込む那々木を前にして、どうしたものかと不安になりかけた頃、那々木が不意に顔を上げ、

「ところで君は随分とこの件について詳しいようだね。それに加えて、ただの小学生とは思えないほど冷静な観察眼を持っている。呪いの存在を信じていないくせに、なぜそこまで興味を持つんだい？」

「いや、それは……」

「——君は本当に『呪いの木』のある場所を知らないのか？」

　じと、と粘つくような那々木の視線が悟に注がれる。

「し、知りませんよ。本当に……」

　慌てて否定してから、悟はカバンをひっつかんで立ち上がった。

「あの、那々木さん。僕そろそろ帰らないと……」

「ああ、そうだな。学校帰りに寄り道などしてはいけない。お家の人も心配するだろうしね」

　引き留められるのではないかと警戒していたが、那々木は意外なほどあっさりと引き下がった。不審な人物ではあるものの、一般的なモラルは持ち合わせているらしい。そのことを密かに感心しつつ悟は踵を返した。

「——そういえば、君の名前をまだ聞いていなかったね」

　不意に問いかけられ、立ち止まった悟は肩ごしに那々木を見た。

めて見せた人間味あふれる微笑みが、ほんの一瞬だけ見えた気がした。
「篠宮悟くん、か。ふむ、また会おうじゃあないか」
那々木がそう言って軽く手を上げた時、これまでとは全く違う、無感情な彼が初
「悟です……篠宮悟」

篠宮家に帰りつくと、案の定、待ち構えていたかのように、満里子がヒステリックな罵声を浴びせてきた。

居間に立ち尽くした悟に対して、延々と嫌味を言い続ける満里子。時折、思い出したように背後のソファから怒鳴り声を浴びせてくる道雄。その様子を愉快そうに見ながら、悪意に満ちたまなざしを向けてくる江理香。

怒る理由なんてどうでもいい。彼らはただ、悟をこの家の人間ではないと確認できる儀式が必要なのだ。親戚の子供を引き取った素晴らしい人格者たる自分たちに酔いしれる一方で、悟のことを日々の鬱憤を晴らすための道具にしている。彼らのしていることは偽善すらも生ぬるい、ただの暴力に他ならない。

「何とか言ったらどうなのよ。ぶすっとして黙り込んで、本当にかわいくない子だわ」

「まあまあ、いいじゃないもう。どうせあと少しでこの家出て行くんでしょ？」

不意にそんな言葉が飛び出して、悟は、えっと声を上げた。

「あんたの母親の弟って人があんたを引き取りたいんだって。こっちとしても、いつまでも置いておくつもりはなかったし、ちょうどよかったわ」

「そういえば、一度挨拶に来るって言っていたのに、全然顔を見せないじゃないか」

どうなっているんだ、と道雄は不機嫌そうにぼやいた。

「さあ、どうなってるのかなんて知らないけど、さっさと連れて行ってもらいたいわね」

「だよねー。毎日こんな辛気臭い顔見せられるのも、いい加減うんざりだし」

江理香と満里子が一斉に笑い出す。けたけたと大声を上げ、大口を開いて笑いこける二人に、悟は無意識のうちに鋭い視線を向けていた。

「ちょっと、なに睨んでんの？　こっち見ないでよ。ああ鬱陶しい」

苛立たし気にテーブルを叩いて、江理香は立ち上がる。すれ違う時にわざと悟を突き飛ばし、そのまま階段を上っていった。

「いい加減にしなさいよ。そんなんだから親に捨てられるのよ。聞いた話じゃ、あんたの母親の弟ってのもろくなもんじゃないみたいよ。まあ、嫌われ者同士って意味ではお似合いの保護者だわね」

それ以上、その場にいるのは耐え切れなかった。悟は居間を後にして自室へ閉じこもる。隣室からは、なにやらどたばたと壁を殴るような音がした。江理香が怒りに任せて暴れているのかもしれない。

優しい母の姿が脳裏をよぎる。どこへ行ったの。何をしているの。どうして僕を迎えに来ないの。矢継ぎ早に浮かんでくるやり場のない問いかけが浮かんでは消えていく。

「僕は……捨てられてなんか……」

それ以上は言葉にならなかった。握った拳に歯を立てる。嗚咽が漏れるのを必死にこらえながら布団の上に座り込むと、悟は枕に顔をうずめて固く目を閉じた。


第二章を読み終えた時、私は深い溜息をついた。

前の章を読んだ時にも感じたことだが、篠宮悟はかなり抑圧されているようだ。とりわけ、居候している親戚の家での環境がひどすぎる。本来、守るべきである子供を罵り、蔑んでいるこの家族――篠宮家は一体何がしたいのだろう。悟に対してつらく当たらなくてはならない事情でもあるのだろうか。それにしたって引き取った以上は責任を持って接するべきではないか。

篠宮悟という少年は、読書好きでやや内向的。しかし、己の中に強い芯のようなものが一本通っている。そんな印象を私は抱いていた。クラスメイト達のように呪いというものを盲目的に受け入れることなく、あくまで冷静に、論理的な思考でもって対処しようとしている点には好感が持てる。小学生ながらも、彼の聡明さみたいなものが垣間見えるのは、作品としてもいい演出となる。周りに振り回されがちな優柔不断さもあるけど、きちんとしたモラルを有しているようだし、私としては、物語の主人公——あるいは語り部として、好意的に感じられていた。

何より、那々木との対話において、彼が語る話をきちんと理解し、そこに自らの意見を述べることが出来ているのは、日々の読書を通して、そういった現象に対する知識を備えているからだろう。彼自身が小説を書いているという事も、那々木と波長が合う理由の一つかもしれない。

この物語が終わる時、彼には何かしらの救いがもたらされてほしいものである。

そんなことを考えつつトイレに立ち、部屋に戻ろうとしたところで階下で玄関の開く音がした。

「ただいまー。って、あら何よ古都美、疲れた顔をして」

開口一番にそんなことを言われ、私は思わず顔に手をやった。

「え、そう？　仕事してたからかな」

「たまの休みにも仕事しなけりゃいけないの？　大変だわねぇ」

そうぼやきながら、母はスーパーの袋を難儀そうに抱えて台所へ向かう。

「夕食、高松屋の惣菜でいいかしら？　今からじゃ作る気にならなくて。簡単なお味噌汁くらいなら作れるけど」

「いいよ。あそこの惣菜おいしいし。昔はよく食べたよね」

「そうよね。透なんて、お母さんの作るメシよりうまい、なんて言ってたわね」

困り果てたような顔をして、母は笑った。

「そうだったかもね。ウチってあまり外食とか行かなかったから、たまに買ってくるお惣菜が特別おいしく感じたのかもね」

「そうねぇ。お父さんが生きていた頃は……」

そこまで言いかけて、母は言葉を途切れさせた。私と目を合わせようとせず、ひたすら買い物袋の中身を冷蔵庫に詰め込んでいく。そうしていないと、この気まずい空気がより重くなってしまうとでも言いたげに。

「ねえお母さん、お父さんと私が――」

背を向けたままの母に問いかけようとしたその時だった。

……ないで

どこからともなく声がした。切れ切れにかすれた、虫の鳴くような声。

私は言葉を途切れさせてそのまま硬直する。

「――古都美？」

「……今の、お母さん？」

「何が？」

「だから、いまお母さん、なにか言った？」

強い口調で問いかけても、母は何も答えず、言葉を失ったみたいに立ち尽くしている。私の言っていることがまるで理解できないといった表情だった。

「それじゃ今のは……？」

気のせいだったのだろうか。そう思いつつも眩暈に似た感覚を覚えて、私はダイニングチェアに腰かけた。

「ちょっと、どうしたの？　変な子ねぇ」

母は軽く肩をすくめてから再び冷蔵庫に向き直る。母にはさっきの『声』が聞こえていないらしい。どこか納得のいかない気持ちではあったが、私は自分に言い聞かせるように、そうだよね、と独り言ちた。

「そうそう、今朝あんたが言ってた、お隣に女の子がいなかったかって話。思い出したんだけどね。それってきっと、二つお隣の家だと思うのよ」

「そう……」

今はそんな話どうでもいい。それよりも、少し休んだ方がいいのかもしれない。そんな風に思っていた矢先、続けざまに放たれた母の言葉が、私の思考を強引に引き戻した。

「その子ね、アンタがまだ小学校に上がる前にどこか遠くへ引っ越していったんだけど、かわいそうに、引っ越し先で亡くなってしまったみたいなのよ」

「——亡くなった？　なんで？」

弾(はじ)かれたように顔を上げ、身を乗り出して尋ねる。

「事故か何かだったそうよ。まだ若かっただろうに、かわいそうにねぇ」

どうしてこう、年寄りよりも先に若い子が死んじゃうんだろうね。とぼやく母の声を遠くに聞きながら、私は記憶の中にくっきりと刻まれた大好きなお姉ちゃんの姿をより鮮明に思い描こうと、思考の糸を手繰り続けた。

でも、何かがおかしい。遊んでくれた記憶も、泣いているのを慰めてくれた記憶も確かに思い返せる。なのに、どれだけ想像を膨らませても、記憶の抽斗(ひきだし)を引っ掻(か)き回してみても、彼女の顔がいっこうに思い出せないのだ。

第三章

其の一

「ええ？　その那々木って人に色々喋っちゃったの？」

菜緒が思った以上に大きな声を出したので、悟は思わず人差し指を口元に当てた。

「あ、ごめん。でも、どうして？　昨日、会ったばかりの人だったんだよね？」

「それはそうだけど、なんか、頼まれちゃって……」

ぼりぼりと頭を掻きながら、悟は答えに窮する。

いつも通りの朝、いつも通りに菜緒と登校中に、昨日出会った那々木について話して聞かせると、菜緒は予想を上回る反応を見せた。

「ダメだよ。頼まれたからってそんな簡単に喋ったりしちゃ。その人が子供を狙うヘンシツシャだったらどうするつもりだったの？」

どうやら、那々木のことを怪しげな変質者だと疑っているらしい。

彼女の言う通り、那々木が安全な人間であるという保証などどこにもない。だが悟は初対面にもかかわらず那々木とはリラックスして話ができたし、彼の執着じみた眼差しは、ただ一心にライフワークだという『怪異譚の蒐集』に注がれている気がした。子供好きの変質者ならば、あそこまで真剣に怪談話に興味を持ったりしないと、そう思うのだ。

「その人、お仕事は何をしている人なの？」

菜緒は詰問口調で問い質してきた。悟のことを心配してくれているようだが、あまりの剣幕に、つい気圧されてしまう。

「本を出してるって言ってたから、小説家だと思う」

「それってどんな本？　まさか、殺人鬼が子供を殺すような話じゃないよね？」

詳しい内容など聞いていないからわからない。またしても答えに窮して口ごもる悟に、菜緒は業を煮やした様子で頰を膨らませていた。ほんのいっとき、気まずい沈黙が二人の間に降りたが、菜緒はすぐにそれを取り払い、普段と変わらぬ笑顔を向けてくる。

「とにかく無事だったからよかった。それより悟くん、そのお母さんの弟って人に会ったことはあるの？」

那々木のことは一旦脇へ追いやって、菜緒は別の話題へと移行した。

「いや、一度もないんだ。叔父さんがいるってこと自体初めて知ったし」

「どこに住んでるとか、何をしている人とか、そういうのは？」

「全然。だから、どうして僕を引き取るなんて言い出したのかすらもわからないよ」

「ふぅん、なんか悟くん、嬉しくなさそうだね」

「まあね。この町に来たばかりなのに、また新しい場所に行くっていうのはさ……」

その先はうまく言葉にできず、もごもごと濁してしまった。何か喋れば喋るほど心が落ち着かず、不安でいっぱいになる。ここを離れて別の土地へ行く。それで何が変わるというのだろう。今よりもマシになるかもしれない。でも、もっとひどくなる可能性だってある。どっちに転ぶかなんてわからない。

「――あたしも、嬉しくないな……」

かろうじて聞き取れるくらいの小さな声で菜緒は呟いた。悟は、えっと声を漏らして彼女の方を向いたが、その呟きが繰り返されることはなかった。

ただ、じっとうつむいたまま、困ったように微笑む菜緒の横顔があるだけだった。

学校に到着し、靴を履き替えて廊下を歩き出したところで、悟は肩を叩かれた。

「アンタが篠宮悟くん？」

振り返ると、一人の少女が立っている。身長は悟と同じか少し低いくらい。長い髪を頭の上でおだんごにしてまとめている。日焼けした肌に、溌溂とした表情が印象的だった。同じ学年だろうか。何度か廊下で見かけたことがある気がするが、話したことはない。名前も知らない子だった。

「――ふぅん、なるほどねぇ」

少女は腕組みをして、頭のてっぺんからつま先まで、悟を無遠慮に眺めまわした。

「悟くん、どうしたの？」

おかしな状況を見かねたように、菜緒がやってきた。よくわからない、と首を横に振って意思表示すると、菜緒は悟を見つめている少女を見て「あ、眞神さん」と小さく呟いた。ところが少女は菜緒のことなど気にする素振りも見せず、

「アンタ、緑地公園の『呪いの木』におまじないしたんでしょ？」

唐突な質問に、悟はひゅっと息を吸い込んだ。

その反応をしたり顔で眺めていた少女は、そこでようやく自己紹介を始めた。

「アタシ、二組の眞神月子。みんなからは月ちゃんとか、つーちゃんとか呼ばれてるから、そんな感じで呼んでくれていいよ」

いや、呼ばないけど。と内心で呟きながら、悟は自分と何の接点もない眞神月子がどういう理由で話しかけてきたのかということに考えを巡らせていた。クラブも委員会も別で顔を合わせたことはないし、共通の友人がいるわけでもない。そんな彼女がなぜいきなり話しかけてくるのか、それがわからない。しかも、その内容が『呪いの木』に関する話題とくれば尚更だ。

悟の抱える疑問を見透かしたかのように、月子は頭にのせたおだんごを軽くいじりながら、からからと笑った。

「ちょっと待って、そんなに警戒しないでよ。アタシは別に危害を加えようってんじゃあないの。ただ、ちょっとした警告みたいなものを伝えておきたくて」

「警告？」

訊き返す一方で、悟は月子に対し、どことなくアンバランスな印象を抱いていた。笑顔には愛嬌があり、純和風な顔立ちは完璧に整っている。細くしなやかな体軀も健康的だ。しかしその反面、笑い方や仕草、喋り方などがとにかく豪快で、同級生というよりもずっと年上の女性と話しているような気がしてくる。

「アンタさ、気を付けたほうがいいよ。あのおまじないは本物だから」

そんな悟をよそに、月子は勝手に話を進めていく。

「アタシってそういうの、いろいろとわかっちゃうんだ。どれがヤバくてどれがヤバくないかってのも、話を聞いただけですぐピンとくるし」

「え、そうなの？　眞神さんって、レイノウシャだったんだ。テレビの蘆屋道元みたいだね！」

横から割り込んだ菜緒がテレビにひっぱりだこの霊能者を持ち出す。月子はやや困ったような笑みを菜緒へ向け、

「あれはインチキだよ。テレビ用に面白おかしく演出された偽霊能者。でも、アタシはインチキじゃない。ホンモノなの」

菜緒はそれを冗談と受け取っているのか、「えー、ほんとかなぁ？」などとおど

けている。対する月子も本気かどうかわからない曖昧な笑みを浮かべており、傍から見れば友達同士が世間話をしているようにしか映らないだろう。

　そんな様子を目の当たりにしながら、悟は月子の主張をどう判断するべきかを考えあぐねていた。よく知らない相手に「いろいろとわかっちゃうんだ」などと言われたところで、胡散臭いとしか思えないし、この眞神月子という少女が、どこのクラスにも一人はいるような、自称霊能少女ではないという保証もない。

　そう思う一方で、月子のように溌溂としたまともそうな子が、「霊が見える」なんていう嘘をわざわざつくとも思えなかった。そんな風に考えれば考えるほど、摑みどころのない月子の人柄に翻弄されてしまう。

「まあ、アタシが本物かどうかなんて、この際どうでもいいの。それよりも、さっさとおまじないを取り消した方がいいよ。相手はもうすぐそこまで来てるからさ」

　相手……。それが何を指し示す言葉なのかくらい、悟にも想像がついた。

「噂は本物だよ。あの場所には確かに恐ろしい『何か』がいる。興味本位だとしても、その存在を知った者がおまじないをしたら、冗談じゃなくそいつはやってくる。篠宮くんは、その両方の条件を満たしちゃってるんだもん。ぶっちゃけて言うと、今すごく危険な状態だよ」

　そう言って、月子はまた笑う。話している内容とは裏腹に、邪気を微塵も感じさせない、爽やかさが空まで突き抜けているような笑い方であった。

「ああ、そうそう、言っておくけど、アタシはそういうのを祓うことなんてできないから、頼ったりしないでね」

今思い出したかのような口ぶりで、月子は両手をパタパタと振った。

「アタシはただ、見えたり感じたり、こういう事がわかっちゃったりするだけ。だから警告してるの。早くおまじないを取り消すべきよ。それと家族には噂のことは話さない方がいい。でないと、取り返しのつかないことになるからね」

一方的に喋って満足したらしく、月子は手をひらひらさせて踵を返し、呼び止める間もなく階段を上っていった。行き交う生徒たちを横目に、悟はほとんど狐につままれたような気持ちで、しばしのあいだ立ち尽くしていた。

その日も気温は高かったが、開けっ放しの窓から吹き込むそよ風が心地よく、授業中だというのに、悟は強い眠気に誘われていた。

どうにも瞼が重く、教科書の内容を説明する坂井の声も頭に入らない。昨夜、友達と大声で電話していた江理香のせいで、ゆっくり眠れなかったせいだろうか。

そんな事を考えながら必死に睡魔と闘っていた悟の後ろの席では、二人の女子が声をひそめ、何事か話し込んでいた。

「――でね、この前自殺未遂で騒ぎになった杉谷っていう女の人、いるでしょ?

ほら、自殺した高校生カップルの。その人が運ばれた病院、私の親戚のおばさんが働いてるんだけどね」

「うん、どうかしたの？」

「おばさんは看護師で、その人の担当になったのね。で、顔を覆っていた包帯を取って先生が診察するところにたまたま立ち会ったの。そしたら、女の人の両目が白く濁ってて、ぐずぐずに腐ってたんだって」

「うそぉ。なんで？」

「それがわかんないから怖いんじゃない。その人は首を吊って自殺しようとしたんだよ。それなのに両目を怪我して、しかも腐っちゃってるなんて、どう考えてもおかしいよね？」

…………で。

「どうして両目を怪我したの？」

「おまじないをした人の所にやってくる怨霊がね、すごく怖い顔をしてるんだって。その顔を見た人は、あまりの恐ろしさから目が潰れちゃうの」

「見ただけで？」

…………いで。

「そう。ただ顔を見ただけで身体が強い拒否反応を起こして、目が見えなくなるんだって。しかも、一度でも見てしまった怨霊の顔は二度と忘れられないの。だから、まともじゃいられなくなって自殺を……」

「──おい、小林。授業中だぞ。静かにしないか」

最後まで言い終えるより早く、坂井の鋭い声が飛んだ。おしゃべりをしていた二人はばつが悪そうにうなずき、口を閉ざしてノートに向かう。

二人の会話が途切れたことで、再び教室内は静寂に包まれた。

……………ないで。

その静けさの中で、声が聞こえた。机に突っ伏していた悟は弾かれたように顔を上げ、周囲を見渡した。坂井が何事かとばかりに悟を見やる。

「どうした、篠宮?」

「……別に」

それしか言葉にならなかった。坂井は小さく溜息をついて黒板に向き直り、板書を再開する。

声は確かに聞こえた。今にも消え入りそうなほどか細い女の声がすぐ耳元で囁かれた気がして、悟は背筋に冷たいものを感じた。指先が震え、心臓の鼓動は驚くほど速く、額に浮いた汗がこめかみを伝って落ちた。

……ないで

まただ。悟は首をひねり声のする方向を探る。教室の後ろ、廊下側、窓際、教室の前方、ぐるりと一周した後、再び教室の後ろへと視線をやった時、掃除用具入れの傍らに佇むたたず黒い影のようなものが悟の目に飛び込んできた。

——いる！

うっと息を詰まらせて、悟は椅子から転げ落ちた。坂井をはじめとして、教室中の視線が悟へと集中する。その反面、悟が凝視している人影のようなものには、誰一人見向きもしなかった。

影は女の姿をしていた。青っぽい着物——あるいは浴衣ゆかたを着て、じっとその場に佇み、ぼそぼそと何かを呟つぶやいている。目を凝らしてみると、肩まである黒い髪は濡ぬれ光り、したしたと雫しずくを垂らしていた。長い前髪の奥にあるはずの顔は、青白い手で覆われている。

——一度でも見てしまった怨霊の顔は二度と忘れられないの。

ついさっき、小林という女子が口にした言葉が脳裏をよぎる。

悟の全身はおこりにかかったみたいに震え出す。それと同時に、不鮮明だった女の声が、はっきりとした響きで伝わってきた。

……みないで

「うわあああああ！」

咄嗟に立ち上がろうとして、しかし脚に力が入らず悟は机を倒しながら再び床に倒れ込んだ。そのまま床を這いつくばるようにして女から距離をとる。

「おい、篠宮、どうしたんだ？」

坂井が目を白黒させて問いかけてくる。クラスメイトたちからも、なんだなんだと怪訝な声が上がった。だが悟はそんなものに答える余裕などなく、むしろ彼らが女の姿に気づきもしないことに怒りすら感じていた。何故あれが見えないのか。何故この声が聞こえないのか。そう怒鳴り散らしたかった。

そんな中、いつも安良沢の周囲に寄り集まっているグループの何人かが突然、「これは呪いだ！　篠宮が呪われてるんだ！」などと囃し立て始めた。

数人の男子の嬉々とした声が、悟を更なる窮地に追い込んでいく。

女の囁きは何度も繰り返されているのに、悟以外の誰一人としてその声に気づいてはいなかった。怯えたような顔をしてこっちを見ている菜緒でさえも、女の姿に見向きもしない。

悟は思った。ひょっとするとこの声は、まじないをした人間の頭の中だけに響いてくるのではないかと。だとしたら、耳を塞いだところで、あの囁き声からは逃れられない。

今はとにかく、この女から離れたかった。少しでも距離を取って、囁き声から解放されたかった。立ち上がり、手を貸そうとしていた坂井を押しのけるようにして悟は教室を飛び出す。

「おい、篠宮！」

制止する坂井の声を背中で聞きながら、悟は無我夢中で廊下を駆け抜けていった。

三十分後、職員室の隣にある会議室。つい数日前にも訪れたこの場所で悟はパイプ椅子に座らされ、坂井と向かい合っていた。

「大丈夫か、篠宮？」

「……はい」

うなずきながら、コップに入った麦茶をぐいと呷る。

散々走り続け、校舎内をぐるぐると逃げ惑った悟が追いかけてきた坂井に腕を摑まれた時、気がつけばあの囁き声は聞こえなくなっていた。周囲を見渡しても、女の姿はどこにもない。何もかもが幻であったかのように、きれいさっぱり消え失せていた。

「何があったんだ？」

そう問いかけられたところで、どう答えていいのかわからない。だから逆に、湧き上がる疑問をそのまま坂井にぶつけてみた。

「……先生には、聞こえなかったんですか？」

「何がだ？」

「……声。女の人の……」

腕組みをした坂井は、聞こえたかどうかを考えているというよりも、悟の言葉の意味をどう解釈するべきか悩んでいるようだった。

やはり、そういう事なのだろう。あの声は悟以外には聞こえなかった。共にまじないをしに緑地へ行った菜緒にすらも。

「先生は知りませんか。緑地公園の『呪いの木』の話」

「緑地公園……呪いの木……？　最近、お前らが話している怪談話か？」

坂井の目に鋭い影が差す。

「ただの怪談話じゃない。あの話は本当なんです。そのせいで自殺した人がいるんです。まともに話もできなくなって、両目が白く濁って……腐って……」

その様子をつぶさに想像し、悟は強い吐き気に見舞われた。

「ちょっと待て。そんなのは迷信だ。お前たちを怖がらせるためにどこかの誰かが考えたホラ話だろう」

「本当なんです先生！　僕、さっき教室で見たんだ。びしょ濡れの女の人……青い浴衣を着てて、髪が長くて、両手で顔を隠してて、みないでって囁きながら――」

「いい加減にしろ！」

突然、大声で叫ぶと同時に、坂井は机を強く叩いた。はっとして言葉を切った悟は、呆然と坂井の顔を見上げる。

坂井は眉を吊り上げ、歯を剝き出しにして怒りをあらわにしていた。

「くだらない話は終わりだ。呪いだの幽霊だの、そんなものが現実にあるわけないだろう」

でも、と悟が食い下がろうとするのを遮って、坂井は再び拳を机に叩きつけた。

「お前の家庭の事情が大変なのはわかってる。だから俺は、早くなじめるように働きかけているんだぞ。なのにお前がそんなんじゃどうしようもないだろう。これ以上、クラスメイトに迷惑をかけるな。嘘を言って大人の気を引こうとするのもやめるんだ」

「僕はそんな……」

「——うんざりなんだよ。お前の作り話に振り回されるのは」

ばっさりと切り捨てるような口調だった。坂井は忌々しげに悟を睨みつけ、あからさまな溜息を吐く。

「この前だってお前のせいで、俺がどれだけ教頭に絞られたかわかるか？　ＰＴＡはここぞとばかりに言いたい放題言いやがるし、同僚は誰一人気遣ってもくれない。対岸の火事を楽しんで眺めているだけだ。俺のクラスだけが特別悪目立ちしてるだと？　そんなもん、俺にどうしろってんだよ……」

「先生、あの……」

悟が何か言いかけた次の瞬間、坂井は目の前の長テーブルを思い切り蹴とばした。

反射的に身を縮めた悟は呼吸すらも忘れ、呆然として坂井を凝視する。

「……さっさと教室に戻れ。もう二度とくだらない話をするなよ」

一方的に吐き捨てた後、最後にもう一度、悟を睨みつけて、坂井は立ち上がった。

「机、元に戻しておけ」

会議室から出る直前、肩越しに振り返った坂井の目は鋭く、正視できないくらい冷たかった。

一人残された悟が、床に転がったコップに手を伸ばした時、その手の甲に雫が一つ落ちた。

「僕は……嘘なんて……ついてない……」


ついに、悟のもとに怪異が迫ってきた。

そして、新たな登場人物として現れた眞神月子。人当たりの良い性格とは裏腹にその発言はとにかく意味深長で謎めいている。そのくせ自分は除霊などできないので、頼ったりするなとあっさり突き放すところなんかは、ある種の潔ささえ感じられる好人物である。

その一方で、坂井という教師はとんでもない手の平返しをみせつけてくれたものだ。

教師がみんなろくでなしだとは思わないけれど、こういう人間が一定数いるということは認めざるを得ないと思う。私が通っていた学校の教師もそうだった。大人は自分が出来ないことを子供に強要し、時には暴力を振るっても許されると思っている。体罰だけではなく、言葉の暴力しかり、大人同士ならば絶対に発しないような悪意に満ちた言葉を、教師は生徒に平気で浴びせるのだ。何気なく発した言葉が成長期の子供にどれほどの影響を与えるのかを考えられない大人が、この世の中にはあまりに多すぎる。

「いるんだよね、こういう先生……」

かくいう私にも、そういった教師の何気ない言動に苦しんだ経験がある。

小学五年生の頃、担任教師が産休に入るということで、急遽やってきたのがその女教師だった。彼女は中年のベテラン教師として、学校側からも父母からも信頼されていた。だが彼女は大した理由もなく生徒を怒鳴りつけ、時には一方的に私たちを罵ることもあった。当然、この女性教師を嫌う者も多かったが、そうは言ってもこちらは小学生である。大っぴらに反撃することも、口答えすることもできない。そんな中で、特に目の敵にされていたのが私だった。

当時、私の両親はある宗教を信仰していた。それは世間一般で言う所の『怪しげな宗教』だったのだろう。

父の事故死と共に自然とつながりも消え、私が中学に上がってからは一切、そこと関連のある人たちとの交流もなくなっていた。

だが、活動期間中はとにかく両親ともに忙しく、家を空けることもしばしばだった。その間、私は近所の家に預けられ、夜遅くに両親が迎えに来る。それが週に何度も繰り返されるのだから、兄も寂しかったはずである。

　当時の両親にとって、信仰はある意味で実の子供よりも大切なものだったのかもしれない。どんなに兄が泣きわめいても、両親は出かけるのをやめようとしなかったし、その頃すでに物事の分別のついた兄は、一緒に行くことも拒否していた。きっと、周囲の人から奇異の眼差しで見られていることにうすうす気づいていたのだろう。

　一方の私はというと、両親の信仰する宗教がどれほど異様なものなのかなどわかるはずもなく、それこそ無垢で無邪気な子供ながらに、祭壇に向かう両親と一緒に祝詞を真似てみたり、手印を真似てみたりと、好奇心の誘うがままに興味を抱いていた。

　両親はそれが嬉しかったようで、特に堅苦しい集まりでない場合は、小さな私を連れて集会に出かけていった。そこで出会う人々の中には、幼い私を傷つけるような人間は一人もいなかった。誰もが優しく、穏やかで、互いを想い合う素晴らしいコミュニティだった。

　そういう意味では、心ない言葉を浴びせてくる近所の住民たちの方が、よほど恐ろしかった。そして、その最たる例が件の教師というわけである。

　両親が信仰していた宗教では、毎日朝昼晩にお祈りをする。それとは別に食事の際にも手で印を切る仕草によって、簡易的なお祈りをするのが日課であった。

　母は朝起きると祭壇に向かい、お祈りを済ませてから私と兄の朝食を作る。起きてきた父もお祈りを済ませ、食卓に着くと、今度はその簡易的なお祈りを全員で行い、朝食を始めるというもの。それは私が物心ついた頃からずっと行われてきたことで、私としては当然の作法だった。いただきますの時に両手を合わせるのと何ら変わりない、ごく普通の仕草というわけだ。

両親の信仰に反対だった兄でさえも、これだけはその身体に沁みついていたようで、文句を言う事もなく行っていた。でも、だからといって兄はそれを家の外でやろうとはしなかったらしい。私は学校で給食を食べる際にも一人でそのお祈りをしていたし、それが悪いことだとも、誰かに迷惑をかける行為だとも思わなかった。冷やかしてくるクラスメイトはいたが、そんなものは私が気にしなければいいだけのことだった。

だがしかし、件の女教師はあまりに露骨だった。給食の時間に私がお祈りをしていると、突然近づいてきて私の手を掴み立ち上がらせた。彼女は、

「みなさん、いいですかぁ。こういうことを人前で平然とするのはやめてくださいね。見せられる方も迷惑です。とても嫌な思いをしますからね」

クラスメイト達の奇異の眼差しを一身に受け、私は凍り付いてしまった。唐突に向けられたその女教師の言葉に、少なからず賛同している様子の顔がいくつもあったこと。誰一人として私をかばってくれる人間がいなかったことも、原因の一つではあるが。

いずれにせよ、この日以来、ごく平凡だった私の学校生活に不穏な影が差し始めた。

給食時間に一人でお祈りを済ませようとすると、教室のどこからともなく笑い声がする。見ると、数人のクラスメイトが私のお祈りを真似ている。中には、それにお経のような

ものを付け加える者もいて、私はどうしようもなく侮辱されている気持ちになった。しかも、何より気分が悪かったのは、その様子を見て女教師が一緒になって笑っていたことだ。とても愉快そうに。まるで、そうするのが正しい反応だとでも言いたげに。

また当時は私の家庭にはお金がなく、着るものなんかはいつも兄のお下がりばかりだった。当然、女の子らしいかわいい服なんて持っていなかった。そのことも私が周囲から揶揄される要因の一つだったように思う。

両親に話すと、父は烈火のごとく怒ったが、母はただ悲しそうに顔を伏せただけだった。私を抱きしめて、「ごめんね。ごめんね」と繰り返すばかりの母に、私は何故一緒に怒ってくれないのかと疑問を抱いた。いや、怒りすら覚えたかもしれない。

父は週明けに、学校に苦情を入れると言ってくれた。私にはそれがどういう結果をもたらすのかなど想像もつかなかったが、ただ、みんなが私をバカにしなくなるのなら、それでよかった。

だが、結果的にそうはならなかった。翌日の土曜日、具合の悪かった母を家に残し、私を連れて集会に向かっていた父は交通事故に遭い、そのまま帰らぬ人となった。

幸いにも、同乗していた私は腕を骨折しただけで済んだが、父を失ったショックはあまりに大きかった。

皮肉だったのは、父の事故の後、ほどなくして臨時教員が仕事に来なくなったことだった。なんでも、抱えていたうつ病が悪化し、そのまま病院に入院したのだという。何が原因で彼女がそうなったのかは不明だが、私を指差して笑うような教師がいなくなったおかげで、私の学校生活は少しずつ元に戻っていった。

――父の死と引き換えに。

私は今でも、あの時のことを考えるたびに疑問を感じずにはいられない。父の死は本当に事故だったのか。いつも一緒に集会に行く母が、あの時は何故一緒に行かなかったのか。兄はあの時どうして……。

考えれば考えるほど、この胸にはずっしりと重いしこりのように、疑惑の念がとぐろを巻いているのだった。

少し脱線してしまった。

とにもかくにも原稿である。いよいよ怪異が登場し、折に触れて囁(ささや)かれてきた謎の声が「みないで」と囁いていたのだと気が付いた悟。怪異の正体が何なのか、起源はどこにあるのかといったことを、今後那々木が解き明かしていくであろうストーリー展開は、わかっているからこそ期待感が膨らんでいく。

私は休む間も惜しんで、ページをめくった。

其の二

その日は珍しく、悟の分の夕食も用意されていた。

引っ越してきて二か月、これまでに一緒に食卓に着いたのは数えるほどしかなかった。大抵は満里子の機嫌がすこぶる良い時か、道雄が気まぐれに「悟も家族の一員だ」などとうそぶき、満里子と江理香が渋々従うという流れだった。

だが今夜は、そのどちらでもなかった。

「坂井先生、だいぶお怒りだったわよ。もう私びっくりして平謝りしちゃったわよ」

満里子がじっとりと湿った眼差しで悟を見る。

「なんだ、また喧嘩でもしたのか？」

道雄がやや鼻息を荒くして言った。

「違うのよ。今回は誰かを怪我させたとかじゃないの。授業中に幽霊がでたとか言って大騒ぎしたらしいのよ」

「はぁ？　幽霊？　信じらんない。あんた、そんな大ウソついてまで注目されたいわけ？」

江理香がテーブルを叩きながら、けたけたと声を上げて笑った。

「僕はそんなつもりじゃ……」

「何が違うっていうのよ。先生、困ってらしたわよ。あんたのせいで授業も中断して、他の生徒も怯えてしまったって。ご自宅できちんとお話ししてほしいって怒られたのよ」

何も言い返せず口ごもる悟に、道雄が低い声で尋ねる。

「悟、何故そんなことをしたんだ？　お前は何の理由もなくウソをついて周りを騙して楽しんでいるのか？」

「そんなこと――」

弁解するのを遮るように、道雄の平手が悟の頰を打った。強い衝撃によって一瞬、意識が飛びかける。悟は椅子から転げ落ち、手にしていた茶碗と箸が床に落下した。

「あーあ、なにやってんのよ。ちゃんと拾ってよね」

さも迷惑そうに、江理香が嘆息する。

「答えなさい。悟、何故そんなデタラメを言ったんだ？」

すぐには答えられなかった。しかし、ずっと黙っていてはまた殴られるだけだ。本当のことを言うべきか悩みに悩んだ挙句、悟は呻くような声を吐き出した。

「――呪いだよ。緑地公園にある『呪いの木』にまじないをすると、『崩れ顔の女』がやって来るんだ。僕はそれを見た」

一瞬の間をおいて、三人は同時に笑い出した。さっきまでの薄笑いとは違う、転げるような笑い声だった。

「悟ぅ、アンタ本格的にヤバいよ。そんな子供だましのデタラメを本気で信じてんの？」

「デタラメじゃない。噂は本当なんだ。確かに女の幽霊が――」

「いい加減にしろ。作り話も甚だしい。全くと言っていいほど反省の色が見られないな」

道雄が強い口調で断じる。それから、視線だけで落ちた茶碗や白飯を指し示す。

悟はすぐにそれらを拾い上げ、台所に片づけた。

「今日はもう食事は終わりだ。部屋で反省しなさい。それから、もう二度とそんなくだらない言い訳をするなよ。次に学校で問題を起こしたら、お前の叔父がやって来る前に、この家から追い出してやるからな」

くすくすと、含み笑いをこぼす満里子と江理香。これ以上ないほど愉快そうに、うつむく悟を嘲笑している。

悟はこの時、早くも本当の話をしたことを後悔していた。普段、何を言ってもまともに話を聞こうとしない彼らが、よりにもよってこんな怪談話を信じてくれるはずがない。自分の立場を危うくする結果になることはわかりきっていた。そのうえ虚言癖まであると思われたら、今よりもっとひどい扱いを受ける可能性だってあるのだ。

「目障りだから、早くどっか行ってよ。あー、飯がまずくなる」

煙たそうに手を振る江理香に押し出されるようにして、悟はリビングを後にした。

深夜、ベッドに入ってからもなかなか寝付けなかった。

空腹のせいか、それとも昼間の出来事のせいで神経が昂っているせいだろうか。

時刻は午後十一時を回っている。家の中は水を打ったように静まり返っていた。

こうしてじっとしていると、ときおり原因不明の耳鳴りに襲われる。よく、耳鳴りがすると霊がいるという迷信が囁かれるが、もしそれが本当なら、おちおち寝てもいられない。

頭に浮かぶのは、青い浴衣の女の姿。他の誰にも見えず、声も聞こえなかったことからも、あれが『崩れ顔の女』であることは認めざるを得ないように思う。だが、こうして時間が経つと、何もかもタチの悪い幻覚なのではないかという気がしてくる。だからといってすべて幻だったで済ませるには、あの体験があまりにも現実的で、生々しかったのも事実だった。

ふと、微かな物音が悟の鼓膜を刺激し、心臓が大きく跳ねた。

呻くような声。あるいは何かを引きずるようなくぐもった音。あの囁き声によく似ている。そう思った途端、全身から滝のような汗が噴き出した。

本当なら頭から毛布をかぶり朝まで丸まっていたかった。しかし、身体は無意識に行動を起こしていた。そっと音を立てぬようにベッドから降りてドアに張り付き、耳をそばだてる。それから少しだけドアを開き、廊下の様子を窺った。

　明かりはついておらず、壁に掛けられた時計の針が時を刻む音だけが、静かに響いていた。しばらくそうしていると、再び、階下から微かな物音がする。間違いなく誰かが――いや、何かがいる。

　怖いはずなのに、音の正体を確かめたいという抗いがたい欲求の方が勝っていた。悟は、小刻みに震える呼吸を整えるため大きく深呼吸をする。それから意を決して部屋を出て、階段を降りた。恐怖と好奇心がないまぜになったような不安定さで、慎重に一階に降りてから、青白い光の洩れる台所へと足を向けたその時。

「きゃあああああ!」

　地を揺るがすような悲鳴が轟き、台所から人影が躍り出てきた。悟は声にならない叫びを上げ、しかし逃げることもできずに立ち尽くす。

　次の瞬間、強い衝撃と共に悟は転倒し、覆いかぶさってきた人影と共に床を転がった。

「いったぁ……もう、何なのよ……ふざけんなよこのクソガキ!」

　恨みがましく叫んだのは江理香だった。パジャマ姿の彼女が、悟に覆いかぶさった状態で、鼻先が触れそうな距離から憎々しげに罵声を浴びせてくる。あおむけになった悟を踏みつけるようにして立ち上がった江理香は、それでも怒りが収まらない様子で忌々しげに悟を睨みつけていた。

「あんた、何考えてんの？　バッカじゃないの！」

「ごめん……」

何に対してそこまで怒りをあらわにしているのかわからないが、とりあえず謝っておく。それから立ち上がろうとした悟の手に、ひんやりとした感触があった。わっと声を上げてよく見ると、食べかけのバナナが床に落ちている。悟が手を伸ばそうとするのに先んじて、江理香が素早い動作でそれを拾い上げた。

「わ、悪い？　あんたと違って、こっちは試験勉強で忙しいの。お腹もすくのよ」

「別に、悪いなんて思ってないよ」

「嘘よ。こんな時間に食べ物漁ってる私のこと馬鹿にしてんでしょ。ダイエットしてるせいで、勉強してても気が散るのよ。だいたい、あんたが――」

江理香がなにか言い終える前に、ぱっと電気がついた。突然の眩しさに悟は思わず目を細める。頭上から、あわただしく階段を降りてくる二つの足音がした。

「お前たち、こんな時間にいったい何をしてるんだ」

「泥棒かと思ってびっくりするじゃない。どうしたのぉ？」

道雄と満里子が揃って怪訝な顔をしながら降りてきて、バナナ片手に仁王立ちしている江理香と、床に座り込んでいる悟を交互に見据えた。

「ちょっとお腹がすいたから食べ物探してたのよ。そしたらこいつが……」

最後の方はもごもごと適当に濁しつつ、江理香は悟を睨みつける。

「僕は何も……。ただ、物音がしたから……」

「嘘つかないでよ。あんた、アタシの事驚かせて楽しんでたじゃない」

江理香は怒りと共にどこか不安げな表情を浮かべ、悟の肩を突いた。

「気味悪い声で、『みないで』とかなんとか言ってたじゃない。真っ暗なリビングからじっとアタシのこと見てさ。何なのよアレ。冗談のつもり？　ほんっと気持ち悪いガキよね。ふざけんなクソが！」

一方的に吐き捨てた江理香に対し、悟は何も言い返せなかった。見当違いの指摘に対しても否定する気力すら湧かず、ただ呆然とリビングに視線を向ける。

そこに江理香が言うような人影を見出すことはできなかった。

其の三

翌朝、悟は寝不足で鉛のように重い身体を引きずるようにして登校した。

目を閉じても、すぐ後ろにあの女がいるような気がして落ち着かず、充血した眼を見開く悟の姿は、クラスメイト達の目にさぞ不気味に映ったことだろう。

最初は面白がっていた連中も、一日が終わる頃には誰一人として悟を見向きもしなくなっていた。ただ一人、菜緒だけは休み時間のたびに声をかけてきてくれたが、悟はまともに返事をすることもできなかった。

　そんな風にして気づけば一日が終わり、悟は夢遊病患者のような足取りで校舎を後にした。下校する生徒たちの笑い声や話し声をやたらと遠くに感じながら、そのいずれかに「みないで」という女の声が混じっていないかと神経を尖(とが)らせてしまったり、そばを誰かが通るだけでつい過剰に反応してしまったりしていた。

　この先、こんな状態が続くのかと考えると、気が遠くなるような思いだった。

「悟くん」

　不意に呼び止められ、校門に寄り掛かってこちらを見ている菜緒に気づく。「ああ」と気のない返事をして再び歩き出すと、菜緒はすぐ隣を並んで歩きながら、心配そうに眉(まゆ)を寄せて悟の顔を覗(のぞ)き込んできた。

「大丈夫？　ひどい顔してるけど」

「うん、ちょっと寝不足で……」

「……幽霊の、せい？」

　思わず足を止めた。視線をやると、菜緒は訳知り顔で弱々しくうなずく。

「みんなが信じなくても、私は信じるよ。悟くんが嘘をつくわけないもん」

　それに、と続けて、菜緒は周りを気にするみたいに声を潜めた。

「眞神さんに言われたんだ」

　眞神月子。その名を聞いた途端、悟は理由もわからず身構えてしまった。

「ついさっきね、悟くんを待ってたら声をかけられたの。眞神さん、悟くんのこと心配してるんだと思う」

それはどうだろう、と疑わずにはいられなかったが、あえて口には出さないでおく。

「それで、すぐに写真を回収して、おまじないの効果を取り消した方がいいって言われた。一度埋めた写真は簡単には見つけられないみたいなんだけど、私が一緒に行って探せばきっと見つかると思う。でもね、問題はそれだけじゃなくて——」

わずかに口ごもった後、菜緒はひどく重たげな口調で続けた。

「写真を回収する代わりに、別の人の写真を埋めないとならないんだって。そうしないと、悟くんにかかった呪いは解かれないみたい」

悟は言葉を失って黙りこんだ。それはつまり、自分の身代わりとなる犠牲者を立てるということなのか。

困惑する悟を置いてけぼりにして、菜緒はランドセルから一枚の写真を取り出した。そこには安良沢や彼と仲の良いクラスメイトたちが写し出されている。

「去年の遠足の写真だよ。ほら、学校の廊下に貼り出されるやつ。指定の封筒に番号を書き込むとその写真が買えるんだけど、うちのお母さん、おっちょこちょいだから、番号を書き間違えちゃったみたいなの。私には使い道ないし、でも捨てるのも失礼かなと思ってそのままにしてたんだけど、今なら使い道、あるよね」

「ちょっと待てよ。まさかその写真を代わりに埋めるっていうのか？」

菜緒は迷いのない動作で首を縦に振った。

「だって、このままだったら、あの高校生のカップルみたいに、悟くんが幽霊に襲われちゃうんだよ。そんなの嫌でしょ？」

「嫌に決まってるよ。でも……」

助かる方法がある。しかし、そのためには別の誰かを犠牲にしなければならない。そんな方法が果たして正しいことなのか。そう自分に問いかけて、悟は答えに窮した。助かりたい気持ちと、他人を身代わりにすることへの抵抗とのジレンマに陥り、心が落ち着かない。だが、そんな風に思い悩む悟をもどかしく感じたのだろう。菜緒は答えを待とうともせず強引に悟の手を取って歩き出した。

「小野田、ちょっと待て、どこにいくんだよ」

「決まってるでしょ。あの公園だよ。やらなきゃ悟くんがひどい目に遭うんだよ。だったら、他の人のことなんか考えてる場合じゃないよ！」

唐突に声を張り上げて、菜緒は肩越しに悟を振り返った。その凄まじい剣幕に気圧され、悟はまたしても返す言葉を失う。

「――ごめん、大きな声だして。でも、もとはといえば安良沢くんたちのせいでこんなことになってるんだから、責任を取るのは悟くんじゃなくて向こうだと思う」

菜緒の言う通りだった。そもそも安良沢が突っかかって来なければ、悟が『呪いの木』の下に写真を埋めるようなこともなかった。その安良沢に呪いを押し付けたとして、それはある意味で自業自得と言えなくもないのかもしれない。

胸の内に生じた黒い一滴が、透明な水面をじんわりと濁していく。

自分の中の良心と安良沢に対する怒りが、悟の頭の中で、さながら天使と悪魔のように争っていた。

——気味悪い声で、『みないで』とかなんとか言ってたじゃない。

ふと、昨夜の江理香の声が強烈な幻聴となって悟の耳に響く。

彼女がリビングで目撃したという人影は『崩れ顔の女』に違いない。篠宮家に現れた幽霊が、悟ではなく江理香の前に姿を現した。それはつまり、呪いの対象が悟一人ではなく、埋めた写真に写っていた篠宮家全員へと広がりつつあるという事実を示している。

「……わかったよ」

彼らのことはどうしても好きにはなれない。しかし、だからといって巻き添えをくって襲われるのを黙って見ている気にもなれなかった。

「ああ、よかった。ありがとう、悟くん」

菜緒はまるで自分のことのように嬉しそうな顔をして、安堵の息をついた。

傾いた太陽が、徐々に西の空へと沈んでいく。それを追いかけるようにして、二人は緑地公園へと駆け出した。

夕暮れ時の緑地公園には、犬の散歩をしている中年女性とベンチに腰掛けている老人がいるだけで、広場はほぼ無人だった。遊歩道へ進み、深い木々に囲まれた緑地の中を歩いていると、焦燥感に駆られていた心が少しずつ落ち着いてきた。

菜緒を横目で確認すると、彼女はただじっと仄暗い道の先を見据えており、その横顔から前回来た時のような怯えた様子は見受けられなかった。それどころか、何か強い意志の光をその瞳に宿し、固い決意のもとに歩き続けている。そんな風にすら感じられた。

それにしても、なぜ彼女はここまでしてくれるのだろう。写真を埋める時、菜緒は悟と共にあの場にいた。しかし、実際に埋めたのは悟であり、呪われてしまったのも悟や篠宮家の人々だ。菜緒が一緒に写真を掘り起こす理由などないはずなのに、何故……？

自らに問いかけた時、悟はその答えが考えるまでもないことに気づく。すべては自分という友人を思いやってくれる菜緒の優しさなのだということに。

この町に来てから――いや、両親が帰らなくなってから、悟はずっと一人だった。学校にいても家にいても、片時も心が休まらない。誰のことも信じられず、理由もなく周囲を遠ざけるような態度をとるようになった。周囲もまた悟を嫌厭し、新しい生活は孤独と共にあった。でも、そんな中で菜緒だけは悟を友人として見てくれていた。何も詮索せず、常に変わらぬ距離で、いつも同じ笑顔で。

「あのさ、小野田……」

こんな機会でもないと、素直に礼をいう事も出来ないかもしれない。そう思って声をかけた時、悟は異変に気がついた。菜緒の横顔がひどく緊張したように強張り、弱々しい呼吸は明らかに震えている。

「どうした？　具合でも悪いのか？」

問いかけると、菜緒はぎこちない動きで視線だけを動かし、悟を見た。

「悟くん……きこえない？」

思い過ごしではなく、彼女の眼は何かに怯え、恐怖の色に染まっていた。悟がその質問の意味を理解するより早く、菜緒はこう続けた。

「足音がするの。遊歩道に入ってからずっと、誰かがついてきてる」

「足音……？」

そう繰り返した悟は、咄嗟に足を止めて振り返ろうとする。が、菜緒は先んじて悟の腕を摑み、強く引いた。

止まってはいけない。言下にそう訴え、菜緒は歩調を速めた。悟は抵抗することなく、彼女のペースに合わせて歩く速度を上げた。

耳を澄ましてみると、確かに自分たちのものとは別に、落ち葉を踏みしめる足音が断続的に響いてくる。悟の脳裏に、またしてもあの女の幽霊の姿が浮かんだ。腕を引かれていたはずが、気づけば悟の方が菜緒の腕を引いて走り出していた。

心なしか、ついてくる足音のペースも速まっている気がする。確かめたくても振り返ることはできない。もし振り返った時に、あの幽霊がすぐ後ろにいて、両手で顔を覆っていなかったら、僕はどうなってしまう？

悟の胸中で、ねばつくような恐怖が鎌首をもたげた。それほど距離を走ったわけではないのに全身が汗みずくだった。

「悟くん、こっち！」

危うく、池に続く道を見落としそうになってしまう。菜緒に腕を引かれ、ぬかるんだ土に足を取られそうになりながら、分かれ道を右に折れる。

こんな風に追いかけられるなんて想像していなかった。逃げ場のない場所で怪異に迫られれば、今度こそ逃げられないかもしれない。

――いやだ。そんなのは絶対に……。

もはや一刻の猶予もなかった。追いつかれる前に埋めた写真を掘り出さなくてはならない。そうすれば、まじないが取り消され、怪異に襲われることもなくなるはずだった。安良沢たちを身代わりにしてしまうことに対し、いわゆる罪悪感や倫理観みたいなものはこの時、悟の頭の中から完全に抜け落ちていた。

池の西側、『呪いの木』の下に辿り着くと、二人は無我夢中で周囲の土を掘り返でも響いてくる。

し始めた。後方からは湿った土を踏むずちゅ、という足音に加え、微かな息遣いま

——来た。来た……！

心臓が早鐘を打ち、滝のような汗が鼻先や顎を伝ってぽたぽたと落ちる。顔を上げ、振り返って相手の姿を確認したい。そんな気持ちを必死に押し殺しながら、生ぬるい土に手を突っ込む。だが、土の中から写真を見つけることなどできず、引っ張り出されたミミズや名前も知らない虫たちがのたうち回る光景ばかりが広がっていく。

くそ、くそ、と毒づきながら、悟は迫り来る背後の気配に恐れおののく。半ばパニックに陥った頭では、自分が何を探しているのかすらも分からなくなってしまう。

そんな矢先だった。

「あ……あった！　あったよ悟くん！」

そう叫んだ菜緒の手には、四つ折りにされた写真が握られていた。こびりついた泥を手で拭いながら広げ、顔を近づけて覗き込むと、間違いないといった様子で何度もうなずく。

よかった。と内心で安堵しつつ、菜緒のもとへ向かおうとしたその時、悟は背後から伸びてきた手に肩を掴まれた。

「うわあああ！」

咄嗟に身をよじって土を摑み、後方へとデタラメに投げつける。

「来るな！　来るなぁ！　わあああああ！」

「うっ！　や、やめろ、なにをす……うっぷ！」

悟の叫び声と重なって、何者かの呻くような声がした。言うまでもないが、それは幽霊の囁き声とはまるで違う、よく通る男性の声だった。

はっと我に返り、悟はよくよく、目の前に立つ人物を見上げる。

「――まったく、スーツが泥だらけじゃあないか。篠宮くん、君は私にどんな怨みがあるというんだい？」

「な、那々木……さん……？」

それはまぎれもない、つい先日この公園の広場で遭遇した不審者――いや、自称作家の那々木悠志郎だった。高そうなスーツの至る所に付着した泥汚れを神経質に手で払いながら、那々木は困り果てた顔をして悟を見下ろしている。

「おいおい君たち、大丈夫なのかい？　まるで幽霊でも見たような顔をしているな」

皮肉の利いた発言を苦笑いで受け止め、悟は改めて安堵の息を漏らした。

「さっきから僕たちを追いかけてきていたのは、那々木さんだったんですか？」

「ああ、そうだよ。君によく似た姿が遊歩道に入っていくのが見えたから声をかけようと思ったんだ。そしたら急に走り出すじゃあないか。追いつこうと夢中で走っているうちに声をかけるのを忘れてしまったよ」

はっはっは、と大仰に笑う那々木を、菜緒は唖然（あぜん）として見上げていた。どこか間の抜けたその言い分に、悟はつい溜息（ためいき）を漏らす。

「そんな馬鹿みたいな理由で驚かすのはやめてくださいよ、那々木さん……」

「ちょっと待て。大人に向かって馬鹿とは何だ。君の方こそひどいじゃあないか。『呪いの木』の在処（ありか）を知っていたくせに、私に嘘をついたな？」

痛いところを突かれ、言葉を失う悟にしたり顔を向けた後、那々木は視線を持ち上げた。

「ふむ、これが件（くだん）の『呪いの木』か」

那々木は腕組みをして、猛禽類（もうきんるい）が如き目を大きく見開く。その視線の先で、薄闇に枝を大きく広げた『呪いの木』が彼を見下ろしていた。

「なるほど、ここまで立派な椿は珍しい。たしか、岩手県の熊野（くまの）神社に日本最大最古の椿があったはずだが、この木はそれに劣らぬ大きさだ。立派なものだよ」

ひと目見ただけで、これが椿だと断じる所を見る限り、那々木は思いがけず植物にも詳しいようだ。

「君たちは知っているかな？　椿というのはもともと北海道には自生していないんだ。植物園で育てられたものなら見ることが出来るがね。おそらくこれは、どこか他所（よそ）の土地から移植されたものだろうな。日本では古くから親しみがあり、赤、白、ピンクと色とりどりの美しい花にはそれぞれ、美を主とした花言葉がある。長寿の霊木としても知られる一方で、花が落ちるさまが人の首が落ちるさまを連想させることから不吉とされる場合もある。まあ、この朽ち果てようからすると、もう花を咲かせることはないだろうがね」

　勝手に講釈を進める那々木は、そこでおもむろに手を差し伸べ、座り込んでいた悟を立たせてくれた。

「ところで篠宮くん、そちらは君のお友達かい？」

　那々木は悟から菜緒へと視線を移動させ、軽く小首をかしげて見せた。じっと見据えられた菜緒はわずかに後ずさりをしたが、悟が「大丈夫だよ」と声をかけると、すぐに警戒を解いてそばにやってきた。

「もしかして、この人がこの前言ってた……？」

「うん、那々木さんだよ」

　菜緒を紹介すると、那々木は何か意味深げに悟を見て「そうかそうか」と満足げに呟いた。その微笑みにどんな意味があるのかはよくわからない。

「それで、君たちはこんなところで何をしていたんだい？　見たところ、二人とも泥遊びは卒業していてもおかしくない年頃だと思うんだがね」

　そう訊かれ、悟は言葉に詰まった。

　呪いを解除するために写真を掘り返し、別の写真を埋めようとしていた。そんな子供の悪戯の域を出ないような理由を話したところで、信じてもらえるはずがないと思ったからだ。だが同時に、那々木が相手ならば信じてもらえるのではないかという、ある種の希望のような感情がこの胸に芽生えているのも確かだった。

「那々木さん、信じてくれる……？」

「もちろんだ。是非とも聞かせてくれ」

学校で幽霊の声を聞き、その姿を目撃したこと。昨晩はそれが自宅にも出て、居候先の一家にも呪いが降りかかっていること。その呪いを解くために、こうしてこの場所に菜緒と二人でやってきたこと。

悟が一通り説明し終えたところで、那々木は何事か考え込むような仕草で黙り込んだ。上着のポケットから取り出した煙草をくわえ、銀色に光るオイルライターの蓋を開く。小気味いい金属音の後にぼっと火がついた。冷たい薄闇に閉ざされつつあった空間が、ほんのわずかながら、温かみにあふれた光に照らされる。

その様子をじっと見つめていたからだろうか、那々木ははたと手を止め、蓋を閉じて火を消した。それから、くわえていた煙草を口から外し、

「小学生の前で吸うのは教育上よくないな。受動喫煙は子供の成長を妨げるというし……」

ぶつくさ言いながら、不本意そうに煙草をしまい込む。

それから、改めて悟と菜緒に向き直った。

「君たちの状況は理解したよ。だが、呪いの解除がそう簡単に出来るものなのか、

私にはその点が疑問だ」

「解除できないっていうんですか？」

すかさず問いかけたのは菜緒だった。それに対し、那々木は軽く肩をすくめ、

「出来ないとは言わないさ。ただ、疑問だと言っているんだよ。そもそも、この木の下に写真を埋めるという行為は、ある種の儀式であり、怪異に干渉する手段なんだ。正当な行為でもって干渉してしまった以上、簡単に取りやめることなどできないんじゃあないかな」

再び腕組みをし、那々木は続ける。

「だからこそ、身代わりを立てるという手段は有効だ。取りやめるよりもずっと少ない労力で呪いから逃れられる。いや、呪いの向かってくるエネルギーを別の方向に向けるというべきかな。君たちにその方法を教えてくれた眞神月子という少女がどういう経緯でそのことを知ったのかはおいておくとして、確かに、この方法なら篠宮君が呪いから逃れることはできるかもしれない」

「ほ、本当ですか？」

思わず声が出た。ああ、とうなずく那々木を見て、悟は内心、安堵(あんど)せずにはいられなかった。彼がそう言うのであれば、半信半疑で試してみるよりもずっと心に余裕ができる。

「これはある種の呪詛(じゅそ)返しだからね」

「呪詛返し？」

　思わず繰り返すと、那々木は再びうなずいた。

「成立してしまった呪いを単純に無効化するのではなく、そのエネルギーをそのまま敵に跳ね返す。あるいは他者を犠牲として回避する呪法だな。本来こういうものは、素人が見よう見まねで出来るものではないんだ。そもそも世間に認知されている呪法や秘術の類というのは、大切な部分が抜け落ちて伝わっていると言われている。それぞれの流派が守り抜いてきた術の詳細をそうやすやすと外部に漏らすはずはないから、これはまあ当然のことではあるがね」

　ひと呼吸おいてから、那々木は得意顔で人差し指を立てる。

「つまり、我々のような一般人が認知できる程度の呪文や儀式なんかには、悪霊を退散させるだけの力など最初から込められていないということだ。本当に大切なものは簡単に外部のものに見せたりしない。それはどんな世界でも同じだ。料理人が秘伝のレシピを開示しないように、作家がそのアイディアを他人に話したりしないように、呪術の神髄もまた決して明かされない。ゆえに、素人がそうしたものに頼り、真似をしようとするのは危険を通り越して無意味でしかないんだよ。人を呪いたいのなら、道具ややり方に頼るのではなく、自らが抱える強烈な怨念を武器にするのが一番なんだ。突き詰めていけば、それが何より恐ろしく、暴力的で、おぞましい。最も恐れるべき呪詛となるのだから」

そう結んで、那々木は一息ついた。ひと仕事終えたような溌溂とした表情をしている彼に対し、菜緒はただただ茫然として、話についていけていない様子だった。

しかし悟にしてみれば、那々木の話は、漠然と感じていた矛盾を論理的な形として証明してくれた。そのことにある種の感動めいた気持ちを抱くと共に、悟はこの正体不明の大人に対して、たとえようのない憧憬を感じ始めてもいた。知り合ったばかりの相手なのに、どういうわけか近しく感じられる。自分の中にある何かが、そう声高に告げているのだ。

「――っと、しまった。つい話がそれてしまった。君たちには少し難しかったかな」

那々木はわざとらしい口調で言いながら、おもむろにネクタイを直した。それから菜緒が手にしているくしゃくしゃの写真を視線で示し、

「話を戻すが、君たちが写真を埋め直して呪詛返しを行うには、一つ大きな問題がある」

那々木はそのまま視線を悟へスライドし、問いかける。

「埋め直した写真に写っている人物――おそらくは何も知らない人間に呪いが降りかかるという事だ。君はそれを理解しているんだろう、篠宮くん？」

「あ……えっと……」

言葉がつっかえて即答できなかった。自分が助かるために、他人を犠牲にするような手段を用いていいのかという、真っ当な疑問を那々木は投げかけてきているの

だ。

悟は無意識に視線を下ろし、うつむいていた。答えはとっくに出ている。相手が安良沢であれ、他の誰であれ、身代わりを立てて犠牲にするなんてこと、絶対に間違っていると。

「ごめん小野田。やっぱり、僕には……」

こんなことできない。そう言おうとして振り返った時、菜緒はすでに『呪いの木』のそばに屈みこんでいた。ポケットから取り出した写真を手早く折りたたみ、手近な穴に放って土をかけ、『イサコオイズメラ』と三度繰り返す。制止する暇もなく、あっという間に菜緒は必要な手順を終えてしまった。

その直後、それまで静かだった木々が突然ざわめき出し、一陣の風が吹きすさんでいった。池の水面がゆらぎ、『呪いの木』からは悲痛な慟哭めいた音が響いてくる。

数日前、最初に写真を埋めた時とまったく同じ光景が繰り返されていた。

「――やってしまったか」

那々木が落胆とも、諦めともつかぬ声を漏らす。作業を終えて立ち上がった菜緒は、おずおずと、窺うような眼差しを悟へと向けた。

「これは、なんとも面妖だな」

ウオオォォォと、いびつな悲鳴じみた音を響かせる『呪いの木』を見上げながら、那々木は呟いた。吹き抜ける突風に池の水がじゃぶじゃぶと音を立てるなか、彼は何を思ったのか、おもむろに『呪いの木』のそばに屈みこむ。

「那々木さん？　何してるんですか？」

「せっかくだから私も写真を埋めておこうと思ってね」

当たり前のように言って、那々木は上着の内ポケットから取り出した写真を穴に埋め土をかける。それから、菜緒が口にしたのと同じ呪文を三回繰り返した。

「ふむ、これで良しと。案外あっけないものだな」

那々木は物足りなそうに呟き、次に何が起きるのかと目を輝かせて周囲を見渡している。怪異譚を蒐集するためとはいえ、自らを危険な状況に追い込もうとするなんて、やはりこの男はまともじゃない。悟はそう内心で独り言ちた。

「――ねえ、もう大丈夫だよ悟くん」

すぐそばで菜緒が静かに呟いた。薄闇のなかでも、彼女の潤んだ瞳がかすかに揺れているのがわかる。その時になってようやく悟は気がついた。菜緒だって、安良沢たちを身代わりにすることに罪悪感を抱かないわけではないと。悟が自分では決してできなかったことを、彼女は代わりにやってくれたのだ。ただ悟を救いたいという一心で。

「帰ろう」

菜緒の手が悟の手にそっと重ねられる。それ以上、何か問いかけることも、言葉を発することもせず、悟はその手をそっと握り返した。

その、次の瞬間だった。

……みないで

不自然に波を立てる池の底から響いてくるような、湿った囁き声がした。

那々木にもその声が聞こえたらしく、彼は悟と視線でうなずきあい、それから鋭い眼差しを周囲に走らせる。そんな悟と那々木の様子から状況を察したのか、菜緒は肩をびくつかせ、ひゅっと息を吸い込んだままで全身を強張らせていた。

周囲を見渡した悟の視界の端に、ほんの一瞬だけ、人影が映り込んだ。池を挟んだ反対側の二つ並んだ木の間。髪の長い、浴衣姿の女が身じろぎ一つせずに佇んでいた。

「那々木さん、あれ……」

「ああ、見えているし、声も聞こえている」

低く押し殺したような声で、那々木はこう続けた。

「顔を、手で覆っている……？　あれが『崩れ顔の女』なのか……」

誰に対するものでもなく、那々木は浮かんだ疑問を口にした。

「まさかこんなに早くやって来るとは、私としても予想外だった。残念だが今は対抗手段がない。あの怪異についての情報が少なすぎる」

那々木は素早く視線を走らせながら、その表情に苦悶の色を滲ませた。

「いま確かなことは、我々はあの怪異の顔を見てはならないということだ。どういう理由で顔を隠しているのかはわからないが、出会い頭に見せられなかったのは運がよかった。おそらくあの怪異は、本格的な襲撃の前にああやって何度か姿を現し、ある種のカウントダウンをしているんだろう。間近に迫ってきて顔を見せつけられるまでは、まだ猶予があると考えられる。つまり、顔さえ見なければ安全ということだ」

そこにいるのは明らかなのに、あえて無視しなくてはならない。それはある意味で、まともに襲われるよりもずっと気味が悪かった。

「さあ、行くぞ。離れずに移動するんだ」

那々木の推測通り、遊歩道を引き返す間にも囁く声は何度か聞こえてきたが、女の幽霊が追いかけてくるようなことはなかった。教室で目撃した時と同様に、距離をとることでいつの間にか声も聞こえなくなり、全身を覆い尽くすような悪寒も広場に着く頃にはおさまっていった。

「ここまで来れば大丈夫だろう。声も聞こえないし、姿も確認できない」

那々木は変わらぬ冷静な声で、しかし微かな安堵を滲ませてそう告げた。

「でもどうして悟くんにも幽霊が見えたの？　呪いは移行したはずなのに……」

菜緒が理解できないとでも言いたげに漏らした。それについては悟も同感である。眞神月子がでたらめを言ったにしても、そんなことをする理由がわからない。

「呪いの移行が正しく行われなかったか、あるいは一度呪いをかけられた者は、標的でなくとも『崩れ顔の女』の声や姿を認識できるのかもしれない」

「襲われないだけで、姿は見えるってことですか？」

悟が問うと、那々木は「あくまで推測だがね」と付け足した。

「それよりも、君の代わりに呪いを受けた人間がいるという点の方が問題だ。今後、君はその身代わりとなった連中のことをしっかりと監視し、わずかな変化も見逃してはならない」

悟は息を詰まらせた。忘れかけていた罪悪感が、数倍のサイズになって降りかかってきたような気分だった。

「でも、どうやって……」

「幸い、君にはまだ怪異の声も聞こえるし姿も断片的に確認できる。また現れる時を感知できるだろう」

「安良沢達の所に怪異が来ないかどうか、見張ってろってことですか？」

那々木はさも当然のようにうなずく。

「そして、経過を私に教えてくれないか。貴重な情報だからね」

結局のところ、それが一番の目的なのだろうと思ったが、あえて黙っておいた。

いずれにせよ、無事に生還できたことに悟は安堵していた。この先どうなるかはわからないが、那々木という頼れる大人がいることが今は何より心強かった。

「那々木さん、助けてくれてありがとう。那々木さんがいなかったら僕たち……」

想像しただけで肝が冷え、悟はつい身震いした。それに対して那々木は怪訝そうな表情をありありと浮かべ、心外だとでも言いたげに目を丸くしていた。

「私が君たちを助けた？　ふん、勘違いをしないでくれ。別に君たちを助けたわけじゃあない。忘れているようだから言っておくが、この私もまた、呪いを受けた人間の一人なんだよ。自分の身を守るためには、君たちの情報が必要だっただけのことさ」

照れ隠しにそう言っているのか、本気で言っているのかわからないような口ぶりで、那々木は曖昧に肩をすくめた。

「私に恩義を感じる暇があるなら、友人の身に危険が及ばないよう、しっかりと見張っておくんだね」

有無を言わさぬ口調に、悟は何度もうなずきを返す。その反応に満足したのか、話もそこそこに「それじゃあ、私は行くよ」と那々木は踵を返した。

「――あの、那々木さん」

思わず呼び止め、悟は問いかけた。

「那々木さんはどうして、こんな町にまでやって来て怪異譚を探しているんですか？　ただの取材として？　それとも、もっと別の目的が……？」

問いかけた悟の言葉はしかし、途中から宵闇に溶けて消えていった。

静かに向けられた那々木の眼差しが、ぞくりとするほど冷たかったからだ。

「見つからないんだよ。どれだけ探しても」

軽い沈黙の後で、那々木はそう切り出した。

「ずっと探し続けているのに、求めているものが見つからない。だから私はひたすらに怪異を追いかけている……。というのが正直なところかもしれないな。何か確信があってやってるわけじゃあないんだ。ただ、私にはこういうやり方しかできないものでね」

言い終えてから再度、肩をすくめた那々木は、それっきり黙り込んでしまった。

なぜかはわからなかったが、悟にはその時の那々木の姿が、両親を失って孤独に震える自分の姿と、よく似ているような気がしてならなかった。

夕食後、部屋に籠って原稿を読み続け、気づけば深夜零時を回っていた。

今日はもう、お風呂に入って休むことにしよう。そう思い立ち、私は浴室に向かった。

既に中盤に差し掛かり、怪異の存在もはっきりと示されて、物語はどんどん加速している。悟に降りかかった呪いは本当に安良沢たちへと移行しているのか。それとは別に、那々木にかけられた呪いはどうなるのか。これらが最終的にどのような形で終わりへと向かうのかを、早く見届けたいという気持ちが強まっていた。

それとは別に、今回の那々木の人となりが、私の知っている彼とは少し違っているような気がした。作中の那々木は、呪いの対象をクラスメイトに移そうとする悟に対し、それを咎めるような態度をとっている。会ったばかりの他人に対してわずかでも感情をあらわにするのは、那々木がまだ若く、正常な人間らしい感情の起伏のようなものを有しているからかもしれない。

そんなことを考えながら湯船につかっていると、いい感じに心地よくなってきた。足を伸ばせるくらいに広く、手すりや段差のついた浴槽、そして一人で使うには大きすぎる洗い場を見渡し、私は小さく息を吐き出した。私が生まれる少し前に、祖母の介護のために家をリフォームすると言いだしたのは父だったらしい。その際に、この風呂場も手を加えられ、とても快適になった。認知症を患っていた祖母の介護は、きっと私が理解している以上に大変だったのだろうと思う。その祖母も、私が物心つく頃にはいなくなっていたから、私には思い出の一つもないのだけれど。

後に母から聞いた話では、祖母の介護をきっかけにして、両親は信仰を持つようになったのだという。子育てと家事、そして介護と、三重苦に見舞われた母のすがる先がそれだったとしても、まあ無理はないかもしれない。祖母の死後は時間的余裕ができたこともあって、両親ともに熱心な信者となった。

まだ文字もろくに読み書きできなかった私にとって、教団の教えは理解できるはずもなかったが、熱心にお祈りをすると両親が喜んでくれることがただただ嬉しかった。今でもつらい時や苦しい時には、そっと目を閉じてお祈りをすることで心を落ち着けられる。大概のことはそれで乗り切れるのだ。たぶん、そうすることで死んでしまった父の優しい笑顔を思い出せるからだと思う。父の存在が私にとってそれほど重要であるという点に関しては、今も変わっていない。

湯から上がり、シャワーを出して手早く身体を洗う。少し長湯し過ぎたせいで、頭がぼーっとしていた。のぼせる前に出なくてはとシャンプーを泡立てていた時、それは唐突にやってきた。

……ないで

ピタ、と手が止まった。

顔を上げ、浴室を見渡してみる。当たり前だが他には誰もいない。そのまましばらく硬直して耳を澄ますも、流れ出るお湯のさーっという音以外、何も聞こえなかった。

「疲れてるのかな……」

日がな一日、原稿を読んで過ごしただけだから、肉体的な疲れは感じていないけれど、自分が思っている以上に、これまでの疲れがたまっているのかもしれない。そんな風に思い、正面の鏡を覗き込む。四角い鏡の中に、頭に泡をのせた自分の顔がある。その斜め後方に、青い浴衣姿の女が佇んでいた。

「いやあああ！」

咄嗟に声がでた。その拍子に出しっぱなしにしていたシャワーをまともに浴びてしまい、シャンプーの泡がだらだらと顔に流れてくる。

無理に目を開けようとしても、泡が目にしみて開けていられない。泡塗れの手で顔を拭ったところで、事態は悪化するだけだった。


……ないで……みないで……


さっきよりも鮮明な声が、視界を奪われた私の耳朶を打った。

「や……いやっ！　いやあああ！」

訳も分からずパニックに陥り、突き刺すような痛みを眼球に感じながらも、私は懸命に目を開いた。まばたきを繰り返しながら、湯気で見通しのきかない浴室に視線を走らせると、私の背後、わずか一メートルちょっとの距離に青い浴衣姿の女が立っている。

「なんで……なんでよぉ！　あっ……！」

入口まで後ずさりしてノブをまわそうとするが、滑ってうまくいかない。その間にも女の声は繰り返される。力任せに浴室のドアを叩き、必死に助けを求めて喉を震わせていると、突然ノブが回転し扉が開いた。私は転げるように浴室から飛び出して、ドアを開けてくれた母の前に倒れ込んだ。

「おかあさん！　おかあさぁん！」

恥も外聞もなく素っ裸で洗面所の床を這いつくばり、目を白黒させる母にしがみつく。

「古都美、あんた何やってるのよ！」

「助け……たすけて……！　幽霊……が……あぁっ！」

パニックに陥っているせいでまともにしゃべれない。母は困惑し、全身ずぶ濡れで喚き散らす私を、得体の知れないものでも見るような目で見下ろしていた。

「落ち着いて、何があったの」

「わ、わからない……なにがなんだか……」

そう答えながら、私は浴室を振り返る。もうもうと溢れ出した湯気の向こうに、しかし女の姿はなかった。わずか数秒の間に、忽然と消え失せたのだった。

「あ……え……？」

今の心情を丸ごと映し出したような、意味不明の言葉が零れる。

「もしかして酔っぱらってるのかい？　まったく、もう」

母は溜息をついてバスタオルを私に放り、そのまま踵を返して行ってしまった。一人残された私は、タオルをぎゅっと抱きしめたまま、しばらく動けなかった。酔っぱらってなどいない。そこにいるはずのない女の声を聞いたし、姿も見た。

そう、髪が長くて青い浴衣姿をした女が、雪のように白い両手で顔を覆っている姿を確かに見た。見間違いなどではなく、この目ではっきりと……。

自室に戻りベッドに腰を下ろすと、昂っていた気持ちがようやく落ち着いてきた。考えれば考えるほど、あれが見間違いではないとわかる。私は見てしまったのだ。原稿に登場する『崩れ顔の女』を。

何故。どうして。どれだけ自分に問いかけたところで、合理的な答えなどあるはずもなかった。ただ……。

私はテーブルの上に置いた那々木の原稿をじっと見つめる。この怪異は、原稿を読んだ者のところにもやってくるとでも言うのか。いや、そんなことはあり得ない。どう考えても荒唐無稽だと吐き捨てたくなる気持ちとは裏腹に、そう受け止めざるを得ない気持ちが急速に膨れ上がっていた。

この原稿に書かれていることは、すべて現実で、那々木が実際に体験した出来事だった。篠宮悟や小野田菜緒といった人物は実在していて、怪異に襲われた人というのも確かに存在していて、那々木は実際に彼らと出会い、呪いをその身に受けて……。

そこまで考えて、私は身体の芯から震え上がった。そんな馬鹿な、と一笑に付そうとする自分を押しのけて、何もかも現実だと受け入れようとする強固な意志が頭の中を支配していた。怪異の姿を見て、声を聞いてしまった以上、どんなに疑わしくても、この仮説こそが真実であるという可能性を捨て去ることなどできなかった。

「どうしよう……私、本当に……」

濡れたままの髪をかきむしるようにして頭を抱えた時、スマホが鳴った。ひっと息を詰まらせ飛び上がった私は相手の名前を確認するや、一も二もなく電話を耳に当てていた。

「――もしもし、那々木先生？」

『やあ、久瀬くん、連絡が遅れてしまってすまなかったね』

電話越しに聞こえてくる那々木の声は、切羽詰まった私とは対照的に、この上ないほど落ち着いていて抑揚のない平坦（へいたん）なものだった。

「那々木先生、今どこですか？」

『今はちょうど取材対象の町に到着したところだよ。観光スポットとしても有名な道南の湖のそばにある小さな町なんだが、けしからんことに、私のことを知らない連中ばかりでね。まだ調査を始めたばかりだというのに、持ってきた文庫本はすべて配り終えてしまった。いくら田舎だと言っても、日本を代表するホラー作家であるこの私を――ん？　おい裏辺（うらべ）、何をやっている。車が動かなくなったのはお前の責任だろう。狸だか狐だか知らないが、あんなものをよけて路肩に落ちたのはお前の運転が……なに？　盗難に遭うのが怖いなら、一人で車中泊でもすればいい。私は無理についてこいなんて言った覚えはないぞ。だいたい……』

同行している人間となにやらもめているらしい。かなり立て込んでいる様子だが、こっちだってそう悠長にしていられる状況ではなかった。

「あの、那々木先生？　聞こえますか？　那々木先生！」

『ああ、すまない。ところで原稿は読んでくれているのかな？』

「それどころじゃないんです！　私……私の……女が……」

自分でも驚くほどに声が震えていた。それ以上は言葉にならず、要領を得ない内容に那々木は困惑の色を示したが、徐々にこちらの状況を理解してきたらしく、

『……やはり、現れたのか』

鋭い声音でそう告げた。

え、と訊き返す私に、那々木はすべてを理解しているかのような口調で続ける。

『怪異が、君の所にやって来たんだろう？』

「そ、そう……そうなんです！　那々木さん、私、どうしてこんなことに……」

『久瀬くん、まずは落ち着くんだ。まだ慌てる必要はない。あの怪異はすぐに何かしてくるわけじゃあない。君の方から近づこうとしない限りはね』

冗談じゃない。頼まれたって近づいたりなんてするものか。

「まさか本当にあれは……怪異が……」

『そのまさかだよ。君が目にしたのは私が原稿に書き記した怪異にほかならない』

「どうして……？　だって、私はなにも……」

　何もしていない。そう言おうとしたが言葉が続かない。どうして原稿を読んだだけの私の所に『あんなもの』がやって来るのか、その理由が知りたかった。何の説明もなく、理不尽な恐怖にさらされているこの状況が、どうしても我慢できないのだ。

『何故、怪異が君のところにやってきたのか。そのことに関しては、私の落ち度というべきかもしれないな。一時的に退けることはできても、完全に打ち滅ぼす方法が見つけられなかったんだよ。そういう経緯もあって、あの原稿は長いこと眠らせておいたんだ』

「落ち度？　落ち度って何です？　ちゃんと説明してください！」

　問い詰めると、那々木は曖昧に黙り込んだ。

「もう、どうして私がこんな目に……」

　頭の中がごちゃごちゃで、思わず叫び出したくなる。やり場のない苛立ちに私は唇を強く噛みしめた。

『まあ、そう悲観的にならないでくれ。そもそも担当編集者である君なら、私の作品が実際の出来事をモデルにしているという話は知っていたはずだよ』

「それは……てっきり、そういう手法で書かれているだけかと」

　そう返すと、那々木はどこか心外そうに苦笑した。

『私は読者に嘘はつかない。作品に関しては、フェアに接することを心掛けてきたんだ。ストーリー展開だけでなく、怪異の記述についてもね』

「そ、そんなことより、どうにかして下さいよ。私、このままじゃ安全じゃありませんよね？　また、あれがやって来るんですよね？」

『そのとおりだ。今後、君の身に降りかかる危険は原稿に書かれている内容と同等のものになるはずだよ』

　淡々と告げる那々木の言葉を聞きながら、私は身体中の熱という熱が一気に放出されたかのような、猛烈な寒気を覚えた。手近にあった毛布を抱き寄せ、頭からひっかぶる。

『いったん読み始めてしまった以上、君は最後まであの原稿を読まなければならない。すなわちそれが、怪異を知ることに繋がるからね』

　那々木がいつも作品の中で言う台詞だった。怪異を退けるためには、怪異を知ること。まさかその台詞を、現実の世界で告げられる日が来るなんて……。

「読めば私は助かるんですか？　読んであの怪異のことをちゃんと知れば、あの女はもう来なくなるんですか？」

『――この怪異は、そこが厄介なんだよ』

　那々木の声が、心なしか低く、沈んだように感じられた。

『その存在を知ろうとすればするほど、怪異は距離を狭めてくる。あるいは出現する間隔が短くなるんだ。つまり君が原稿を読み進めるほどに、怪異は君に近づいてくるということさ』

「そんな！　だったら私はどうしたらいいんですか！」

狭い部屋の中で、私の叫ぶ声が反響する。

怪異のことを知らなければ助からない。でも知ろうとすればするほど、怪異は迫って来る。これではどっちを選んでも手詰まりだ。

「どうして私に……こんな……」

自分のものとは思えないほど恨めしげな声で、私はそう尋ねた。

『勘違いをしないでくれ。私は何も、君を陥れるためにその原稿を渡したわけじゃあない』

那々木はあくまで淡々と弁解する。この期に及んで、イラつくほどに冷静な声だった。

『万が一、怪異に遭遇しても、君ならきっと切り抜けられる。その確信があるからこそ、私は君に原稿を送ったんだ』

「えぇ？　どうして私が――」

その意味を問いただそうとした時、不意に電話口の音声がぶつぶつと途切れ始めた。

「那々木さん……？　ねえ……ちょっと……！」

必死に呼びかけるも応答はなく、最後に激しいノイズ音を発して、そのまま電話は切れてしまった。

「なによぉ！」

スマホを放り投げ、立ち上がった私は部屋をうろうろと落ち着きなく歩き回る。私の貧弱な頭でどれだけ考えたところで、意味深な物言いばかりする那々木の本心などわかるはずもなかった。

これ以上原稿を読めば怪異が更に迫って来る。だがその一方で、最後まで読まなければ対抗策はわからずじまい。

「私に、どうしろって言うのよ……」

しばらくの間、そうやって悩んでいたけれど、結局は答えが見つけられず、私は半ば自棄になって考えるのをやめた。部屋を出て下に降り、冷凍庫の中にカップアイスを見つけたのでそれとスプーンを手にキッチンを出た。

「――そうなのよ。なにか、疑ってるんじゃないかって思うの……」

ふと、母の寝室から声がした。押し殺したような声が気になったので、そっと近づいてみると、風通しのために襖が少し開いている。そこから中を覗いてみると、携帯に向かって声を潜めている母の姿が見えた。こんな時間に、いったい誰と話しているのだろう。

「だって、確かにそう言ったのよ。なんだか不安で……ねえ透、こっちに来られない？」

電話の相手は兄のようだった。

「うん……それはわかってるわよ。でも、あの子は――古都美は気づいているんじゃないかしら……」

心臓が一つ、大きく跳ねた。

母は私の話をしている。こんな風にこそこそと、兄と二人で私の話を？

さっきの私の奇行を見て不安になっただけなら、こんな風に部屋に隠れて電話する必要はない。母の性格上、私に直接何か言ってきてもいいはずだ。なのにそうしないのは何故か。答えは簡単だ。母と兄は、私に聞かれたくない話をしている。私が『気づいている』というのはきっと、そのことについてなのだ。あいにく私は母や兄のことについて不審に感じていることなど何もなかったが、この会話を聞いてしまったことによって、母に対する疑念が確実に芽生えつつあった。

「もう、二十年近くも前のことだから、さすがに覚えちゃいないかもしれないけど……うん、わかってるよ。なにも言わないよ。あの子は父親っ子だったからね……」

再び、心臓が跳ねた。

動揺のせいか軽いめまいを覚え、思わず壁に手をついた時、もう一方の手からカップアイスがすべり落ちた。

ドアの向こうで、息を呑む気配があった。私はすぐさまカップアイスを拾い上げ、可能な限り足音を忍ばせて階段を上り自室に駆け込んだ。その直後、階下で襖が開く音がする。数秒間、こちらを窺うような沈黙の後で、襖は閉じられた。

息を吐きだすと同時に、私はその場にへたり込んだ。

「どうして……お父さんのことを……？」

母と兄は、私に何かを隠している。風呂場で取り乱す私の様子を見て、母は何か勘違いをした。そしてそれは、母を不安にさせる類のこと——父に関係する何かなのだ。

二人はいったい、何を隠しているのだろう。

自問自答を繰り返し、考えれば考えるほど訳が分からなくなって、湿った髪のままベッドに寝転んだ。身体が重い。不快な眠気が瞬く間に私を支配していく。

それ以上、何かを考える余裕もなく、私は眠りに落ちていった。

三日目

しっかり寝たはずなのに、やはり気分は晴れなかった。眠っている最中にも常に何かを考えているような感じがして熟睡できず、鈍い頭痛がいつまでもやまなかった。用意されたトーストを半分ほど残しても、母は特に何も言ってこなかった。そればかりか、普段は何気なくかわす世間話すらもなくて、気まずい沈黙が私たちの間に横たわっていた。今日も出かけるという母に空返事をして自室に戻り、私はテーブルに向かった。

何度か電話をかけてみたけれど、那々木とは未だに連絡が取れていない。彼の真意はわからないままだが、この原稿を読まずにいても危険なのには変わりない。だったら読み進めるしかないと思った。

小さく息を吐いて、様々な雑念を一旦脇へと追い払い、私は第四章を読み進めていく。

第四章

其の一

写真を埋め直した翌日から、悟と菜緒は被写体であるクラスメイト達のことを注意して観察するようにした。一人は安良沢で、そのほかに松原と沢村という男子生徒がいた。彼らは授業中以外はいつも一緒にいて、なにをするにも行動を共にしている。休み時間には他の友人たちを交えてゲームや漫画の話に花を咲かせ、気になる女子にちょっかいを出し、大きな声で笑いあう。そういう姿を見る限り、普段と変わった様子はない。給食時間や昼休み、そして放課後になって下校していく姿を見ても、何かに怯えたり、不気味な囁き声に耳を澄ましているような素振りは見られなかった。

「安良沢たち、なんともないみたいだな」

誰もいない、がらんとした教室。机を一つ挟んで向かい合い、悟と菜緒はどちらともなく重々しい溜息をついた。

「すぐに幽霊が出てくるってわけじゃないのかな？」

菜緒の言う事も一理ある。幽霊が最初に悟のもとへやって来たのは、写真を埋めた二日後だった。同じ条件で現れるなら、安良沢たちの所にやって来るのは明日以降ということになるのだろうか。しかし昨日、那々木が写真を埋めた際には、『崩れ顔の女』はすぐに現れた。そこにどんな法則性があるのか、悟には見当もつかなかった。

「やっぱり、安良沢たちを追いかけて直接訊いた方がいいかもしれない」

「えぇ？　なんて訊くの？　他の二人はともかく、安良沢くんが素直に教えてくれるとは思えないけど……」

これもまた、菜緒の言う通りである。もどかしくて仕方がないが、ここは気長に彼らの監視を続けるしかないのだろう。

そんな風に思いながら、何気なく視線を巡らせた悟は教室の出入り口に人影を見つけた。思わず、わっと声を上げると、菜緒が肩をびくつかせて振り返る。

「お前ら、なにこそこそ俺の悪口言ってるんだよ」

腕組みをした安良沢が、悟と菜緒を見下ろすようにして仁王立ちしている。数日前の怪我がまだ治っていないらしく、その頭には鉢巻をするみたいに包帯が巻かれていた。

今の話を聞かれてしまっただろうか。悟は咄嗟にどう誤魔化すべきかを思案したが、妙案は浮かばなかった。押し黙る二人をしばしの間、睨みつけていた安良沢だったが、やがてふん、とどうでもよさそうに鼻を鳴らし、自分の机の中から一冊の文庫本を取り出した。

「――あのさ、安良沢」

「……なんだよ」

そのまま立ち去ろうとした安良沢を呼び止める。彼はさも面倒くさそうに悟を振り返った。

「怪我、大丈夫なのか？」

問いかけると、安良沢は少しだけ驚いたように目を見開き、それから頭に巻いた包帯に軽く触れる。

「別に、ちょっと大げさに巻かれただけだし。もう痛くねえし」

それを聞いて、悟は素直に安堵した。

「この前はごめん……。僕、あの時は……」

その先、何をどう言えばいいのかわからず、悟は口ごもった。きちんと謝るべきだとは思うのだが、いざとなると言葉が出て来ない。

「……いいよ、別に」

わずかな沈黙の後で、安良沢は言った。

「俺だって、お前の嫌がることばかりしてたし」

思いがけぬ返答に悟ははっと目を見開き、安良沢を凝視する。

安良沢は少しの間、考え込むように俯いていたが、やがて決心したように顔を上げた。

「うちの親、もうすぐ離婚するんだ。それに比べたらこんなの、小さな問題でしかないよ」

突然の打ち明け話に、悟も菜緒も返す言葉が見つからない。

「昔から仲が悪かったんだけどさ、いざ離婚するって言われるとなんかむしゃくしゃしちまって……篠宮に八つ当たりしてたかも……」

ごめん、と呟き視線を逸らす安良沢に、悟は首を横に振って応じる。

それにしても、なぜ安良沢はこんな話をするのだろう。おそらくは他の友人にも話していないであろう家族の話を、さほど親しくもない自分や菜緒に。

「安良沢くんは、どっちについていくの？」

当惑する悟をよそに、菜緒がおずおずとした口調で尋ねた。

「転校とかしたくないからな。この町に残るんだ。出て行くのは母親だけ」

「お母さんと離れちゃうの？」

安良沢はさも当然のようにうなずき、

「よその男と結婚するんだってさ。俺がついていったりしたら邪魔なんだよ」

そう、吐き捨てるように言った。

「別に寂しくなんてないぜ。もとから母親とは仲良くないし、料理だって父さんの方がずっとうまいし、困ることなんて何にもないんだ。だからあんな奴、さっさとどこかへ行っちまえばいいんだよ」

あえて『母さん』という単語を使わないところに、言葉とは裏腹な彼の本心が表れているような気がした。悟も菜緒も、どんな言葉をかけたらいいのかわからず、教室内は重苦しい沈黙に支配される。

「――お前も、両親がどっか行ったきりなんだろ？」

安良沢はどこか遠慮がちに悟を見た。

悟がうなずいてみせると、安良沢は軽く肩を落とし、うつむいたまま溜息をつく。

「勝手だよな。大人って……」

普段の安良沢には見られないような、暗く澱んだ眼差しが、やたらと印象的だった。

「とにかくさ、もう気にすんなよ。俺ももう、嫌がらせとかやめるし」

素っ気ない口調。しかし、普段とはどこか違った声色で安良沢は呟いた。

「うん、ありが……わ……あっ、えぇ？」

ありがとう。そう言おうとしたのだが、それより早く、おかしな声が口をついて出た。

「安良沢、その本って……」

悟は上ずった声を発しながら、安良沢の持つ本を指差す。「ああ、これか」と何気ない調子で言った安良沢が文庫本の表紙を掲げて見せた。

「神代叛（かみしろはん）の新作だけど。もしかしてお前、まだ読んでないのか？」

それは、悟が大のお気に入りにしている小説家の名前だった。神代叛は、数年前にホラー小説界にすい星のごとく現れ、デビュー作で異例の大ヒットを飛ばした新人作家として一時期大きな話題になった。二作目、三作目と上梓するにつれ話題性はますます増していき、映画化もされた。大衆受けしやすいテーマとリアリティ溢（あふ）れる人間ドラマ、悪魔的な怪異の造形。そして何よりホラー好きのみならず、多くの読書家たちを唸（うな）らせる徹底的に作り込まれたストーリーが高い支持を得ている。

かくいう悟も、並みいる作家の中で神代叛の作品が一番好きだった。新作が出るたびにチェックをして、著作は一つ残らず読破しているのだが、この町に来てからは色々あって手を出せずにいた。

「うん、読んでない……新作、出てたんだ……」

「マジかよ。もったいねえ。今回はすごく面白かったぜ。特に最後の展開なんてもう――」

熱い口調でまくしたてる安良沢は、しかしそこで、はっと言葉を切った。

「――あぶねえ、バラしちゃったら楽しみなくなっちまうよな」

かろうじてうなずきを返しつつも、悟は違った意味での驚きを隠せずにいた。

「意外だね。安良沢くんがそういうの好きだなんて」と菜緒。

「み、みんなの前では言うなよ。こんなこと知られたら、恥ずかしいだろ……」

そう言ってそっぽを向いた安良沢は、照れくさそうに口を尖らせた。

「どうして恥ずかしいの？」と菜緒。

「俺が本なんて読むキャラじゃないことくらいお前にもわかるだろ。クラスの奴らだって、ホラー小説になんか興味ないから、話だって通じないしよ」

「でも、だからって内緒にする必要は……あ、そうか。だから悟くんにいちいち突っかかったりしてたんだ」

「ち、ちげーし！　何言ってんだよお前、ばっかじゃねえの」

安良沢は顔を真っ赤にしてしきりに首を横に振っている。菜緒の発言を必死に否定しようとしているが、言葉を重ねれば重ねるほど言い訳じみてしまう。

「それ、どういうこと？」

悟が口を挟むと、菜緒は人懐っこい笑みを満面に浮かべ、こう続けた。

「好きなものが一緒だから、悟くんのことが気になって仕方がなかったんだよ。あれこれ理由付けてちょっかい出してたのも、仲良くなりたかったからだよね？」

安良沢は即座に否定することをせず、しばし硬直していた。やがて我に返ると、ばつが悪そうに鼻の下を指でこすりながら、無言で目を逸らした。

その横顔を見ながら、悟は転校してきたばかりの頃に安良沢に声をかけられたことを思い出していた。

休み時間、積極的に友人を作ろうともせず、本ばかり読んでいた悟の所にやってきた安良沢は、何を読んでいるのか、それは面白いのかなど、それこそ根掘り葉掘り質問してきた。両親のことや篠宮一家とのことでふさぎ込んでいた悟は、その時の安良沢を単純に鬱陶しく感じてしまった。たぶん、その時の対応は自分でも認めざるを得ないくらい素っ気ないものだったと思う。

あの時はわからなかったが、安良沢はただ純粋に興味を持ち、悟に声をかけてきただけだった。そして、読んでいる本を見て好きなものが同じだと気づいたのだが、悟の態度が原因で敵対心を持つようになってしまったのだ。

「安良沢……ごめん、僕そんなこと全然……」

「べ、別にそういうわけじゃねーよ。おい小野田、適当なこと言うなよな」

「だって……」

何か言いたげな菜緒をよそに、安良沢は手にしていた神代叛の新刊を悟へ押し付けた。

「ほら、読みたきゃ持って行けよ。返すのはいつでもいいし」

「い、いいの……？」

ん、と不貞腐れたような顔でうなずく安良沢。悟は大いに戸惑いながらも、受け取った文庫本を大切にカバンの中にしまいこんだ。

「そんなことよりお前ら、ずいぶん暗い話してたみたいだけどさ、何を話してたんだよ」

照れ隠しからか、安良沢は強引に話題を変えた。

「もしかして、この前のまじないが原因とか？」

鋭い指摘に、悟と菜緒は揃って息を呑んだ。

「まさか本当に、幽霊が……？」

ここ最近の悟の様子を周りから聞いているのだろう。もともと『呪いの木』の存在を肯定していた安良沢なら、そう考えたとしても不思議はない。だが、それを素直に打ち明ける勇気は、悟にはなかった。

「――そんなわけないでしょ。ちょっとした世間話。それと安良沢くんの悪口かな」

不穏な空気を切り裂いたのは菜緒の一言だった。悪戯めいた表情を見せる菜緒に、安良沢は毒気を抜かれたらしい。ぷっと噴き出すように笑い出し、それ以上、突っ込んだ質問をしようとはしなかった。

「そんじゃあ俺帰るわ。また明日なー」

少しだけ名残惜しそうな顔で別れを告げ、安良沢は廊下を駆けていった。その背中を見送りながら、悟は改めて自分の愚かさ加減に苛立ちを覚えていた。

「私たちも、そろそろ帰ろっか？」

菜緒に促され、悟はカバンを手に教室を出る。

この日はあいにくの雨で、鬱々とした空模様とじめつく外気が肌にまとわりつくかのようだった。窓から差し込む光も弱く、無人の廊下はどこか陰鬱で仄暗い。

「――あ、いたいた。お二人さん、お揃いだね」

歩きだした二人が隣のクラスの前に差し掛かった時、突然、けたたましい音を立てて扉が開き、見覚えのある人物がひょいと顔をのぞかせた。

「びっくりしたぁ。眞神さん、驚かさないでよ」

菜緒が心臓の辺りを押さえながら切れ切れの声で言った。眞神月子は頭にのせたおだんごをちょいちょいといじりながら、「あれ」と怪訝そうに眉根を寄せる。

「やったんだねぇ。おまじないの取り消し」

えっと声を上げたのは悟だった。

「でもさ、アンタたち本当にそれでよかったわけ？」

続けざまに咎めるような口調を向けられ、悟はハッとする。何のことを言われているかはすぐに理解できた。たったそれだけの端的な質問に、悟が抱える迷いや戸惑い、罪悪感など、あらゆる感情を逆なでするような響きがあった。

「……眞神さんには関係のないことだよ。余計な口出ししないで」

菜緒は月子に対し、強い意志を秘めた眼差しを向ける。「へえ」と小さく呟いた月子は、挑戦的な笑みを満面に浮かべ、強い視線を返す。二人の間にそれ以上の言葉はなかったが、互いをけん制し合い、敵意を剝き出しにしたやり取りがあったのは間違いなかった。

「ま、いいけどね。どうぞご勝手に」

先に視線を外した月子は、それっきり悟たちから興味を失ったみたいに背を向け、無人の教室の窓から外を眺め始めた。

「行こう、悟くん」

再び菜緒に促され、どこか後ろ髪を引かれるような思いで、悟は校舎を後にした。

其の二

「――やっぱり、僕は間違ってたのかもしれない」

下校中、終始無言で歩き続けていた悟だったが、ついに我慢しきれなくなり、胸の内を吐き出した。

「自分の代わりに安良沢たちを犠牲にするなんて……」

「だとしても、実際に写真を埋めたのは私だよ。悟くんが後悔するようなことじゃない」

強い口調で菜緒は言った。それは事実だった。しかし、だからといって許されるわけではないと思った。むしろ、そんなことを菜緒にさせてしまったという、より大きな罪悪感に悟は襲われていた。

黙り込んだ悟に対し、菜緒はそれ以上かける言葉が見つからないらしい。そうやって沈黙を保ちながら歩き続け、気付けば菜緒の家のそばに差し掛かっていた。人通りの少ない閑散とした路地を歩いていると、どこからともなく、子供の泣き声が聞こえてくる。

「あ、こーちゃん」

言うが早いか、菜緒は小走りに駆けていく。菜緒の家の前には、まだ就学前であろう一人の幼い子供の姿があった。戦隊もののイラストがプリントされた青いシャツに短パン姿の子供は、ほっぺたを真っ赤にして泣きじゃくっている。菜緒は素早くその子に駆け寄ると、短く切りそろえられたサラサラの髪の毛をかき回すようにして頭を撫でた。

「どうしたの？　お父さんとお母さんは？」

その子供は首を左右に振るばかりで、一向に泣き止もうとしない。すぐそばの地面にはおもちゃのピストルとアヒルの人形が落ちていて、剝き出しの膝からは血が流れている。どうやら転んで膝をすりむいてしまったようだ。

「ほら、泣かないの。私のお家で消毒してあげるから、ね？」

菜緒は優しく語り掛け、服についた砂埃を手で払ってやる。

「かわいそうにね。ほら、いたいのいたいの、とんでけぇー」

それから、すりむいた膝に手をかざし、くるくると手首を回転させて真上に掲げた。おどけた菜緒の様子が面白かったらしく、その子は次第に笑顔を取り戻し、お礼のつもりか、両手を菜緒の顔の前に掲げて交差させたり戻したりという仕草を繰り返している。

「この子、すぐ近所の子でね、よく一緒に遊んだりするの」

菜緒が肩越しに悟を振り返って言った。どうりで扱いに慣れているはずだ。

菜緒が悟を紹介すると、その子は無垢な眼差しでこちらをじっと見上げ、はたはたと手を振った。小さな子供の扱いなどわからないため、悟は軽く戸惑いながらも手を振り返す。

「私、この子をお家まで送ってあげなきゃだから、また明日学校でね」

言いながら、菜緒が手を振ろうとした時、彼女の背後で玄関扉が開き、一人の中年女性が顔をのぞかせた。

「菜緒ちゃん、お帰りなさい。遅かったわね」

菜緒の母親だろうか。白いブラウスにタイトスカート姿の細い女性で、髪の毛を後ろで一つにまとめている。目尻がつり上がり、鋭く感じられる瞳は菜緒とは対照的だった。

「ママ、ごめんね。ちょっと居残りしてて……」

「そう。——あら、こーちゃん、どうしたの？　泣いてるの？」

「転んで膝をすりむいちゃったみたいなの。ウチで手当てしてから送ってあげてもいい？」

「ええ、いいわよ」

これ以上ないほどの笑みを浮かべ、菜緒の母親はうなずいた。

「それと、同じクラスの篠宮くんだよ」

そこでようやく母親の顔がこちらを向いた。その瞬間、悟は思わず息を呑む。今の今まで、はち切れそうなほどの笑みを浮かべていた彼女の顔から、瞬時に笑みが消え失せたのだ。すべての感情が欠落したような暗い眼差しが、容赦なく悟に注がれている。

「篠宮悟です……」

慌てて自己紹介をするも、相手の顔に笑みは戻らない。敵意すら感じさせる冷ややかな視線が無遠慮に向けられるばかりだった。

何か、嫌われるようなことをしてしまったのだろうか。そう思わずにはいられない程の居心地の悪さを感じ、悟の心臓は早鐘を打った。

「菜緒ちゃん。お家に入りましょう。今日は菜緒ちゃんの大好きなグラタンよ」

「うん、すぐに行く……」

母親と悟の間に流れた不穏な空気を敏感に察知したらしく、重い表情で返事をした菜緒が、何か言いたげにこちらを一瞥し、家に入ろうとした時だった。

……みないで

耳の裏側で囁くような、か細い女の声がした。はっと表情を固まらせた悟が視線をやると、菜緒もまた同じように表情を凍り付かせ、言葉を失っている。

辺りを見渡すと、菜緒の家から二軒ほど離れた先の電信柱の陰に女の姿があった。青い浴衣を着て濡れた髪を垂らし、白い手で顔を覆っている女――『崩れ顔の女』である。

呪いは解かれたわけでも、移行したわけでもなかった。

あの幽霊は、依然として自分を狙っている。そう確信した直後、全身に強烈な怖気が走った。

「悟くん……まさか……」

弱々しく尋ねた菜緒も女のいる方を見据えていた。悟の視線を追って、その先に女の姿があると理解し恐怖しているのだろう。細い肩が哀れなほどに震えていた。

「なぁに？　まだ誰かいるの？」

菜緒の母親が怪訝そうに呟き、周囲を見渡そうとして身を乗り出した。それを合図に、菜緒はこーちゃんの手を引いて駆け出し、玄関に飛びつくと母親を中に押しやった。

「悟くん、早く逃げて！」

有無を言わさぬ口調だった。その言葉に反応して身体の自由を得た悟は、同じ場所に佇む女の姿を再度確認し、踵を返して駆け出した。

すぐ後ろにあの女が追いかけてきている。髪の毛を振り乱し、両手で顔を覆ったまま、ありえない速度で走っているさまを想像し、悟はますます震えあがった。

運よく青信号だった大通りを横切り、高架下をノンストップで駆け抜け、何度も通行人にぶつかりながら、時にはしりもちをついて、それでもがむしゃらに走り続けた。気づけば自宅近くまで来ていたが、背後を振り返る勇気はまだ持てなかった。立ち止まった瞬間に、耳元であの声が聞こえたら……などと考えながら角を曲がった瞬間――。

「――うわっ！」

物陰から出てきた何者かと激しく衝突し、盛大に転倒した。

ここまで走り続けた疲れのせいで、悟はもう立ち上がることが出来なかった。全身汗まみれで息が苦しい。視界のあちこちに白くてチカチカしたものが漂っている。アスファルトの上に寝ころんだまま、首だけを動かして周囲を窺うと、すぐそばからこちらを見下ろす人影があった。

「わあああああ！　来るな！　やめろっ！」

悟は叫んだ。その声は夕暮れ時の住宅街に虚しく響く。人影は悟の上に覆いかぶさるように身をかがめ、ぬっと手を伸ばしてきた。

「やめろ！　やめろぉぉ！」

悟は固く目を閉じ、うずくまるようにして身を丸めた。

「――落ち着け、篠宮くん。そんな風に騒いだりしたら近所迷惑じゃあないか」

頭上から放たれたのは、どこか聞き覚えのある男の声だった。

そっと目を開き、こちらを覗き込む青白い顔をよくよく確認すると、悟の全身から見る間に力が抜けていった。

「那々木……さん？」

感情の抜け落ちた能面のような顔が悟を見下ろしている。またしても神出鬼没に現れた那々木悠志郎は、ひどく憐れむような眼差しで問いかけてきた。

「毎度毎度、何をやってるんだ君は？」

那々木の手を借りて立ち上がり、悟は周囲を見渡した。女の姿はどこにも見当たらず、耳を澄ましても聞こえてくるのはカラスの鳴き声だけだった。

「まるで幽霊でも見たような顔じゃあないか。また『崩れ顔の女』が現れたのかい？」

那々木の場違いな軽口に対し、悟はただ静かに首を縦に振った。

「呪いは、移行されて、ません、でした。幽霊は、僕を、狙って……」

未だ呼吸が落ち着かず、途切れ途切れの説明になった。渇いたのどが張り付き、激しく咳き込む。那々木は悟の肩に手を置き詳しい状況の説明を求めてきた。

悟は今日の出来事を余すことなく、つっかえながらも説明した。全てを聞き終えると、那々木は小さく息をつき、腕組みをして何事か考え込み始める。

たっぷり数十秒、無言の時間が過ぎていった。

「やっぱり、僕が呪われているってことですよね？　あの幽霊は僕を追いかけてきたんでしょう？」

沈黙に耐え切れず、悟は問いかけた。那々木は静かに口を開く。

「私は現場を見たわけじゃないから、確かなことは言えない。だが、君の話を聞く限り、導き出される答えは一つしかないように思えるな」

那々木は上着のポケットから取り出した煙草をくわえ、オイルライターの蓋を開く。火をつけようとして、やはり今回も直前ではっとした那々木は、座り込んだままの悟を見下ろし、わずかに逡巡。

「……すまないが、一本だけ許してくれ」

そう、言い訳するみたいに呟いて火をつける。深く吸い込み、うまそうに煙を吐き出した後で、那々木は話を再開する。

「おそらく怪異は、君ではなく別の人間を狙って現れたんだよ。その証拠に、昨日までは起こり得なかったことが当然のように起きている」

「別の人間って……」

「わからないかい？　私はたった今君が教えてくれた話の内容で、ひとつ大きな矛盾点があることに気づいた。冷静になってみれば、君にもわかるはずの矛盾にね」

矛盾……。それが何を指しているのか、悟にはさっぱりわからない。

菜緒の家の前で、悟は『崩れ顔の女』を目撃した。怪異の襲来を知り、菜緒は近所の幼い子供と母親を家の中へ押し込み、悟に「早く逃げて」と言った。そして悟は無我夢中で走り続け、ここへやってきた。

「なにも矛盾している所なんて……」

言いかけた直後、猛烈な違和感に襲われた。那々木の言う通り、大きな見落としがあったことに今更ながら思い至る。

「気がついたようだな。やはり君は鋭い。小学生にしておくには惜しいくらいだよ」

那々木の感心めいた口調はしかし、悟の耳を素通りしていた。

何故。どうして。そんな言葉ばかりが頭の中で渦を巻く。その答えが見つけられないことに戸惑いながら、悟はかすれた声を絞り出した。

「『崩れ顔の女』は、小野田のことを狙っている……？」

休憩がてら、私は『崩れ顔の女』について検索してみることにした。

その結果、いくつかの怪談話や噂話、その他オカルト関係の話題を扱うサイトがヒットしたが、どれも信憑性(しんぴょうせい)に欠けるものだった。それぞれがネット上で拾い集めた話を披露しているだけの、よくあるホラー系サイトの域を出ない。

原稿の中で那々木は、『崩れ顔の女』に強い土着性を感じると言っていた。それはつまり、全国的に流布しているのではなく、舞台となる町に限定された怪談であるということだ。それを今になって調べようとしても、うまくいかないのは当然といえば当然か。那々木に連絡をして、この話の舞台がどの町なのかを問い質せば、その問題はクリアできるかもしれないが、何度電話をかけてもいっこうに通じなかった。

肩を落としながら、適当に指を滑らせていた時、私はあるネットニュースに目を留めた。

そこには、『宗教法人〈人宝教〉長崎支部にて児童を虐待。支部長以下数名を逮捕』との見出しがある。続くページに事件の詳細が記されていた。

『長崎県長崎市にある宗教法人〈人宝教〉長崎支部において、十代前半の女児に対し、わいせつな行為を行ったとして、県警は同支部の支部長、高岡雅文（五五）のほか幹部など数名を逮捕した。調べによると、男らは「穢れを祓い、高位たる存在と通ずるための儀式」と称し、女児たちにわいせつな行為やみだらな行為を強要。更には施設から逃げ出そうとした女児を監禁し、暴行を加えた形跡も認められた。彼らは信者の身内に幼い少女がいることを調べ上げ、「修行」や「禊」「神語り」などと称して少女らを差し出すよう指示していたという。県警は引き続き余罪を追及し……』

すべて読み終える前に、私はページを閉じた。

何を隠そう、この〈人宝教〉こそ私の両親が熱心に信仰していた宗教である。

今でこそ、その数は減ったようだが、かつてはこの町にも支部があり、あの事故で父が亡くなるまでは、両親とも熱心な信者として、頻繁に足を運んでいた。

後に兄から聞いた話だと、父は当時かなりの額を教団に納めていたという。そのおかげもあり、父と母はそこそこの地位を得られたらしいのだが、大変なのはそれからだった。手にした地位を保持する、あるいはもっと上に行くためには更なるお布施が必要だった。父の仕事だけでは補えず、親戚を頼って金を無心したり、家財道具を売り払ったり、それこそ家を抵当に入れて借金までしていたという。父の生命保険のおかげで借金は返せたが、もしあのまま続けていたら、私たちはどんな暮らしをしていたかわからない。

それでも私は父が生きていてくれた方がずっと良かったし、母や兄だって同じ気持ちだと思っていた。だが、昨日の母の電話を立ち聞きしてからというもの、その考えは私の中で否定されつつある。

もしかすると父の死は本当は……。

「――ダメダメ。何考えてるのよ私は」

我に返り、誰にともなく呟いた。今はこんなことを考えている場合ではない。やるべきことは他にあるのだ。そう気を取り直し、『崩れ顔の女』にまつわる噂話について検索を続ける。

ネット上をあてもなくふらつき、半ば諦めかけた頃、私は再び気になる記事を見つけた。

　それは、とある学術研究の記録の一部が抜粋された記事だった。ざっと目を通してみると、明北大学の澤村という准教授が、次のように述べている。

『北海道のとある地方都市において、ごく限られた期間のみ語り継がれた噂話に〈呪いの木と女の幽霊〉がある。これは、語る人間によってはっきりとした定義が定められておらず、〈哭く木の呪い〉だとか〈顔を手で覆う女〉だとか、いくつもの呼び名がある。とりわけ筆者は、〈崩れ顔の女〉と呼んでいる。筆者がまだ小学生だった頃に友人たちとの間で実際に流行った呼称である』

　当たりだと思った。この人物の語る話は、那々木の原稿に登場する怪異と酷似している。調査対象となる町の名は明かされていないが、原稿の舞台となる町と同一であることは間違いなさそうだった。

『この怪異に襲われたと語る人物は少なからず存在するが、直接話を聞くことはできていない。何故なら、襲われた者は必ずと言っていいほどまともな精神状態ではいられなくなるか、最悪の場合、自殺してしまうからだ。〈崩れ顔の女〉の顔をひと目見ると強いショックから両目が白濁し、壊死してしまうという説もある。

通常、口裂け女やテケテケ、カシマレイコなどといった都市伝説に登場する怪異・妖怪の類には、決まって死を免れるための突破口が用意されている。この〈崩れ顔の女〉に関しても必要な対処法が語られていたので、それを記しておく』

気づけば前のめりになって、これでもかとばかりにスマホの画面に顔を近づけていた。

——対処法が、ある……？

『〈崩れ顔の女〉に襲われた時にとるべき対処法はいたって単純である。それは「目を閉じ、決して顔を見ない」こと。怪異が去っていくまで、ただじっと目を閉じていれば、それだけで被害に遭わずに済むという。調査を進めるうえで、この方法をとることで九死に一生を得たという証言はいくつも集まった。しかしながら、証言の信頼性という点ではいささか頼りないと言わざるを得ない。この証言をした人物が本当にこの怪異と遭遇したという確証が得られなかったからである。

ともあれ、現時点では、この方法をとることで〈崩れ顔の女〉から逃れることができるという可能性が示されていることに、一抹の希望を抱くことができるだろう』

目を閉じて、顔を見ないこと。そうやってやり過ごせば無事でいられる？

確かに信頼性に欠ける方法であるが、その方法しかないと言われれば、受け入れるしかないのも事実であった。原稿の中では、菜緒や那々木がこの方法で怪異から逃れるという展開になっていくのだろうか。

　画面をスクロールしていくと、更に気になる記述があった。

『さて、ここでもう一つ気になるのは、その怪異の背景である。そもそも、この噂が囁(ささや)かれ始めたのは、ある女性の不幸な事件がきっかけだった。

　昭和後期、この町に一人の女性がいた。彼女は誰もが羨む美貌(びぼう)を持ち、地元の大学で演劇のサークルに所属していた。将来は女優になるという夢に向かって日々努力し、周囲もそれを信じて疑わなかった。

　だが、ある時、彼女は恋人とドライブ中に事故に見舞われ、その顔を激しく損傷してしまう。顔面の骨という骨が粉砕され、皮膚は剝(は)がれ落ち、剝(む)き出しになった筋組織が無残にも千切れ飛んでいた。搬送先の病院でただちに緊急手術が行われたが、腕のいい医師の手をもってしても、彼女の顔を元に戻すことは出来なかった。

　女優としての未来を絶たれた落胆は大きかったが、周囲の励ましの甲斐(かい)あってか、彼女は徐々に明るさを取り戻し始める。

　ところがある時、彼女は見舞いに訪れた友人の前で、顔に巻かれた包帯を外してしまった。ガーゼをとり、あらわとなった彼女の素顔を見た友人たちは一様に言葉を失い、そして次の瞬間、恐怖にその顔を凍り付かせ、悲鳴をあげて泣き崩れた。

友人たちの反応は、およそ褒められたものではない。しかし、そんなことは常識ある人間ならばわかることである。彼ら彼女らにしても、覚悟はしていたはずなのだ。美しかった彼女の顔には、一生消えない傷が残っていると。それでも前に進もうとする彼女に「そんな傷どうってことないよ」と言ってやるべきだと。

そういう心構えで挑んだはずの友人たちは、しかし、自分たちの想像をはるかに超えた有様を目撃し、モラルに準じた反応を取ることが出来なかった。そうでもしない限り、自我を保つことすら難しかったのかもしれない。

他者にそれほどの衝撃を与えてしまう自分の顔、その惨状を、彼女が知りたいと思うのは当然だった。

鏡の前に立った彼女は、そこに映る自らの顔を見てすべてを悟った。友人たちの反応、医師の不可解な言動。懸命に励ます一方で、絶望を常にまとわりつかせている家族の姿。何もかもに対する答えが、鏡の中にしっかりと映り込んでいた。

その日以来、彼女は再び自分の殻に閉じこもり、誰とも会おうとしなかった。恋人である男性は幸か不幸か、事故後の彼女の素顔を目にしておらず、献身的に彼女を支え、常に隣に寄り添っていた。

事故の後しばらくしてから、彼は自宅に籠（こも）りっきりだった彼女を夏祭りに連れ出した。祭りの舞台はそう、あの〈呪いの木〉があるM緑地公園だった。

当時、公園に隣接した緑地には遊歩道が整備されておらず、うっそうと茂る木々に囲まれた池のほとりは、その静謐な雰囲気が当時の恋人たちに人気のスポットであった。一部の人間の間では、不審な噂の囁かれる場所でもあったのだが、その噂の元となる〈慟哭の木〉の噂については、ここでは言及しない。

人だかりを嫌う彼女のために、恋人は池のある場所へと人目を忍んでやってきた。祭りの喧騒を遠くに聞きながら、二人は静かに佇む巨木の傍らに座り込み、数々の思い出話に花を咲かせた。

祭りの騒ぎが落ち着いてきたころ、彼女は唐突にこう言ったという。

「私を愛しているのなら、一緒に死んでほしい」

当然ながら、彼はその申し出を受け入れようとはしなかった。死ぬなんて考えてはいけない。そう言い聞かせていたのだが、話せば話すほど彼女は自棄になり、ついには隠し持っていた刃物を彼に突きつけた。もみ合ううちに、彼女は泥濘に足を取られて池に転落する。その拍子に包帯が解け、彼女の素顔があらわとなった。

かつての面影など微塵も感じられない異形の面相。一体何をどうしたら、人間の顔がここまで歪んでしまうのか。事故のせいとは言え、これはあまりにもひどすぎる。言葉を失い、呆然と立ちすくむ彼の姿を見て、彼女は改めて思い知らされたのだろう。自分の顔が、誰の目にもおぞましく映ることを。永遠の愛を誓い合った彼でさえも恐怖におののく醜い顔であることを。

彼の見ている前で、彼女はゆっくりと池の中へと沈んでいった。愛する彼の目の前で。

暗く澱んだ水の底へと。

彼女の死体は上がらなかった。ある説によると、その池には大量の水草や藻が繁殖しており、一度沈んだものは二度と浮かび上がらないという。池と呼ぶにはいささか規模も大きいため、捜索のために潜ると逆に危険が大きいということもあって、捜索は簡単に打ち切られてしまった。

この事については、更に興味深い説がある。

あの池の傍らにそびえる椿の巨木、〈呪いの木〉や〈慟哭の木〉などと称されるその古椿の根は地中から池の中にむき出しになっており、幾重にも重なった根によって、彼女の死体はからめとられているのだという。

これはあくまで噂の域を出ない、不確かな情報でしかないが、この古椿に彼女の死体――ひいては魂が取り込まれ、〈崩れ顔の女〉という怪異が誕生したという説に、私は強い説得力を感じる。呪いたい相手と自分の写真を木の下に埋め、〈イサコオイズメラ〉という意味不明の言葉を三度繰り返して唱えるという、まじないの手順を鑑みても、これらは決して無関係ではないように思えるのだ。

老いた椿に宿る超常的な存在が、非業の死を遂げた女性の魂に刺激され、その呪いのシステムの中に彼女を取り込んだ。それこそが〈呪いの木〉と〈崩れ顔の女〉という二つの怪異の起源を説明するカギになるのではないかと、筆者は考えている。

明北大学　歴史学科　日本史学研究室　准教授　澤村太一郎』

一気に読み終えて、私は深くため息をついた。

この記述はどこまで信用できるのだろう。もしこれが事実だとしたら、怪異が顔を隠す理由や「みないで」と囁くことにも一応の説明はつく。死してなお、自分の姿を見られたくない女性の幽霊が顔を隠すというのは、単なる怪物としての側面だけではなく、人としての意識を残しているようにも感じられた。

更に検索してみると、この准教授は今も明北大学に在籍していて、本来は歴史学や古代日本史学を専門としている人物らしい。オカルトやそれに準拠する研究はあくまで趣味として行っているようで、『崩れ顔の女』の他にも、道東の人骨が埋まっているというトンネルや、二十三年に一度奇祭が行われる村、大地震を予見し島民を津波から救った一族、呪われし血を受け継ぐ魔女の末裔が住む館など、研究対象は多岐にわたっている。

どれも眉唾物と言ってしまえばそれまでだが、私はこれらの研究対象に、那々木悠志郎が好んで取材するものと共通するものを感じた。実際、那々木は人骨が出たトンネルに足を運んでいるはずだし、奇祭が行われる村を題材とした作品ならいくつも上梓している。

根拠は希薄だが、那々木とこの准教授との間に、奇妙なつながりを感じずにはいられなかった。そして、だからこそ私は今読んだこの記述を頭ごなしに疑うこともできないのである。『呪いの木』と『崩れ顔の女』。この二つが紛れもなく本物の怪異であるという確信が、私の中に広がりつつあった。

と、そこでスマホの充電が切れかかっていることに気付き、充電器に接続してテーブルに置いた。考えが煮詰まってきているので、少し休憩しようと立ち上がった時、壁に掛けられている家族写真が目に留まる。私はそこで、言葉には言い表しがたい異和感のようなものにとらわれた。実家に帰ってきてからというもの、この写真を見るたびに何かが引っかかっていた。さほど気にしていなかったのだが、この時は天啓を授けられたみたいにあることを閃いた。

私は部屋を出て、向かいにある兄の部屋に入った。そして、本棚を引っ掻き回したり、埃の被った学習机の抽斗の中を漁ったりした結果、あるものを見つけてしまった。

「嘘でしょ……信じられない……」

雑多なもので溢れた抽斗の奥に、空になった写真立てが忘れ去られたみたいに取り残されていた。かつてこの中には、私の部屋にあったものと同じ、家族で写した写真が飾られていたはずだ。その写真が今はなくなっている。兄が家を出る時に持って行った可能性もないわけではないが、兄がそこまで感傷的な性格をしていないことを私は知っている。

だとしたら、この写真はいつなくなったのか。

私の頭に繰り返されていたのは、昨夜の母と兄の電話の会話だった。

『古都美は気づいているんじゃないかしら……』

母は確かにそう言っていた。

あの時、私は風呂場で女の幽霊を目撃して取り乱していた。その時に私が口にした言葉が、少なからず引き金となって母を動揺させたのかもしれない。

私はあの時、何を言った？　何が母を動揺させたのだろう。

「幽霊……」

そうだ。私が口にした言葉で、普段は口にしないことと言えばそれしかない。

母は幽霊が出たと怯える私を見て、何かを感じたのだ。もしかすると、あれが私の演技だと思ったのかもしれない。

でも何故？　私がそんな演技をする理由って何なの？

その疑問と、空になった写真立てが私の頭の中で一つの線となって繋がっていく。それはあまりにも突飛な仮説かもしれない。人に聞かせれば、きっと誰もが考え過ぎだと笑い飛ばすだろう。それでも私は、ある種の確信を抱かずにはいられなかった。

それは『母と兄が崩れ顔の女の怪異を知っている』という可能性だ。

母があんなに取り乱したのも、ここに写真がないことも、それなら辻褄が合う。兄はここにあったはずの家族写真を持って、『あの町』に行ったのではないか。そしてそこで、『呪いの木』の下に写真を埋めた。

つまり父の死は事故じゃなくて、兄が呪いを用いて死なせたということだ。例えばそう、車を運転している時に『崩れ顔の女』が現れて、驚いた父が運転を誤って事故を起こしたということは、可能性としてあり得るのではないだろうか。

「だとしたら、兄さんはどうやってあの町に……？」

父の死の当時、兄は中学三年生だった。親に黙って旅行になど行けない。遠くに親しくしていた親戚もいない。

「――いや、あるわ。遠くに行く方法が……」

私は写真立てをベッドに放り、兄の本棚を再び漁り始めた。そして、一番下の段にひっそりとしまわれていた中学の卒業アルバムを見つけた。取り出して開くと、兄が三年生の時に修学旅行で出かけた先がしっかりと記されていた。

『宇取町にて、夏祭りに参加』

それはまさしく、あの公園ではないのか。広場の中央に噴水があり、吊り下げられた提灯や出店が立ち並んでいる。兄はそこで友人たちと笑いあっていた。

「この公園が……あの原稿の舞台になった町……？」

那々木の原稿にある深山部町という名称は現実には存在しない。この宇取町というのが、あの町の本来の名称である可能性は十分にあるのではないだろうか。

いろいろなことが繋がっていく一方で、矛盾する点もいくつかあった。

父が呪いで殺されたのなら、どうして私もあの時に死ななかったのか。その後も、平然と生きていられたのは何故なのか。そのことも那々木の原稿を読んだことと関係があるのだろうか……。

「――何やってるの？」

突然、背後から声をかけられて飛び上がりそうになった。振り返ると、母が戸口のところに立っている。怪訝そうにひそめられた眉が、心なしか私を責めているようだ。

「べ、別に……なんでもないよ……」

私はそっと卒業アルバムを置いて、手近にある古びた漫画本を手に取った。

「ちょっと暇だから、漫画でも読もうかと思って」

「……そう、ならいいんだけど」

再度、怪訝そうに言った母の脇を通り過ぎて、私は自室に入る。

後ろ手にドアを閉めるまで、母の視線がうなじの辺りに突き刺さっているような気がしてならなかった。背中に冷たいものを流し込まれたような感覚に身震いしながら、閉じたドアに背を預け、私は深く重たい息を吐き出した。

其の三

土曜日、悟は朝一番に市立図書館へ向かい、そこで那々木と合流した。

既に閲覧室で郷土史を閲覧していた那々木は、悟の姿を見つけると、あいさつ代わりに軽くうなずいて手招きをした。

「今ちょうど、調べ始めたところだ」

那々木の見ている資料を覗き込み、紙面の古めかしさや、その文字の多さに少しばかり驚きつつ、悟は手近な椅子に腰を下ろす。二人の他に人の姿はなく、閲覧室は貸し切り状態だった。

昨日、那々木から『崩れ顔の女』は自分ではなく菜緒を狙っているという、思いがけない話をされた悟は、当然ながらその根拠を尋ねた。

菜緒が悟の写真を掘り出し、別の写真を埋めた時から、怪異は必ず菜緒と一緒にいる時に現れていたこと。彼女やその母親が、怪異の声に気が付いていたことを指摘され、悟は納得せざるを得なくなった。那々木の仮説を信じずにはいられなくなったのだった。

自身の写真を埋めた那々木が怪異の声を聞き、姿を視認できたように、菜緒もまた、自らに呪いを移行させたからこそ、怪異の存在に気が付いたのである。

呪いは移行されていた。ただその行き先が安良沢たちではなく、菜緒とその母親だった。おそらくは写真を埋める時にあらかじめ用意していたものとすり替えたのだろう。そのことを確認するため、悟は何度か菜緒の家に電話をかけてみたのだが、応答はなかった。

菜緒は何故、悟を騙すような真似をしてまで呪いを自分に向くようにしたのか。その真意は不明だが、『崩れ顔の女』が彼女へと迫っているのは確かだった。そのことを考えるだけで、悟は居てもたってもいられなかった。

「――やっぱり、思った通りだったな」

悟の思考を断ち切るように、那々木は小さな声でいった。

彼が指差す資料には、緑豊かな森林地帯を遠くから撮影した写真があった。

「これは何ですか?」

「百年前のこの土地の様子だよ。戦前の頃、あの辺りには大規模な植林計画が持ち上がっていた。伐採された木の代わりに他所から運んできた木を移植し、少ない期間で森を復元するという試みだったようだ。しかし戦争のあおりを受けてその計画は頓挫してしまう。それからしばらくして移植された木々が次々に枯れてしまう現象が起きた。土や水、気候が合わずにうまく育たなかったとされているが、どうもそれだけではないようだな」

那々木が指差した箇所には、古びた文体で『慟哭の木』と記されていた。

「移植された木の中に、この『慟哭の木』があったらしい。なんでも、この木からは大勢の人間が嘆き悲しむような奇怪な声が聞こえてくるという妙な噂があった。これが原因で、周囲の木々は枯れ、土は死に絶えていったようだ。真偽の程は定かではないが、実に興味深い。そのことについて詳細が記されている資料を探しているんだが、ちっとも見つからなくてね」

辞書のようにぶ厚い郷土資料をぱらぱらとめくりながら、那々木は重々しく息をついた。

「『慟哭の木』というのはつまり、あの『呪いの木』である椿の巨木を指しているはずなんだが、どこからどういった経緯で運び込まれたのかがわからない。記録らしい記録が見当たらないんだ。まるで何者かが意図的に隠してでもいるかのようにね」

「確かに不気味かもしれませんけど、それと今回の件と、なにか関係あるんですか？」

得体の知れない昔話よりも、『崩れ顔の女』について調べるべきではないか。言外にそう訴える悟だったが、那々木は首を横に振ってその意見を否定した。

「私はね、この『慟哭の木』にこそ、『崩れ顔の女』の起源を紐解く秘密が隠されている気がするんだ」

那々木はわずかに鼻息を荒くして、悟に向き直る。

「植物に関する逸話や伝説というのは各地で語られていてね。有名なもので言えば、愛知県、長興寺の門前に生えていた『二龍松』の変身譚や、山神信仰に通じるとされた『木霊』、沖縄では『キーヌシー』あるいは『キジムナー』。中国では『花魄』

や『人面樹』、『捜神記』には冥婚（めいこん）の要素を含む『相思樹』の逸話もある。それらの中で特筆すべきものに『古椿の霊』があってね」

那々木は慣れた手つきでネクタイを直し、軽く身を乗り出した。

「山形県の『椿女』や秋田県の『夜泣き椿』など、老いた椿には精霊が宿り、怪木として人をたぶらかすという言い伝えがある。本来、北海道では自生しない椿があそこに移植され、そこを中心として何かが起きているのだとしたら『慟哭の木』が『呪いの木』と呼ばれるあの椿を指している可能性は大いにあるはずだ」

「そういえば……」

悟はふとあることを思い出した。

「道央の栗山町（くりやまちょう）にはかつて『泣く木』と呼ばれるハルニレの木があったそうです。この土地に流れてきた女性が首を吊ったとか、アイヌの娘が和人の若者と恋に落ちたが叶（かな）わず、二人で首をくくったとか言われていて、伐採しようとすると良くないことが起きたらしいです。キューキューというその音はまるで人の泣き声のようだとか」

那々木は「ほう」と小さく声を漏らし、先を促す。

「これって、写真を埋めた後にあの木から聞こえたものと似ていますよね？　哀しそうに嘆いているような、不気味な声。だからきっと――」

「写真を埋めた時に我々が聞いたあの音こそが、『呪いの木』が『慟哭の木』であることの証明というわけか。ふむ、悪くない推測だ。君はつくづく、察しがいいな」

真剣な顔でそんなことを言われ、悟はつい照れくさくなって笑みをこぼした。

泣く木の伝承は前に何かの本で読んだ内容の受け売りだが、那々木の感心した顔を見ると、なんだか妙に嬉しくなった。年の差や知り合った年月に関係なく、興味のあること、好きな話題を通じて誰かとこんな風に語り合えるのは初めてのことだった。

「山や森は人が踏み入ってはならない禁足地、あるいは異界とされていた。そこでは、木々に宿る精霊や神といった存在と、その神聖さを穢す人間との関係が多く語られる。理由はどうあれ神域とされる土地に土足で踏み込み、勝手な事情で神々の憑代である木々を伐採したりすれば、しっぺ返しが来るのは当然と言えば当然だ。特に北海道は移民の土地だからね。道外から移住してきた人々にとっては、土着の風習や信仰など知らず、都合の良い土地を次々に開発することが最重要とされてきたし、そうしていくことで生活の基盤を築いてきた。それゆえ、予期せぬ災いをもたらすものが、どさくさ紛れに入ってきた可能性も大いに考えられる。肝心なのは、そういったものを持ち込むのもまた等しく人間であるということさ」

「そういう人間の行いが、また新たな伝承をつくっていったと？」

「その通り。そしてもう一つは、人間の強い感情――とりわけ、怒りや憎しみなど、そうした思いを抱いて死んでいった者たちの魂が、土地や自然に眠る精霊、神々を刺激し、強い影響を及ぼす場合だ。時にはそれが、思いもよらぬ怪異を引き起こすきっかけになる。私には、この怪異がまさしくそういう性質を持っているのではないかと思えてならないんだよ」

　那々木はそこで一旦息をつき、何かを思い返すような口調で続けた。

「君たちと一緒に写真を埋めたあの場所には、言葉では言い表せないほどの瘴気が満ちていた。それは『崩れ顔の女』だけでも、『慟哭の木』だけでもない、双方の存在が歪に融合した邪悪な意思の塊だ。だからこそ我々の前に現れた怨霊は、写真を埋めた人間に対して直接的な怨みがないにもかかわらず、目的を達成するまで簡単には諦めないという性質を持っているんだよ。ただの人間には持ちえない、黒く穢れて淀みきった執着心がゆえのね」

　確かに悟は、『崩れ顔の女』からそういうどす黒い悪意を感じていた。だが同時に、ある種の物悲しさのようなものを感じてもいたのだった。それはひどくぼやけたものだし、怪異が迫って来るという恐怖も相まって、うまく捉えることができなかった。

　考えれば考えるほど、そのことが気になってくるのだが、それをうまく説明することもできず、悟の胸中にはもどかしさばかりが募っていく。

「更に言うと、この呪いの正しい発動には二つのトリガーがある」

　思い悩む悟をよそに、勝手に話を進める那々木の口調が徐々に熱を帯びてくる。

「一つは言わずもがな、『慟哭の木』の下に写真を埋めること。そしてもう一つは、『崩れ顔の女』という怪異の存在を知ることだ」

「知るって……噂をきくとか、そういうことですか？」

「ああ、怪異の存在を知り、その起源を突き止めるというのは、怪異譚の調査において最も重要な事なのだが、この怪異に関しては、どうにもその行為自体が関係しているようでね」

　那々木はスーツの上着から取り出した二枚の写真を机に広げた。

「君と出会う前に調べたことなんだが、ふた月ほど前に、この写真の人物――大井春樹という大学生の青年が、友人たちとのおふざけであの木の下に写真を埋めた。そして、今から二週間前に君も知っているこのカップルが、同じようにツーショット写真を埋めた」

　一枚は精悍な顔つきの大学生らしき人物が撮影されている写真。そしてもう一枚には、自殺を図った柳田と杉谷が写し出されていた。

「本来であれば、写真を埋めた順に怪異が迫って来るはずだろう？　だが、この大井という青年は、つい四日前に自宅で自殺未遂をして病院に運び込まれている」

「四日前……？」

　悟と菜緒が通学途中に、救急車で運ばれていく杉谷を目撃した頃である。

「おかしいと思うだろう？　写真を埋めたのは大井春樹の方が早いのに、柳田と杉谷の二名が先に襲われているんだ。これはどうにも腑に落ちない。そのこともあって、私は君たちと共にあの場所へ行き、写真を埋めてみたんだが、『崩れ顔の女』が私の前に現れたのはあの一度だけだった」

「僕と小野田が先にまじないをしたから、順番が来るまでは那々木さんのところには来ないってこと？」

「おそらくはな。つまり怪異は正しく順番を守っていることになる。そして次に疑問に感じたのは怪異が現れ、実際に襲われるまでの期間だ。大井春樹は、ふた月も前にまじないをしているにもかかわらず、怪異は接触してこなかった。一方のカップルは、わずか数日で柳田が、その一週間後に杉谷が襲われた。この違いは何なのか……」

悟ははっとして口を挟む。

「もしかして、その大井って人は幽霊のことを知らなかった？」

那々木は曖昧にうなずく。

「――というよりも、少しばかり勘違いがあったようなんだ。彼の友人に話を聞いたところ、彼らはこの町の人間ではなく、大学に通うために寮生活をしている。ここが地元ではないから、噂話にもなじみがなかった。どこかで漏れ聞いた話から、木の下に写真を埋めると悪いことが起きるという、漠然とした話しか理解していなかったんだ。彼がその噂の全貌を知ったのは、柳田の死亡が報じられてからだった。

彼の自殺はこの町でかなり騒がれたからね。呪いによって彼が死んでしまったという情報は、赤の他人である大井にも伝わったようだ。その時から大井は噂話について正しい情報を調べ始めた。そして『崩れ顔の女』について知ってしまった」

その結果、幽霊の顔を見てしまい、自殺を図ったということか。

「じゃあ興味を持ったり知ろうとしなければ、ずっと幽霊はやってこないってことですか？　まじないをしても、幽霊のことを知らなければ危険はない？」

問いかけながら、悟は篠宮江理香が夜中に『崩れ顔の女』の声を聞き、姿を目撃したことを思い返していた。

あの日、悟は夕食の席で噂について語った。詳しい話をしなかったので、道雄と満里子は詳細を理解していなかったが、江理香だけはすでに噂について知識があり、興味を持った。だから彼女のもとに怪異が現れたのだ。

「理屈の上ではそのはずだよ。もちろん、そうは言っても我々はもうすっかり、彼女の存在を知ってしまっているのだから、後の祭りではあるんだがね」

那々木の言う通りだった。そのことを証明したところで、『崩れ顔の女』がやってくるのを止められるわけではない。貴重な情報ではあるが、解決策にはなりそうになかった。

「――どうして、写真を埋めることがまじないになるんだろう……」

口をついて出たのは素朴な疑問だった。

「ふむ、これはあくまで推測だが、埋めるものは写真でなくてはならないというわけではないと思う。髪の毛でも、爪でも、抜けた歯でもいい。その人間の身体の一部であればね」

ますますわからない。悟は怪訝な顔をして那々木を見返した。

「要するに、写真を埋めるという行為によって怪異が動き出すのではなく、その行為を通して、当事者が怪異を呼び寄せるという認識が正しいんだ」

「怪異を呼び寄せる？」

そんな感覚は、少なくとも写真を埋めた時、悟の頭には微塵もなかった。誰かを呪いたいとか、そういう気持ちは……と、そこまで考えて思わずはっとする。その瞬間を見逃さず、悟をじっと見据えている那々木の表情に、言い知れぬ確信めいた光が宿った。

「心当たりがあるんじゃあないか？　君は、あの木の下に写真を埋める時、自分と共に写り込んだ相手のことを確かに呪っていたはずなんだ」

「そんなこと……」

否定はできなかった。那々木の言う通りだ。

あの時、悟は呪いが本物だとは思っていなかった。だがもし本物だとしても構わないという気持ちがあったのも事実だった。あの時点で篠宮家の人々に危害が及ぶとわかっていたとしても、きっと同じように写真を埋めただろう。半ば自棄になっていたのもあるが、それ以上に篠宮家の人々を憎み、呪いによって彼らを排除できるならしてしまいたいという欲求を少なからず抱えていたからだった。

「写真を埋めるというまじないは、一見すると大したことのないように思われるかもしれない。しかし、れっきとした呪いの行為に他ならないことを理解しておくべきだ。丑の刻参りで藁人形を呪いたい相手に見立てて釘を打ち込む行為と、写真を埋める行為とには、そう遠くない関連性があるんだよ。それくらい、人は簡単に他人を呪える。そして、あの場所はそういった歪んだ願望を極めておぞましい方法で叶えてしまう場所でもあるんだよ」

静寂に包まれ、自然に囲まれた場所でありながら、決して心が落ち着くことのない不気味な雰囲気に満ちた空間。写真を埋めた直後に吹きすさんだ風と、池の水面を揺らす波。あの瞬間、悟は何か得体の知れないものに魅入られてしまったかのような、不穏な感覚を確かに感じた。

それはあそこにいる何かの存在を感じたからではない。誰かを呪おうとする悟の意志が、『呪いの木』と『崩れ顔の女』に感知されたからだったのだ。

「僕……僕は……」

おずおずと視線を持ち上げ、悟はすがるような眼差しを那々木に向ける。

「こんなことになるなんて、思いもしなかったんだ。全部嘘だと思ってた。本当に幽霊が現れたとしても、殺されるわけじゃないなら大丈夫だろうって……」

那々木はわずかに視線を伏せ、小さく息をついた。

「自分のとった行動を深く後悔している君に追い打ちをかけるつもりはないんだが、あえて言わせてもらおう。その見解は間違っているよ」

きっぱりと告げてから、那々木は改めて鋭い視線を悟へと注ぐ。

「この怪異は極めて危険で厄介な存在だ。人を取り殺す怪異の話はいくつも聞いたことがあるが、これはそんなものとは次元が違う。明らかに質の悪いものだよ」

「どうしてですか？　那々木さんも言ってたでしょ。あれは強い想いを残して死んでしまった哀れな魂だって。もしかするとあの幽霊は、僕たちに助けを求めてるのかも……」

そんな言葉が飛び出したのは、やはり悟自身が、あの怪異の醸し出す不思議な感情のことが気になって仕方がないからだろう。

ところが那々木はそんな悟の心中を知ってか知らずか難しい顔をして低く唸り、迷いのない動作で首を横に振った。

「よく考えてみるといい。怪異に襲われた人間は視力を失って生きながらえる。だが、最後に目にした光景はいつまでもその瞼の裏に焼き付いて離れないだろう。それが緑豊かな森林の風景や川の流れならば問題はない。愛らしい動物でもいいし、大切な家族ならばなおのこと幸福だろう。だが違うんだよ。被害者たちは一様に、怪異の顔――世にも恐ろしい崩れた顔――を脳裏に焼き付けている。ひと目見ただけでまともな精神ではいられなくなるようなものが、意識せずとも常に脳内に再生され続けているんだ。それがどれほどおぞましいことかを正しく想像できるなら、この怪異の真の恐ろしさも理解できるだろう」

那々木に言われて初めて、悟はその可能性を自覚した。死なないからいいのではない。死ねないからこそ、この怪異は凶悪なのだと。

「視力を失うということは、必ずしも怪異による作用だけではなく、被害者自らの本能が見ることを拒絶していることに起因している。例えば心因性視覚障害のように、ストレスを主な原因として視力が弱くなるという症状は現実に起こり得ることなんだよ。多くの場合は原因が職場内や学校、そして家族間での対人関係だが、なかにはまったく原因がわからないという場合もある。それはまるで、本人が強いストレスから逃れるために、望んで視力を失おうとしているかのようにね。この怪異に襲われた被害者たちの身にも、これに似た現象が起きていると私は思っているんだ」

「それじゃあ、両目が白く濁ったり、腐ったりしてしまうのは何故ですか？　まさか、ノーシーボ効果が働いているとでも？」

悟が身を乗り出すようにして問いかけると、那々木はまたしても素直に感心した様子で両目をしばたたいた。

「――ほう、難しい言葉を知っているじゃあないか。目隠しをした人間に焼け火箸（ひばし）

だといってただの木の棒を押し付けると蚯蚓腫れになるというあれだね。思い込みによる催眠効果で眼球が白く濁ったり腐ったりというのは、いささか無理があるかもしれないが、可能性はゼロではない。そこに怪異による精神的な干渉があれば尚更だ」

　思い込みの力に加え、怪異による作用がプラスされたことで、ああいう結果になるという事だろうか。確証のない推測かもしれないが、那々木の言うことは的を射ているように思えた。

「とにかく、断言してもいい。あの女の怨念は決して、見た目ほど生易しいものではない。悲劇に見舞われた哀れな女。非業の死を遂げた悲しい魂。一見すればそのように感じられるかもしれないが、その実、あの怪異は他のどんなものよりも狡猾で、残忍で、おぞましい。本当の意味での怪物なんだよ」

　この時、悟は自分の認識の甘さを思い知らされた。一度でも目にしたら二度と忘れられず、命ある限り、その人の頭の中に怪異は存在し続ける。それこそ、我を失うまで絶対に解放されない。

　想像しただけで震えが止まらなかった。額や脇の下から汗が噴き出し、ひどく息苦しい。何より恐ろしいのは、今こうしている間にも、その怪異が菜緒のもとに現れるかもしれないという事だ。女の怪異が菜緒の背後に現れ、みないでと声をかける。菜緒は振り返り、逃げ出そうとするも、金縛りにあったみたいに身動きが取れない。怪異は菜緒の目の前に顔を近づけ、そして、ゆっくりと顔を覆っていた両手を外して――。

その光景をつぶさに想像しながら、悟は半ば無意識にこぶしを握りしめていた。

「那々木さん、僕はどうしたら小野田を助けられるんですか？　いや、小野田だけじゃない。那々木さんだって怪異に襲われるかもしれないんだ。どうやったらこの呪いを……」

言い終えるより先に喉がつかえて言葉が出て来なかった。両のこめかみを押さえるようにして机に突っ伏した悟の肩に、那々木の手がそっと触れる。

「まずは落ち着くんだ。私だって、自分の身に迫る危険は理解しているよ。どうにかして対策を立てなくてはいけないが、ここで焦ってしまうと大切なことを見落としかねない。ちょうど、今の君のようにね」

押し寄せる自責の念に気を取られ、危うく聞き逃しそうになった。那々木の発言の意味がすぐには理解できず、呆けたように固まった悟をじっと見据えて、那々木はどこか悪戯めいた表情をのぞかせた。

「君は小野田菜緒が自分のことを救うために呪いを移行させたと思っているんだろう？」

「そうですよ。僕があんなことをしたから、小野田は……」

再び言葉に詰まった。何の落ち度もない彼女が、自分を犠牲にしてまで悟を助けようとしたことの意味が、まだ理解できていなかった。そこまでして救ってもらえるほど自分に価値があるとも思えないし、菜緒に対して、そこまで恩を売ったつもりもなかった。悟の身代わりになったところで、彼女が得をする要素など一つもないのだ。

だがしかし、そのせいで彼女が危険にさらされているのは紛れもない事実であり、その元凶が悟自身にあることもまた、動かしようのない事実だった。だからこそどうにかしたいと思っているのに、那々木は何故、疑惑に満ちた顔を向けてくるのだろう。

「――本当に、君を助けるためだったのだろうか？」

またしても、その質問の意図が読めない。言葉がすんなり入ってこない。

呆然(ぼうぜん)とする悟へと、那々木は静かに、しかし容赦なく告げた。

「小野田菜緒は、呪いを解いてほしくなんかないんじゃあないのか？」

わずかな物音にもはっと息を呑(の)み、私は反射的に身を縮めていた。

頭を膝(ひざ)の間に挟むようにして耳を澄まし、あの声が聞こえてこないかを確かめる。たっぷり十秒ほどそのまま身構えていたが、声は聞こえてこなかった。

原稿を読み始めて三日。私は断続的にやってくる怪異の存在にすっかり怯(おび)えていた。

終盤へ向かい、怪異について理解できてくると、それに比例する形で彼女が私のもとへ迫って来る頻度は増していった。原稿の中で、悟や那々木のところにはほとんどやってこない怪異が、今夜だけですでに三度も現れ、窓の外や居間の一角、廊下の奥などに佇んでは、切れ切れのかすれた声で「みないで」と囁くのだ。

こうなることはわかっていた。だが、怪異が迫って来る頻度があまりにも高すぎる。原稿には一日に何度も迫って来るという描写なんてなかったのに……。

いや、その考え方自体が間違っているのだろうか。同じ怪異が現れると言っても、すべてが原稿通りとは限らないのだ。私が読んでいるのはあくまで那々木悠志郎の書いた小説であり、現実をそのまま書き記したものではないのだから。

読みやすくするために内容を変化させることもあるし、過剰に演出したり、都合の悪い箇所を削ったりもする。実際には悟がもっとたくさんの危険な状況に陥っていた可能性だって大いにあるのだ。

考えが甘かった。こんな風に、一晩のうちに何度もやってこられるのではこっちの身が持たない。読み終えるより先に私の精神が参ってしまう。こうしている間にもすぐ背後に彼女がいるのではないかと考えるだけで、背筋がぞわぞわと怖気立って仕方がない。逃げ場のない袋小路に自ら飛び込んでしまったことを、私は今更ながらに気がついた。

昨日、電話で那々木は知ろうとすればするほど、怪異は迫って来ると言っていた。その理由が、たった今読み終えた箇所に記されていた。

怪異がやってくるには二つの条件があり、その両方を満たした時、『崩れ顔の女』は迫って来る。そして怪異のことを知ろうとすればするほど、現れる頻度が高くなるというわけだ。

私は知らぬ間に写真を『慟哭の木』の下に埋められていた。そして、那々木の原稿を読んだことで『崩れ顔の女』を知った。だからこのタイミングで怪異が現れるようになったのだ。私にとってこのことは、偶然などという言葉で片付けられるものではなかった。

父は単なる事故で死んだのではなく、今の私と同じように怪異に取りつかれて、所かまわず襲撃されるようになり、そして事故を起こし、死んでしまったのだ。当時の私には父がそういったものに襲われているなんて想像も出来なかった。でも、今なら様々なことに合点がいく。

呪いを仕掛けたのは兄だ。兄は修学旅行先に原稿の舞台となる町があることを知り、おそらくはどこかで仕入れていた噂話をもとに、家から写真を持ち出した。私が生まれてからというもの、父は兄よりも私にべったりで、兄もまた、父に懐こうとしていなかった。そのせいで、父と二人で写した写真が手近になかったのだろう。

家族写真を利用すれば、父以外にも危害が及ぶ。そのことを知らなかったはずはない。私には噂話を聞かせなければいい。では母はどうか。兄自身はどうやって怪異の襲撃を逃れたのか。

簡単なことだ。二人は怪異の退け方を知っていた。二人で共謀し、父を殺害したのだ。父が家財を売り払ってまで〈人宝教〉にお布施を続けていたせいで、兄は目標としていた私立中学の受験を断念したし、母も家計のひっ迫に苦しんでいた。父ほど熱心な信者ではなかった母だから、きっといち早く、信仰よりも家族の生活を優先させようとしたのだろう。

結果的に企み(たくら)は成功し、父は死亡した。我が家には多額の保険金が入り、生活が安定して兄は大学まで進むことができた。

このことに気がついてからというもの、私は母と顔を合わせることすらできなくなっていた。食事をとらず、部屋に籠(こも)ったままの私をいぶかしんだ母が何度か声をかけにきたけれど、まともに応じなかった。

深夜、階下に耳を澄ませてみると、兄と電話でもしているのか、ぼそぼそとした話し声が聞こえてきた。そのことがまたしても私の疑心を刺激し、浮かんだ疑惑を確かなものであると感じさせてもいた。二人は私をどうするつもりなのだろうか。生き延びる方法を知っているのだとしたら、私に教えなかった理由は？

決まっている。余計なことを知ってしまった私を殺そうと考えているからだ。

人に話せば突飛な思い込みだと思われるだろう。だが実際これが最も矛盾がなく、理にかなった答えなのだ。あの二人は直接何かをする必要はない。このまま放っておけば、私は怪異に襲われ、自殺するか廃人になって病院送りとなり、二度と戻って来ない。死せずとも口は封じられる。誰かに助けを求めようにも、信じてもらえるはずもない。怪異を用いての殺人など、小説のネタにもならないだろうから。

ちっともおかしくなんてないのに、私はあえて声に出して笑った。

「……ふふ……あははは っ……」

「……思い通りになんてさせないわ」

数時間ぶりに立ち上がり、テーブルの上に置かれた原稿に手を伸ばす。

今、私にできる抵抗はこれしかない。原稿を最後まで読み、怪異から逃れる方法を探すこと。兄と母が生きているということは逃れる方法は確かに存在するはずだから、それが本当に『何があっても顔を見ないこと』なのかを確かめなければならない。

この先、菜緒や那々木がその方法で怪異を退け、逃れられるという展開ならば、私も同じことをすればいい。

いっそのことページを飛ばして、さっさとその部分を拾い読みしたい衝動に駆られたが、すんでのところで思いとどまった。そんなことをしてしまったら、正しい方法を知ることが出来ない気がする。それこそ何の確信もないのだが、那々木悠志郎の書く原稿が、そういう意味で一筋縄ではいかないという気がしてならなかった。

読み進めれば怪異は今よりももっと短い間隔で迫って来る。そう考えただけで動悸(どうき)がして呼吸が乱れた。読みたくない。でも読まなければならない。またあの声が聞こえてくる前に。

あの恐ろしい女の顔を見てしまう前に……。

新たにページをめくろうとしたその瞬間、静寂の中にけたたましい電子音が鳴り響いた。私はスマホに飛びつき、電話に出た。

「——もしもし、那々木先生？」

『原稿はどこまで読み進めた？』

挨拶もなく、那々木は問いかけてきた。

第四章の途中だと伝えると、「そうか」と短い答えが返ってくる。

「先生、教えてください。どうして私にこの原稿を……？」

前置きなどなしに、私は単刀直入に切り出した。

電話口で、那々木がかすかに息を呑むのがわかった。私は間髪容れずに質問を重ねる。

「これまでずっと未発表原稿として寝かせていたのは、これが危険なものだって気づいていたからですよね？　これを読んだ人の身に万が一にも呪いが降りかかってしまうといけないから、誰にも見せなかったんですよね？」

責め立てるような口調だったのは自分でもよくわかっていた。担当する作家に対し、こんな風に詰め寄るのは決して褒められたことじゃない。でも今はもうそんなこと、どうでもよくなっていた。何しろ、自分の命がかかっているのだ。相手が作家だろうが編集長だろうが、そんな些細なことはこの際気にしていられなかった。

「私が呪われているのは間違いないです。多分、誰かが……私の写真を『慟哭の木』の下に埋めたんです」

誰が埋めたのかという点は、あえて伏せた。今はそのことを話題にするべきではない。

「私は今までずっと、この怪異の存在を知らずに過ごしてきた。だからこれまで怪異に襲われなかった。けど那々木先生の原稿を読んで、怪異の存在を知ってしまったんです。先生の原稿が私のところに怪異を送り込んだようなものなんです」

『——久瀬くん、すまないが、少し落ち着いてくれないか』

感情的にまくしたてる私とは対照的に、那々木の声はぞくりとするほど冷静だった。

「……すみません、大きな声を出してしまって」

今ここで那々木を責めたところで、解決方法が見いだせるわけじゃない。それでも私にはこれが単なる偶然ではなく、那々木が何かしらの意図をもって行ったことだと思えてならなかった。

那々木は、私の兄が私や父を陥れるためにまじないをやったなんてことは知らないはずだ。私の知らないところで兄と面識があるという可能性はあるが、仮にそうだとして、見ているこっちがもどかしくなるほど慎重な性格の兄が、万が一にも、他人に対して『父親を呪い殺した』なんてことを口外するとも思えない。

那々木は私に話していない『何か』を隠している。私を担当編集者に指名したというのも、おそらくはそこに起因しているのだ。

「そろそろ本当のことを教えてください。那々木先生」

私の強い口調に気圧されてか、那々木はやがて観念したように一つ、大きく息をついた。

『――ああ、黙っていてすまなかった。君にこの原稿を渡したのには、れっきとした理由がある。怪異譚蒐集家としての私にとって非常に重要な意味を持つことだ。そして、その重要な事柄を確かめるための適任者は君しかいない。堂文社主催のパーティ会場で初めて君を見た時、頭に浮かんだ疑惑が時間が経つほどにどんどん膨らんでいってね。確かめずにはいられなくなっていったんだ』

那々木の声がみるみるうちに熱を帯びていく。それはまるで、原稿の中に登場する那々木悠志郎が怪異に対して強烈な執着を見せる時と全く同じ――いや、実際にこうして耳にするとそれ以上の迫力だった。

口を挟むことすら忘れて、私はただ、那々木の言葉に聞き入っていた。彼の言う『理由』が何なのか、それを知りたい一心で。

『だからこそ、君のもとへ怪異がやってきたと聞いた時は、嬉しくて仕方がなかった。こんな風に言うと君に申し訳ないのだが、本心だから言わせてもらうよ。君にとっても、私のライフワークの手伝いが出来るなら、担当編集者としてこれ以上の喜びはないだろう？』

そんなわけがないだろうと叫びそうになったが、ギリギリのところで飲み込んだ。

『だが安心……ていい……君は……知ってる……』

「え、ちょっと、那々木先生？　やだ、なんで？　勘弁してよ……」

突然、電話口の声にノイズが混じる。私の携帯には電波の異常はない。バッテリーもだ。となると、那々木の方に問題があるか、電波が届きづらい場所にいるのかもしれない。毎度毎度、重要なことを聞き出せそうなタイミングで邪魔が入ることに、私はたまらない憤りを感じずにはいられなかった。だが同時に、この出来事すらも何か運命的なものに翻弄されている気がしてしまい、ぞわぞわと背中が粟立った。

「先生、那々木先生、聞こえますか？」

『……の……怪異……しりぞけ……方法……を……』

呼びかけも虚しく、那々木の声は次第に遠ざかっていく。まともに聞き取ることができぬまま、ぶつりと音を立てて電話は切れた。ツーツーという空虚な電子音を聞きながら、私は妙な脱力感に見舞われてスマホを取り落とす。

「私が……何を知ってるっていうの……？」

呻くように吐き出した言葉は、静まり返った室内に弱々しく響いた。

其の四

――怖い。

そう内心で呟き、菜緒は視線を伏せた。

整理整頓されて片付いたリビング。漂ってくる夕食の匂い。ダイニングテーブルには整然と食器が並べられ、麦茶の入ったコップが用意されている。盛り付けられたサラダを運んでくる鼻歌混じりの母、弘美の顔には、いつものように満面の笑みが張り付いていた。

「菜緒ちゃんお待たせ。今日は菜緒ちゃんのリクエスト通りグラタンよ。菜緒ちゃん、昔からママ特製のグラタンが大好きだものね。嬉しいでしょう？」

今週だけでグラタンは三度目だ。もちろんリクエストなんてしていない。そもそも菜緒にはグラタンが好きだなんて言った記憶すらなかった。

「あら、どうしたの菜緒ちゃん。ぼーっとして。もしかして食べたくないの？」

「……あ、ううん、そうじゃないの。すごく美味しそうだったから嬉しくて……」

慌てて取り繕おうとしたが、すでに遅かった。

「――嘘をつかないで」

低く、鋭い声だった。弘美の顔からは一切の笑みが消え失せ、死人のように乾いた眼差しが菜緒へと注がれていた。

「菜緒ちゃん、ママが作ったご飯なんて食べたくないのね。グラタンなんて本当は好きじゃないんでしょ」

「違うの……そうじゃなくて……」

「だったらどういうことなの？　ねえ、菜緒ちゃん、ママとっても悲しいわ」

「だから、ママのグラタンはちゃんと好き……」

「そういうことを言ってるんじゃないの！」

　ヒステリックな叫びに、菜緒は思わず飛び上がりそうになる。

「ママはいつも菜緒ちゃんの健康を考えてメニューを決めているのよ。菜緒ちゃんのためにおいしいご飯を作る。そのためにお買い物に行く。菜緒ちゃんがきちんとお勉強ができるように一緒に宿題をする。菜緒ちゃんが学校で嫌な思いをしないように、人付き合いの仕方をたくさん教えてあげる。これはぜぇんぶ菜緒ちゃんのためなのよ。片親だからってあなたに不自由させないために、ママは必死にやっているの。何もかも、ママがあなたを愛しているからなのよ」

　その言葉に嘘はないのだろう。弘美は確かに自分を愛してくれている。それは痛いほどよくわかる。でもこんなのはもう、たくさんだ。

「黙り込んじゃってどうしたの？　何か言いたいことはないの？」

　弘美の赤く塗られた唇がくっと三日月の形に開いて、菜緒に笑いかける。だが、こちらをじっと射すくめるように細められた眼は、欠片も笑ってなどいなかった。
この目だ。菜緒は弘美のこの目が何より恐ろしかった。二年前、父親が帰らなくなってから向けられるようになったこの粘りつくような黒い視線が怖くてたまらない。

両親ともに教育者という家庭に生まれた菜緒は、幼い頃からよその家よりもずっと厳しくしつけられて育った。小学校に上がる頃になると、両親の間で菜緒を私立にやるか公立にやるかで意見が対立した。父親は公立でのびのび育ってくれればいいと言っていたが、弘美は断固反対した。よりよい教育を早いうちから。それが彼女の口癖で、文字の読み書きができるようになると毎日、それこそ寝る時間を削って菜緒に書き取りの練習をさせた。

一日のノルマを達成するまでは眠ることも許されなかった。睡眠時間を削るのは幼い子供の発育に良くない。そう訴える父親の言葉など、弘美にはまるで聞こえていないようだった。

思えば、あの頃から両親の仲は冷めきっていたのかもしれない。菜緒のお受験に関しても、結局のところ子供を理由に互いを罵り合っていただけだったのだ。そんなことだから、菜緒のお受験はうまくいかず、弘美はそのことでも父親を責めた。すべての責任は父親にあると決めつけ、口汚く罵った。

両親の間には次第に会話すらもなくなっていったが、父親は菜緒にはとてもやさしかった。弘美が仕事の忙しい時には不器用ながら食事を作ってくれたし、休みの日に外へ連れ出してくれるのは決まって父親の方だった。

物覚えが悪いと定規で弘美に手を叩かれても、計算が遅いとヒステリックに叫ばれても、いつも慰めてくれる父親がいたから平気だった。「パパはいつでも菜緒の味方だよ」と言ってくれるだけで、悲しいことなんてすぐに吹き飛んでいった。

それなのに、菜緒が小学四年生の時、父親は家を出たきり帰らなくなった。職場で出会い親しくなった女の人と一緒にこの町を出ていったのだという。

父親の置いていった手紙と結婚指輪をリビングの壁に投げつけ、ガラスをひっかいたような金切り声を上げた弘美は、その後、以前にもまして菜緒に対する執着が強くなった。

二言目には「菜緒ちゃんのためなのよ」「ママは菜緒ちゃんを愛しているのよ」としつこく繰り返し、学校にいる時以外、菜緒の行動のすべてを制限して、友達と遊びにも行かせてくれなくなった。

唯一、近所のこーちゃんが両親の不在中に遊びに来るくらいで、それ以外のつながりは、弘美によって一方的に断ち切られてしまったのだ。菜緒が学校の友達に白い目で見られ、ろくに話し相手にもなってもらえないのには、そういう経緯があった。

一昨日も、悟が家の前に来た時、怪異の声がして慌てて家に入った後で、弘美は菜緒にこんなことを言った。

「菜緒ちゃん。あんな男の子と軽々しく遊んだりしてはダメよ。男はみんなパパみたいに女好きなんだから、どんな相手でも隙を見せれば手籠めにしようとするのよ。あなたも気づいているでしょう？　菜緒ちゃんを見るあの子の目がどれだけ汚らわしかったか。だからもう会ってはいけないわ」

初対面にもかかわらず、悟に対して強い恨みでもあるかのような口ぶりだった。弘美はすべての男性に対して、かつての夫の姿を重ねているのだ。

口答えをすると、弘美はまたあの目で菜緒を見る。何もかもに絶望し、失望し、思い通りにならないのなら、いっそ捨ててしまえとでも言わんばかりの失意に満ちた目。

菜緒が怖くてたまらない、あの眼差しだ。

だが、どれだけ怖くても、逃げ出したいと思っても、どこにも逃げ場などない。二人で住むには広すぎるこの家で、毎日こうして顔を突き合わせて、弘美の機嫌を損なわないように生きていくしかないのだ。何故なら、弘美の他に自分を大切にしてくれる人などいないから。

あれほど大切だと言ってくれた父親でさえも、あっさりと菜緒を捨てていなくなってしまったのだから。

「――菜緒ちゃん、どうしたの？　ママの言うことがそんなに難しい？」

まとわりつくような猫なで声によって思考が途切れ、我に返った。耳の後ろで囁かれるようなおぞましさに耐えかねて目を閉じた菜緒は、深く呼吸を繰り返す。

「菜緒ちゃん……ねえ、菜緒ちゃん……」

もう限界だと思った。母にあんな目で見られることが嫌で仕方がない。どうにかしたいけど自分ではどうしようもない。だから、菜緒はあの噂話にかけることにした。『呪いを解除するためには、誰かに移行させるしかない』と悟に嘘をつき、自分と弘美が写っている写真を埋めた。そしてその日以来、怪異は菜緒の所にやってくるようになった。

「困ったわねぇ。あなた最近変よ。お勉強にも身が入っていないようだし、もしかして、まだあの篠宮とかいう男の子と遊んでいるの？」

問いかけに対し、黙り込んでいると、弘美の語気が強まった。

「答えようとしないのは、後ろめたいことがあるからよね。ちょっと前に、日が暮れるまで帰って来なかったことがあったけど、それもその子のせいなのね？」

「ちがうよ。篠宮くんは……」

「ママ、先生にお電話して聞いたのよ。あの子、ご両親がいないんですってね」

はっとして菜緒は母親の顔を見る。そこには、あらゆるものを見下そうとするかのような薄笑いが張り付いていた。

「ご親戚の家に厄介になっているんですって？　山の手の住宅街にあるご自宅だそ

うだけど、たしか篠宮さんっていったら、不動産関係でかなり評判の悪い会社を経営されているはずよ。江理香ちゃんはママの担任していたクラスにいたけれど、どうにも手の付けられないひどい子供だったもの。大人をバカにして、小学生のくせに誰彼構わず色目を使うような子よ。ああ、汚らわしい」

弘美は顔をしかめて、醜い物でも見るような目を私に向けてくる。悟の親戚ではなく、菜緒自身が責められているような気がしてならなかった。

「ねえ、わかったでしょう？　そんな家族と一緒に住んでいる子が、まともなはずがないもの。金輪際その子とは連絡を取るのもやめてちょうだい。昨日も今日もウチに電話があったけれど、ママがちゃんと断っておいたからね」

「ママ！」

菜緒が立ち上がり、前のめりになって声を上げた。

その直後、右手の甲に鋭い痛みが走り、菜緒は短い悲鳴をあげる。

「大きな声を出さないで！」

ヒステリックな叫び声がリビングにこだました。気付けば弘美は金属製の定規を手に凄まじい形相をして菜緒を睨みつけている。

「……ごめんなさい」

手の甲がじんじんして、みるみるうちに赤く腫れあがる。小さい頃から繰り返し受けてきた痛み。何度味わっても慣れることのないその痛みを味わいながら、菜緒は叫び出したくなる衝動を必死に抑え込んでいた。

「ママはこれ以上、菜緒ちゃんがおかしな影響を受けるのは嫌なのよ。この間ママに話してくれたおかしな話もその子から聞いたんでしょう？　ほら、呪いの木がどうとかいうお話。女の人の幽霊だなんて、まさかそんなもの本気にしているわけないわよね？」

違う。そうじゃないと声を上げようとした時だった。

――みないで

菜緒の背後、ちょうど頭の後ろの辺りで、囁くような声がした。だが咄嗟に振り返ることはできず、菜緒は身体を硬直させ、視線だけで周囲を窺った。

「嫌ねぇ菜緒ちゃん、そんな気味の悪い声なんか出してどうしたの？」

弘美が怪訝そうに眉根を寄せた。口ではそう言いながらも、それが本当に菜緒の発した言葉であったのかを判断しかねているようだ。二人の他に誰もいないはずのリビングへと視線を走らせながら、しきりに二の腕の辺りをさすっている。

菜緒は素早く立ち上がって振り返る。家の中を見渡すと、視界の端、開きっぱなしのリビングの扉の陰に、半身だけのぞく女性の姿があった。

青い浴衣姿、濡れた髪から滴る雫。そして、青白い手で覆われた顔――。

「……ひっ！」

吸い込んだ息が喉の辺りでつっかえた。全身が凍りついたみたいに、その場に立ち尽くす。

来た……ついに……来てしまった……。

そう心の中で叫びながら、菜緒は足を引きずるようにして後ずさった。


――みないで……みないで……


そう繰り返す声にまじって、ぼちゃぼちゃと水の滴るような音がする。女の姿がわずかに揺らいだ直後、瞬き一つ分の間にその姿はかき消えてしまった。えっと声を漏らし、菜緒は再び周囲に視線を走らせる。

次の瞬間、背後で弘美がけたたましい叫び声を上げた。ひどく狼狽えたその声に慌てて振り返ると、椅子に座ったままの弘美が、驚愕の眼差しでテーブルの下を見つめている。金縛りにでもあっているかのように身じろぎ一つせず、額には玉の汗が浮いていた。

「ママ……？」

何があったのかと問いかけようとした時、菜緒は見てしまった。ずるり、とテーブルの下から這い出し、弘美に覆いかぶさるようにして顔を近づけるおぞましい女の姿を。

決して素早い動作ではなかった。それでも、菜緒が声を出すより先に、『崩れ顔の女』は弘美の目の前にまで到達していた。ぬらぬらとどす黒く濡れた後ろ髪が、意志を持っているかのように蠢き、顔を覆っていた両手が、少しずつ左右に開いていく。

「ママ……だめ……その顔を見ちゃダメなの。目を閉じて！」

菜緒は無意識のうちにそう訴えかけていた。

「なに……なにをいってるの菜緒ちゃん……？」

それは、この噂を聞いた時、同時に知った怪異から逃れる対処法だった。

目を固く閉じて、絶対に女の顔を見なければ、女はやがて諦めて去っていく。それさえ守れば、たとえ写真を埋めても被害に遭わずに済むというのだ。

そのことを知った菜緒は悟を誘導し、彼の写真を掘り返した後で、自分と弘美が写っている写真を埋めた。弘美が『崩れ顔の女』に襲われて目が見えなくなれば、もう二度とあの眼差しを向けられることが無くなるから。

そう思っていたハズなのに――。

「早く目を閉じて！　その人の顔を見ないで！」

必死の呼びかけに対し、弘美は最初こそ困惑していたが、やがて両目を固く閉じた。

「わ、わかったわ菜緒ちゃん。閉じていればいいのね？　これでいいのね？」

「うん、そうだよ。それでいいから、そのままでいて！」

こちらに背を向けた『崩れ顔の女』が両手を開ききった。決して見てはいけないその顔が、弘美の眼前であらわとなっている。もし今この瞬間に女がこちらを振り返ったら、菜緒はその顔を直視してしまう。そんな危機感に襲われながらも、菜緒は目を逸らすことができなかった。怪異が諦めて去っていくところを確認するまでは。

菜緒はこの時、自分がいかに愚かなことをしたかを思い知らされていた。この怪物は弘美など足元にも及ばないほど恐ろしい。軽々しく呼び寄せてはいけない忌むべき存在だということを、本能レベルで悟ったからだった。

「ママ、動かないでね。そのまま目を閉じていれば大丈夫だから。絶対に開けないで……」

大丈夫。きっと大丈夫。自らに言い聞かせるように、菜緒は心中に何度も繰り返した。

そうすれば、怪異は諦めていなくなってくれるから――。

「――え」

自分でも場違いに感じるほど、素っ頓狂な声が出た。『崩れ顔の女』は、諦めて消えるどころか、自由になった両手で弘美の両肩をがっちりと掴んでいた。

「ひっ……な、なに、なんなの？　菜緒ちゃん……ねえ菜緒ちゃん！」

「ママ……ダメ……」

　咄嗟に身を乗り出そうとしたところで股の辺りに違和感を感じた。視線を下ろし、ズボンと床の染みを見て初めて、菜緒は自分が失禁していることに気が付いた。生温かい感触と共に、がくがくと足がふるえ、立っていることすら難しい。

「いや……やめて……まぶた……やめ……いやあああ！」

　菜緒のいる位置から見て、女は両腕を使い弘美の肩を掴み動きを封じている。目の前でじっと、目を開くのを待っているのだろうか。だがそれでは、弘美の発言の意味が分からない。まぶたがどうしたというのだろう。

　まさか、『崩れ顔の女』は、弘美の瞼を強引にこじ開けようとしているのか。

「あああぁあああ！　いやあああああ！」

　違う。そうじゃない。こじ開けるんじゃなくて引きちぎっているんだ。

　弘美が放つ悲痛な叫び声に紛れて、ミチミチと湿った音がして、限界まで引き伸ばされた皮膚が無残にも引きちぎられていく。テーブルや床に鮮血がほとばしった。座ったままのたうつように身体を痙攣させる弘美の服に、黒いシミが広がっていく。

　凄惨な光景を目の当たりにしながらも、菜緒の頭の中はなぜ、どうして、という疑問でいっぱいだった。こんなことありえない。あの女は両腕がふさがっているのに、なぜ弘美の瞼を引きちぎることが出来るのか。どう見ても手は二本しかないのに。その手は弘美の肩を摑んでいるのに、どうして……？

——ああ……みたのね……


断続的な弘美の絶叫が、不意に止んだ。

それによって、時が止まったかのような静寂が訪れ、呼吸すらもはばかられる思いで、菜緒は息を吞んだ。そして次の瞬間、再び発せられたのは悲鳴ではなく絶叫だった。

「いやあああああ！　おあああああああ！　ああああああああぁぁぁぁぁあああぁぁあ！」

まともな人間のものとは思えぬ慟哭めいた叫びによって、窓ガラスがびりびりと揺れる。もし身体の自由がきいたなら、菜緒は迷わず耳をふさいでいただろう。それができなかったのは、菜緒が恐怖を起因とした金縛りに襲われ、指の一本をも動かせなかったからだ。

「あああぁぁあ……あぁあああ……ぁあうぅああ……」

叫び声はやがて虚ろなうめき声へと転じ、弘美は糸の切れた操り人形のように床に崩れ落ちた。

「ママ……ママ……」

何度呼びかけても、返事はなかった。

弘美を解放した『崩れ顔の女』は、再びその顔を手で覆い、そのままテーブルの下に潜り込むようにして消えていった。

残されたのは、変わり果てた姿の弘美と、それを愕然と見下ろす菜緒だけだった。

弘美の両目――瞼を失って剝き出しにされた瞳は白く濁り、そこから溢れ出す赤黒い血がカーペットを濡らしている。

血だまりの中には、瞼と思しき肉片が二つ、忘れられたように取り残されていた。

三日目　深夜

なんということだろう。

この怪異に対し、目を閉じてやり過ごすという方法は通用しなかった。

母親の身に起きた惨劇を目の当たりにして、菜緒はそのことを思い知らされた。

そして、彼女が感じた絶望を、私もまた等しく感じていた。

たった一つの対抗策が通用しないとなれば、私はもう逃げられない。

今こうしている間にも『崩れ顔の女』は迫ってきている。息がかかりそうな距離に彼女を感じる。

はやく……はやく読まないと……。

私は、彼女の顔を見たくない。

第五章

其の一

月曜日。菜緒は学校に来なかった。

坂井が出欠を取る際、「小野田は休みか、めずらしいな」などと呟いていたので、家から連絡が来ているわけではないらしい。

悟は平静を装っていたが、内心ではそわそわと落ち着かない気持ちだった。

菜緒は悟の埋めた写真を掘り返し、代わりに自分の写真を埋めた。その那々木の推測は、きっと的中しているのだろう。考えてみれば、いくら悟に危険が迫っているとはいえ、あの菜緒が安良沢たちを身代わりにしようと言い出すこと自体、おかしなことだった。それに、写真を埋める際の条件として『自分が写っている写真』を埋めなくては、まじないの正しい手順にはならない。彼女が安良沢たちの写真を埋めたところで、呪いが移行しないのは当然である。

眞神月子が、悟と菜緒に対して「それでいいの？」と問いかけてきた時、菜緒は毅然とした態度で口を出すなと強く言い放っていた。あの時はてっきり、安良沢たちを身代わりにすることを咎められているのかと思ったが、そうではなかったのだ。月子は自分と母親をターゲットにした菜緒の行動を咎めていた。そう考えれば、すべてに納得がいく。

これは悟の勘だったが、呪いを解除する方法とは、埋めた写真を掘り返すことだったのではないだろうか。単純ではあるが、実際に悟の呪いが解除されていることを鑑みると、信憑性は高いように思える。あの時、菜緒が悟の埋めた写真を掘り出した時点で、事は丸く収まるはずだったのだ。

ではなぜ、菜緒は写真を埋めたのか。わからないのはその動機だった。彼女が自分から死地に飛び込むような真似をする理由が、悟にはまったく見当もつかなかった。いつも明るくて、元気で、何かと悟の世話を焼いてくれる菜緒に、秘められた自殺願望があったなどという月並みな意外性では納得がいかない。彼女はきっと誰にも言えない大きな問題を抱えていて、それを解決する手段として怪異を利用したのではないか。そう思えてならなかった。

——お父さんが出ていってから二年も経つのにね……。

最初に緑地に足を踏み入れた時、菜緒が口にしていた言葉が脳裏をよぎる。

ひょっとすると菜緒は母親との関係に思い悩み、人知れず苦しみ続けてきたのではないだろうか。けれど相談できるような相手もいなくて、思いつめた末にあんな行動に……？

そのことに思い当たった悟は、声を潜めて隣の席の女子に話しかけた。

「あのさ……」

「……なに？」

とげのある口調で返された。わずかに逡巡しつつも、

「吉川って、前は小野田と仲良かったんだよね？」

悟は二つ後ろの席に座る吉川由衣子を振り返りながら訊ねた。

隣の女子――岡山由紀という――は、最初は何のことかと不思議そうな顔をしていたが、やがて何かに思い当たったかのように、ふっと口元に皮肉げな笑みを浮かべた。

「へえ、気になるんだ？　篠宮ってやっぱり、菜緒のこと好きなんだね」

さっきまでは悟になど欠片も興味を示さなかった由紀が、急に目を輝かせた。授業などそっちのけで悟に顔を近づけ、声を潜めると、

「菜緒のお母さんってさ、超過保護なんだって。友達と遊んだりしてても電話かけてきて、ウチの娘を帰してほしいとか、家に連れ込むのはやめてほしいとか言うの。由衣子は四年生まで菜緒と一番の仲良しだったんだけど、菜緒の家に行ったとき、菜緒のお母さんにこっぴどく叱られたらしいんだよね」

「どうして？」

由紀はぷるぷると小刻みに首を横に振った。

「それがわからないんだって。ただ、好きな男の子の話をしてただけだったのに、急に部屋にやってきた菜緒のお母さんが、由衣子の腕を摑んで家から追い出したの。二度と来るな、菜緒とも喋るなってものすごい剣幕で怒鳴ったらしいよ。それ以来、由衣子はもちろん、他の子たちも菜緒と関わるのが怖くなっちゃったんだよね」

そういうことか、と驚きよりも納得が優先していた。

菜緒の母親は、娘が友人と一緒にいることがとにかく気に入らないらしい。そのせいで菜緒はクラスで孤立してしまい、まともに口を利く相手もいなくなってしまった。菜緒が女子のグループに積極的に入っていこうとしないのには、そういう理由があったのだ。

もしも菜緒がそのことで悩んでいたとしたら――というか、悩まないはずはないだろう。それどころか、母親に対して怒りや苛立ちを募らせていたとしたら。そんな彼女が呪いを使って母親を排除する方法を思いついたとしたら……。

そこまで考えて、悟は自らその考えを否定した。いくら母親に束縛され、息苦しいほどに干渉されたとしても、それを理由に菜緒があんなことをするとは思えない。

第一、呪いが降りかかるということは、菜緒自身も怪異に襲われるという事だ。母親をどうにかしたところで、自分が襲われてしまっては本末転倒である。

そこでふと、悟はあることに思い至る。菜緒は呪いを解除する方法を知っていた。もしかすると、それ以外にも彼女だけが知っていた情報があったのではないだろうか。たとえばそれは、迫り来る怪異に対し、こうすれば生き残れるという対抗策だ。それを母親には教えず自分だけが実践すれば、幽霊に襲われても切り抜けられる。そう考えて彼女は……。

「――ねえアンタ大丈夫？」

由紀が怪訝な表情を更に深くして問いかけてきた。

「何を悩んでるのか知らないけどさ、一人でぶつぶつ言ったりしてるの、凄くキモいんだけど」

考え事に夢中になりすぎたせいか、無意識に何か呟いていたらしい。そういう癖が自分にあることは自覚していたが、こうはっきりと嫌悪感を言葉にされてしまうと、なかなかこたえるものがあった。

その後も、まるで授業に身が入らないまま休み時間を迎えた。

トイレで用を足し、教室に戻ってくると、数人の女子が集まって何やら話し込んでいる。

きっと、また何かの噂話でもしているのだろう。そんな風に決めつけて通り過ぎようとした時、思いがけず『小野田さん』と聞こえ、悟ははっとした。

集まっている者たちは一人の女子に注目していた。東田里美という、物静かであまり目立つ方ではないその女子は、やや顔を赤らめるようにして、しかしどこか得意そうな表情を浮かべながら、クラスメイト達に向かって話をしていた。

「昨日、ジローのお散歩してた時、小野田さんの家の近くを通りかかったら救急車が停まってて、ちょうど誰かが運ばれていくところだったの」

「もしかして、菜緒が運ばれたの？」

噂好きな由紀が身を乗り出して尋ねると、里美は首を横に振る。

「運ばれたのは大人だったから、小野田さんのお母さん……だと思う」

その瞬間、えーっと歓声にも似た声が上がる。女子たちはみな興味津々といった様子だったが、聞き耳を立てている悟としては、とても楽しめるような話題ではない。

「顔はよく見えなかったの。ただ、血がたくさん出てて……」

互いに手を握り合って騒ぐ女子たちをかき分けるようにして、悟は里美の正面に立った。

「今の話、本当？　どこの病院に運ばれたの？　小野田もそこにいるのか？」

悟が割って入ったことに驚いたのか、里美は怯（おび）えた表情をしてこちらを見上げた。

「わ、私……知らないよ……そんな……」

それからぽろぽろと涙を流して黙り込む。その途端、周囲の女子たちがここぞとばかりに悟を罵（のの）り、謝りなよと声を上げた。

悟はいてもたってもいられずに教室を飛び出した。廊下を駆け、まっすぐに職員室へ駆け込もうとした時、ちょうど中から出てきた坂井と鉢合わせする。

「おっと、なんだ篠宮。廊下は走っちゃダメだろ」

「先生……小野田が……小野田のお母さんが入院したって本当ですか？」

唐突な質問に対し、坂井はどこか予想していたような顔をして低く唸る。

「……さっき連絡が来たよ。命にかかわるような状態ではないらしいんだが……」

どこか歯切れの悪い返答に、悟の焦りは更に増していく。

「小野田もそこにいるんですよね？」

「あ、ああ。そうだと思うが……って、おい、どこへ行くんだ篠宮、待て！」

最後まで聞こうとせずに踵を返し、駆け出そうとした悟の腕を坂井が摑んだ。

「放して下さい！　小野田の所に行かないと！」

「馬鹿言うな。お前が行ったって何がどうなるわけでもないんだぞ」

「それでも行かなきゃダメなんです。でないと、小野田も同じ目に……」

そう言いかけた時、摑まれた腕が更に強く締め付けられ、思わずうめき声が漏れた。坂井は心底うんざりしたような顔をして、忌々しげに悟を見下ろしている。

「お前、また呪いがどうとか言うつもりか？　いい加減に目を覚ませ。いつまでもガキみたいなこと言って周りに迷惑をかけるんじゃない」

「違う……そうじゃないんです。本当に呪いは……」

「この前見たっていう幽霊がまた現れたのか？　だったら教えてくれ。その幽霊はどこにいる？　そこか？　そっちか？　悪いが先生には何にも見えないぞ」

廊下の端、階段の踊り場、天井の一角などを指差して、坂井がおどけて見せる。

「だから、今は僕じゃなくて小野田の所にいて……」

「はっはっは。そうなのか。それじゃあ小野田の次は誰だ？　安良沢か？　松原か？　そうやって不幸の手紙みたいに次から次へと広がっていくのか？　ん？　どうなんだ？」

ダメだ。まるで取り合ってもらえない。一刻も早く菜緒を助けに行きたいのに、これではらちが明かない。

「とにかく教室に戻れ。でないと、保護者の方に学校に来てもらうことになるぞ」

頭ごなしに言われ、悟は抵抗する気力をごっそりとそぎ落とされた。何が何でも菜緒の所に駆け付けたいという気持ちと、篠宮家の連中に寄ってたかって罵られる恐怖とが交互に押し寄せ、今にも叫び出しそうになった。坂井の手が万力のように腕を締め上げてくる。悟が痛みに呻き、抵抗を断念しかけたその時。

「――先生、篠宮の言ってることは本当だよ」

背後から声がした。振り返ると、いつの間に現れたのか安良沢の姿があった。

「安良沢？　どうした。お前まで何を言いだすんだ？」

「『呪いの木』にまじないをしたら『崩れ顔の女』がやってくる。その噂話は本当なんだよ。篠宮はその幽霊に襲われた。たぶん小野田の母親も」

安良沢は悟の方をちら、と一瞥し、わずかにうなずいてみせる。その仕草から、彼が悟や菜緒がどのような状況に置かれているのか、どれだけ追い詰められているのかを理解してくれているのだとわかった。確証も根拠もない状態で、安良沢は自分のことを信じてくれている。

そう思うと、悟の胸は自然と熱くなった。

「まったく……いつから篠宮の肩を持つほど仲良くなったのか知らないが、お前までいい加減なこと言うな。呪いだの幽霊だの、そんな低俗なものは――」

「――そうだよねぇ。自分が認めたくないものって、かかわるのが怖いんだよねぇ」

坂井が言い終えるのを遮り、不意に放たれた声。安良沢に続いて割り込んできたのは、階段の踊り場からひょいと顔をのぞかせた眞神月子だった。飄々とした人懐っこい笑みをその顔に浮かべ、軽やかな足取りで近づいてきて真正面から坂井を見上げる。

「大変だよねぇ先生。せっかく忘れようとしてるのに、こんな風にしつこく騒ぐ生徒がいたら、誰だって怒りたくもなるよねー。先生がムキになる気持ち、私にはわかるよぅ」

「お、おいおい、ちょっと待て。お前はたしか隣のクラスの……」

「眞神です。眞神月子」

堂々と名乗りながら、月子はやや気取った仕草で悟にウインクをしてみせた。

「本当のことを知っている先生からすれば、噂が流行っているこの状況は早く終わらせたいわけだよね。今だって、三組の生徒はみんな小野田さんの話題で持ちきりだし。きっと、他にも呪いが本当だとか言って、更に騒ぐ生徒も出てくるだろうしねー」

「――それが、どうしたんだ？」

この時、悟の目には坂井の表情がひどく強張っているように見えた。にこにこと笑顔を絶やさない月子とは対照的に、坂井の顔はあからさまに青ざめている。

まるで、触れられたくないものに触れられでもしたみたいに。

「だから、このままだと困るでしょぉ？　落ち着かないでしょぉ？　だって先生は昔――」

「や、やめろ！」

突然、坂井の怒号めいた叫びが廊下に響いた。毛むくじゃらの両腕が月子の両肩を摑み、強く揺さぶっている。

「お前、何を言ってるんだ。いったい俺の何を……」

いたた、と茶化すような口調でわざとらしく言ってから、月子は坂井をまっすぐに見据え、にぃっと歪な笑みを浮かべた。これまでの彼女とは明らかに違う、どす黒く歪んだ感情を思わせる空恐ろしい表情だった。

「私ね、先生。わかっちゃうんだよね。いろんなことがさ、嫌でも理解できちゃうんだよ。でも安心して。それをどうこうしようとは思わないし、自分から関わろうなんて思わない。ただ、わかっちゃうから口出ししたくなるんだよねぇ」

月子はゆっくりと落ち着いた動作で坂井の手を払いのける。対する坂井はどこか呆然(ぼうぜん)とした表情であっけなく手を離し、よろよろと後退した。

「だから先生、篠宮くんのお手伝い、してあげた方がいいと思うよ。小野田さんが元気に学校に来ればこの騒ぎもおさまるし、篠宮くんが呪いのことで騒がなくなれば、先生にとっても一石二鳥でしょう?」

「そ……それは……」

うわ言のように呟(つぶや)きながら、坂井はぎこちない動きで首を動かし、悟を見下ろす。その目に強い動揺の色を浮かべ、何度も深呼吸を繰り返した末に、坂井は「ああ、そうだな」と自分を納得させるような口ぶりで首を縦に振った。

「安良沢。次の授業は自習だと皆に言っておいてくれ」

「……え?」

安良沢が訊(き)き返すも、坂井は二度同じことを口にしなかった。

「……篠宮、さっさと来い」

坂井はこちらを一瞥してそう告げると、階段を降りていった。慌てて追いかけようとした悟を呼び止めて、月子がずい、と顔を近づけてきた。

「大サービスだよぉ篠宮くん。これは私からの餞別だから」

また意味のわからないことを言われて戸惑う悟に対し、長い睫毛を羽ばたかせるように再びウインクをしてみせた月子は、そのまま悟の背中を強く押す。

よろけて前のめりになりながら、悟は改めて安良沢と月子を振り返った。

「あの、二人ともありがとう」

安良沢はぐっと顎を引くようにしてうなずき、月子はダブルピースでにんまり笑う。

二人に見送られるようにして、悟は階段を駆け下りていった。

其の二

――顔が見える。

ごく普通の女の顔……。いや普通じゃない。歪んでいて、目や鼻、口などのパーツが本来あるべき位置になくて、皮が剝がれて肉が削げ落ちて、ギザギザに引き裂かれた傷がぬめぬめと光っていて、黒ずんだ血と粘液が滴る顔。

――怖い。

今までに見てきたどんな顔よりも――いや、どんなものよりもおぞましく、気味が悪く、歪で、ひしゃげていて、傷だらけで、穴だらけで、でこぼこで、真っ赤に染まっている顔。

顔。顔。顔……。

あの顔を思い返すだけで、身体の内側に無数の虫が這いまわっているようだ。ぞわぞわと粟立つ皮膚の裏側から、そいつらが肉を食いちぎり、大量に溢れ出してきそうな感覚が常に付きまとっている。

身体が熱い。頭が痛い。全身汗まみれなのに、何故か震えるほど寒かった。

二つの目はそれぞれ違う方向を向いて、引き裂かれた唇はうねうねと動き、鼻はもう原形をとどめていない。剝き出しの肉が震え、ケロイド状の皮膚がぐねぐねと蠢いている。二度と思い出したくもないのに、目を閉じればその顔が目の前に現れる。慌てて目を開けても視界は黒いまま、どこまでも続く底無しの闇が広がっている。

——怖い。怖い。怖い怖い怖い怖い怖い怖い……こわい……

悲鳴がする。誰かが叫んでいる。それがたまらなくうるさくて耳を塞ぐ。でも、やっぱり悲鳴は続いている。私の頭の中に直接響く、くぐもった悲鳴。

そうか。私が叫んでいるからだ。頭を抱え、首を左右に振って、私は叫ぶ。自分でも意味を成さない言葉だとわかっているけれど、叫ばずにはいられない。

顔が、目の前にある。後ろにある。右にもある。見渡す限り、あらゆる場所に顔がある。あの、おぞましい顔が、暗く閉ざされた私の世界の中に溢れている。

——こわいこわいこわいこわいこわいこわいこわい……

乾いた指のようなもので、瞼を引きちぎられる感触が忘れられない。だから目を閉じることもできない。何をしても、この闇からは抜け出せない。そして闇は、あの顔を連れてくる。四六時中、私の前にあの顔がある。

「ママ、ママ！　ねえ、しっかりしてよ！」

すぐそばから声がする。ここは、どこ？

家かしら。ベッドの感触が違う。どこか別の場所？　誰が声をかけているの？

「ママ、ごめんなさい。私のせいでこんな……」

この声は……聞き覚えがあるのに思い出せない。誰の声だったかしら。

——こわいこわいこわいこわいこわいこわいこわいこわいこわい……

ああ、見たくない。もう見たくないわ……。目を閉じられない……私のまぶた……。

あのかお……みたく……ない……かお、かお、かお……だれの……かお……

これは……わたしのかお……？

其の三

坂井の運転する車で、悟は町で一番大きな総合病院にやってきた。

菜緒の母親の病室は、三階の一番奥にある個室だった。スライド式の扉を開けると、ゆったりとした白い部屋の窓際にベッドがあり、菜緒の母親らしき女性が両目に包帯を巻かれた状態で静かに寝息を立てていた。

「悟くん……先生……」

ベッドのそばの椅子に腰かけていた菜緒が振り返る。かろうじて吐き出したらしい言葉や表情は、普段の彼女からは想像もできないほどに暗く沈んでいた。

「どうして……?」

「先生が連れてきてくれたんだ。小野田のお母さんの事を聞いて、じっとしていられなくて……」

そう返すと、菜緒は坂井を見上げ、もう一度「どうして?」と問いたげな眼差しをした。坂井はどこか気まずそうに、困ったような顔をするばかりで、自分でもどうしてここへ来たのかが、よくわかっていないかのような反応をしていた。

「小野田こそ、どうしてこんなことを……?」

悟が尋ねると、菜緒はその小さな肩を小刻みに震わせて俯いた。

「……駄目、だった」

菜緒の手の上に雫が一つ、二つと滴った。やがて何度もしゃくり上げながら、菜緒はぼろぼろと大粒の涙をこぼし始める。

「目をつぶっていても駄目だった。私やっぱりお母さんのこと助けたくて、目を閉じてって言ったのに……。お母さん、無理やり顔を見せられて……」

その先は言葉にならなかったらしい。両手で顔を覆った菜緒はわんわんと声を上げて泣きじゃくった。それまで堪えていた涙を一気に吐き出すみたいにして、見ているこっちが苦しくなるほど悲痛な声で、菜緒はひたすら泣き続けた。

悟も坂井も、どうしたらいいのかわからず、でくの坊のようにその場に立ち尽くして菜緒の感情の昂りが和らいでいくのを待つしかなかった。

ひとしきり涙を流し尽くした後で、菜緒は徐々に落ち着きを取り戻し、ぽつりぽつりと語り始める。

「私はずっとお父さんの代わりだった。お父さんは私たちを捨てて家を出ていったから、私もいつか同じことをするんだってお母さんは思ってる。私が出かけようとしたり、友達と遊んで帰ってきた時、お母さんは『あなたも私を捨てるのね』って口癖みたいに言ってた。私にはそんな気なんてないのに。普通に友達と遊んでいただけなのに」

菜緒は眠り続ける母親に注いでいた視線を、そっと悟へと移した。

「そうでもしないと、お母さんは耐えられなかったんだと思う。うちを出て行ったお父さんが私たちのことなんてすっかり忘れて、新しい家庭を作ってることに」

言い終えるのと同時に、菜緒は一瞬、苦しそうに表情を歪めた。母親がそうであるのと同じように、彼女もまた、父親が自分たちを捨てて行ったことを完全には受け入れられていない。でも、受け入れざるを得ない状況に置かれてしまっている。

その現実と認識との相違が彼女を苦しめているような気がしてならなかった。

「お母さんは私を罵る時、とても怖い目をする。私はそれが嫌でたまらなかった。口には出さないけど、私のせいでお父さんがいなくなったって言われてるみたいな気がして」

「でも、お父さんが出ていったのは小野田のせいじゃ……」

言いかけた悟を遮って、菜緒はかぶりを振った。

「関係ないんだよ。本当はどうなのかなんてことは。お母さんは私を責めることで、認めたくない現実から目を逸らすことが出来る。でも、その私がいなくなったら、誰を責めればいいのかわからなくなる。だから私のことが手放せない。ずっと縛りつけておきたい。そういうことなの」

頬に残る涙の痕を拭い、小さく息をついて、菜緒は先を続ける。

「だから私、お母さんと写した写真を埋めたの。お母さんが幽霊に襲われれば、もうあの目で私を見ることはなくなる。そうすれば私はもう、怯えなくて済むと思ったから」

「でも直前で思いとどまった。お母さんを助けようとしたんだろ？」

悟の問いかけに対し、菜緒はぎこちない仕草で首を縦に振った。

「お母さんがあの女の人に襲われてるのを見て急に怖くなった。お母さんを助けなきゃって思った。だから目を閉じて絶対に開けないでって言ったの。悟くんには黙っていたけど、それが幽霊に襲われた時の対処法だって話を聞いていたから……」

言葉を切って、菜緒はばつが悪そうにうつむいた。もちろん悟には今更そのことを責める気なんてなかった。

「——その方法は通用しなかったんだな？」

菜緒はひとつうなずき、それから絞り出すようにしてこう続けた。

「お母さんは、瞼を引きちぎられて……」

それ以上は何も言えず、菜緒はぶるぶると瘧にかかったように震え始めた。どこか虚ろなその眼差しの奥に、母親の惨状を思い浮かべているのだろうか。

「あたし、とんでもないことしちゃった。お母さん、目が見えないだけじゃない。ずっと訳の分からないことを繰り返して叫んでる。たぶん、もう元には戻らない」

菜緒は哀れなほどに震える手で耳を塞ぎ、かすれた声を絞り出す。

こういう時、どんな言葉をかければいいのか、悟には見当もつかなかった。

菜緒がしたことはきっと許されることじゃない。でも、その気持ちは痛いほどよくわかる。母親からまともな扱いを受けず、愛と呼ぶべきかもわからない感情を常に向けられていた彼女の毎日は、きっと片時も心が落ち着かないものだっただろう。

「なあ小野田、つらい気持ちはよくわかる。だが、お前が言っているのはただの噂話じゃないか。いつまでもそんなものに惑わされてちゃ駄目だ」

無言で様子をうかがっていた坂井が唐突にそんなことを言いだした。菜緒を見下ろすその顔には、普段の潑剌(はつらつ)とした表情とはまるで違う、疲れ切った大人の表情が滲(にじ)んでいた。

何を言われようと、今更あの怪異を噂だの迷信だので誤魔化すことなどできない。少なくとも悟や菜緒はそういうところまで来てしまっているのだ。だがそれがわからない坂井は、彼なりに励ましの言葉をかけているつもりなのだろう。

「先生、ちょっと待ってください。小野田は――」

口を挟もうとしたその時、ノックも無しに病室の扉が開いた。さも当然のような顔をして、ずかずかと病室に入ってきたその人物は、こちらに目もくれずベッドに横たわる菜緒の母親をしげしげと覗(のぞ)き込む。

「ふむ、やはり『顔を見ない』という方法は通用しないようだな。まあ、そこまで安易なやり方でどうにかなるなどと、最初から思ってもいなかったがね」

「……な、那々木さん？」

思わず声を上げた悟を一瞥(いちべつ)し、那々木悠志郎は口元に微(かす)かな笑みを浮かべる。

「おい、なんだアンタは？　勝手に入ってくるなんて非常識じゃないか。病院の関係者か？」

事情を知らぬ坂井が不審者を見るような目つきで那々木に詰め寄った。

「この私が医者か何かに見えるのか？　そっちこそ何者だ？」

那々木はまるで物怖(ものお)じせず、どう見ても年長者である坂井に対し不躾(ぶしつけ)な口調で尋ね返す。

「わ、私は彼らの担任の教師だ」

那々木のあまりに堂々とした態度に気圧（けお）され、坂井は目を白黒させていた。

「ほう、教師か。ひょっとするとあなたは、坂井吉廣かな？」

坂井はうっと声を上げて困惑する。一歩遅れて、悟も怪訝（けげん）に首をひねった。

なぜ那々木が坂井の名を知っているのか。互いに面識があるようには思えないから、那々木がどこかで仕入れた情報により、坂井を認識しているのだろう。

那々木はどこか芝居がかった仕草でネクタイを直し、改めて坂井に向き直る。

「こんなところでお会いするとは、私は運がいい。突然だが、あなたは巌永卑沙子（いわながひさこ）をご存じですね？」

問いかけられた瞬間、坂井の表情ははっと凍り付き、一瞬の後に驚愕（きょうがく）の色に染まった。返答はなくとも、その表情だけで那々木は答えを得たようだった。

「人の世というのは実に不思議だ。そうは思わないかね篠宮くん？　この怪異にまつわるあらゆる要素が、どういうわけか君を中心として集まっているんだからね」

那々木は人差し指を立てると、まっすぐに悟を指差した。

「――まじないを行い、怪異を呼び寄せる者」

指先をわずかに逸らし、今度は菜緒を指す。

「怪異の脅威を目の当たりにして、勝ち目のない戦いに絶望する者」

そして最後に坂井を指差し、那々木は迷いのない口調でこう言い放った。

「怪異の起源を知る者——いや、その当事者というべきか」

「な、なにをバカな……」

吐き捨てようとした坂井を遮るように、那々木は懐から取り出した数枚のコピー用紙を病室のテーブルに広げた。そこには、古い新聞記事らしきものが印刷されており、『深山部緑地にて女性が自殺。恋人が目撃！』と煽情的な見出しが記されていた。それを確認するなり坂井はその顔に明らかな動揺を浮かべた。

坂井が必死になって隠そうとする何かを、那々木が無理やり引きずり出そうとしているのは明らかだった。

疑惑に満ちた悟と菜緒の視線をまともに受け、坂井は勘弁してくれとばかりに額に手を当て目を閉じた。重苦しい空気の中、那々木が静かに口を開く。

「今から二十二年前のことだ。「この町に住む巌永卑沙子という人物が恋人とのドライブ中に事故に遭った。顔に深い傷を負った彼女はそれ以来、誰にも会おうとせず、孤独な日々を送るようになる」

恋人、の部分を強調し、那々木の鋭い眼差しがまっすぐに坂井へと注がれる。

「失意の中、卑沙子は唯一の心のよりどころである恋人に深く依存していく。だが恋人の献身的な支えもむなしく、悲劇は起きた。夏祭りの夜、卑沙子が緑地にある池で入水自殺してしまったんだ。それからしばらくして、その池のそばにある『呪いの木』の下にまじないを行う当人と呪いたい相手の写真を埋め、『イサコオイズメラ』と三度唱えると、自殺した卑沙子の幽霊が現れるという、世にも恐ろしい噂が囁かれるようになった」

那々木は軽く息をつき、その場にいる全員へと順番に視線を向けていく。

「これがこの町に流布する噂の発端だ。『慟哭の木』に巌永卑沙子の強い怨念が刺激を与え、双方がいびつに融合してしまった結果、一つの怪異が誕生したのだと私は考えている」

那々木の言葉は確信に満ちており、そこには迷いなど欠片も感じられなかった。

数秒の間をおいて、黙り込んでいた坂井が馬鹿馬鹿しいとでも言いたげに噴き出した。

「あんた、いきなりやって来て何を言ってるんだ。いい大人が怪談話なんか真に受けてどうする？　根も葉もない噂を事実だなどと無責任に決めつけて、子供をたぶらかそうとするのはやめろ」

「ふむ、大人という立ち位置で言えば真っ当な意見だな。しかし何事も信じる信じないは個人の自由だ。私はそういった身勝手な常識で他人を縛り付けようとする大人が大嫌いでね。特に『まともな大人になるために』などとのたまい、誰が決めたのかもわからぬような考えを押し付け、自分にできないことを平気で子供たちに強要する教師には虫酸が走る」

びっと立てた那々木の指先が、まっすぐに坂井の鼻先へと突きつけられる。

「な、何の話をしている。回りくどい言い方をするな」

「面倒な前置きはいらないと？　ならばはっきり言おうじゃあないか。あなたがこの噂話を否定する本当の理由は、自らの過去が暴かれることを危惧しているからだ」

坂井は言葉を失い、驚愕にその目を剝いた。否定する暇を与えず、那々木は更にたたみかける。

「巌永卑沙子の恋人であり、彼女の死を目の当たりにした人物。それは坂井古廣さん、あなたなんだ」

坂井は煙草のヤニで黄ばんだ歯を剝き出しにして、ぎりぎりと歯嚙みしていた。何か言い返そうとするのに、否定しようとするのに、それらが軒並み言葉にならないもどかしさからか、握った拳がぶるぶると震えている。

「先生……本当なの？」

菜緒が問いかける。坂井は彼女の方を見向きもしなかったが、同時に否定もしなかった。

その沈黙こそが那々木の言葉を肯定する証であった。

「――二十二年前、あなたはこの町の大学に通う学生で、一つ年下の巌永卑沙子と交際していた。かなり有名なカップルだったようですね。当時の大学関係者や同窓生に話を聞いたところ、色々と知ることが出来ました。特に、事故後の卑沙子の愛情――いや執着があなたをどれほど苦しめていたのかもね」

「俺は……本気で卑沙子を愛していた」

坂井は下唇を強く噛みしめ、ぎらついた眼差しを落ち着きなく周囲に走らせる。

「ならば何故、彼女の自殺を止めなかったのですか？」

「止めようとしたんだ。だが卑沙子は俺を突き飛ばして……あっという間だった……連れ戻したかったのに身体が動かなかったんだ……」

坂井の声は悲痛に震えていた。長らく溜め込んできた後悔や罪悪感が一気に押し寄せ、彼の心を強く揺さぶっているようだった。那々木が来てからのわずか数分の間に、坂井の表情は目に見えて憔悴し、十ほども年を取ったかのように見えた。

普段とはまるで別人の坂井を呆然と見つめていた悟は、そこで菜緒に肩を叩かれた。振り返ると、菜緒が青い顔をして一点を凝視している。

……みないで

か細くありながら、確かな響きを持った声だった。悟は反射的に室内に視線を走らせる。

「――現れたか」

そう那々木が呟くと、床を睨みつけていた坂井が顔を上げて周囲を見渡した。だが、彼がどれだけ探したところで幽霊の姿はおろか、声も聞こえないらしい。

「悟くん……あれ……」

菜緒が那々木の後方を指さした。窓際の隅に置かれた背の高い姿見。その中に全身から黒く濁った水滴を滴らせ、両手で顔を覆った女の姿があった。自らの醜さを嘆き、苦しみ、そして死んでいった非業の魂。二十数年がたった今でもその呪縛から解き放たれずにいる女性――巌永卑沙子。

これまで悟は彼女に対し、恐怖を抱くばかりだった。だがこの時の彼女の姿は悟の目に、どこか哀れで痛々しいものに映った。その根源にある悲しみが、今なら理解できる。

そして、だからこそ終わりにしなければならないと強く感じた。悟の腕に痛みを覚えるほど指を食い込ませて震えている菜緒のためにも。

「那々木さん、僕はどうしたらいいですか？」

悟は強い意志を込めた眼差しで那々木を見上げた。問いかける声に自然と熱がこもる。

「小野田を助けたいんです。そのために僕には何ができますか？」

那々木は鏡の中に佇む幽霊を凝視しながら、驚くほど冷淡な声を悟に向けた。

「残念だが、君にできることはないと思うね。私自身、この怪異から逃れる方法を探しているが、いっこうに打開策が浮かばなくて困っているんだよ」

「そんな……」

落胆する悟をよそに、那々木は視線で坂井を指し示す。

「唯一、巌永卑沙子に対して何か出来る人間がいるとしたら、彼以外は考えられないんだ。死の間際まで執着していた人物にならら、卑沙子も人間性を取り戻せるかもしれない。坂井氏が心の底から謝罪を述べ、卑沙子がそれを受け入れたならあるいは、彼女の襲撃を回避できるのではないかと思った。だが、それも難しいようだ。見ての通り、彼がこの病室内にいても、卑沙子は何の反応も示さない。お決まりの『みないで』を繰り返すだけだ。まあ考えてみれば、両手で顔を覆っているのだから、彼の姿が見えないのも当然かもしれないがね」

那々木は軽く冗談めかして肩をすくめたが、誰も笑おうとなんてしなかった。己の不謹慎さを自覚したらしい那々木は、ばつが悪そうに軽く咳払いする。

「――とにかく、残る手段は一つだ。怪異を呼び覚ますきっかけとなった場所――そして怪異の起源となる場所に、すべての答えがある。まずはそこへ向かうんだ」

那々木の言う『答え』が何なのかはわからないが今は彼の言葉に従うしかない。悟が無言で促すと、菜緒は苦しそうに身じろぎし始めた母親を見つめ、それから強くうなずいた。

――みないで……みないで……

「……うぅぅうあああぁぁああ！　うぅあああぉぉぉ！」

　卑沙子の声に呼応するかのように、菜緒の母親が目を覚ます。それと同時に電流でも流されたみたいにその身体を大きく仰け反らせ、意味不明な奇声を発した。

　菜緒はナースコールに飛びつき、叫ぶような声で助けを求めた。程なく駆け込んでくる看護師たちと入れ違いに病室を飛び出した悟と菜緒、そして那々木は、すべてが始まった場所。深山部緑地公園へと向かった。

四日目　未明

原稿のページが残り少なくなっていることに気付き、私は身震いした。

生き残るために怪異を退ける方法を探しているのか、それともこの物語を読むこと自体が目的になっているのか、自分でも分からなくなっている。

悟は菜緒の呪いを解くことばかりに夢中になっているが、忘れてはならないのが、作中の那々木悠志郎にもまた呪いがかかっているということだ。もし、このまま菜緒を救えなければ、その後に犠牲になるのは那々木なのだ。逆説的に考えて、この原稿の筆者でもある彼が犠牲になるという結末はあり得ないから、やはりこの先、彼らは無事にこの事態を切り抜けられるはず。その方法が確認できれば、私自身も怪異の襲撃を逃れることができるというわけだ。

それにしても、坂井が幽霊となった女性——巌永卑沙子の恋人だったとは驚きだった。彼が頑(かたく)なに噂話を毛嫌いしていたのも、単にくだらないからというだけでなく、自分の過去と関係していたからだった。坂井にとって、卑沙子とのことは思い返すのも苦しい記憶に違いなく、そこから派生し尾ひれのついた噂話を聞くのは耐えられなかったのだろう。

那々木は坂井が卑沙子を説得できればあるいは……と言っていたが、怪異となった巌永卑沙子は現在に至っても存在し続けている。そのことは私が身をもって体験していた。それは同時に坂井による説得が果たされなかったことを意味しているのではないだろうか。

あの公園へ向かった那々木たちは、どうやって呪いを解除したのか……。

最終章を読み進める前に、そのことを考えていた時、不意に部屋のドアがノックされた。私が応じるより先にドアが開かれ、母が顔をのぞかせる。

「古都美、まだ起きてるの？」

「ちょっと、勝手に開けないで！」

途端に声を荒らげて立ち上がり、私は中に入ろうとする母を押しとどめた。

「何よ大声出して。食事もとらないで部屋に閉じこもっているから心配してるのよ」

「そんなの私の勝手でしょ。だいたい、誰のせいでこんな……」

言いかけて、私は言葉を切った。今、はっきりと母や兄への疑惑を口にしてしまうと、もっと状況が悪くなる。そんな気がしたのだ。

「もう、どうしたっていうのよ？　古都美、あんた本当に大丈——」

その時、おもむろに伸びてきた母の手を、私は咄嗟に払いのけていた。ぱちんと乾いた音がした瞬間、私の中で何かが弾け、溜め込んでいた言葉が矢継ぎ早に飛び出した。

「触らないでよ！　私のことを呪い殺そうとしているくせに！」

母は目を剝き、驚愕の表情でもってその手を引っ込めた。

「しらばっくれる気？　兄さんとグルになって、お父さんにしたみたいに、私を事故死させようとしてるんでしょ？　それとも、自殺してほしいとでも思ってる？」

母は戸惑いと嘆きの入り混じった複雑な表情を浮かべ、私のことを知らない人間でも見るような目で見つめていた。

「私は思い通りになんかならないから。那々木先生の原稿を最後まで読めば、きっと逃れる方法が見つかる。こんな呪いになんか、絶対にやられたりしない」

「古都美……ねえ、落ち着いて。ちゃんと話を聞いて……」

「うるさい！　話すことなんて何もないわ！」

声の限りに叫ぶと、母は今度こそ言葉を失って立ちすくんだ。

私を見る母の眼差し(まなざし)は、ちょうどあの頃、父を失って、一人生き残った私を見る時と同じ目をしていた。父が死んでから、折に触れて母はこの眼差しで私を見た。私はそれが嫌で仕方がなかった。その理由が今やっと理解できた。

母は大好きな父と一緒に逝(い)けず、生き残ってしまった私を憐(あわ)れんでいるのだ。そして、そんな私の身に呪いが降りかかる日を願って、これまでずっと対処法を教えずにいた。

そうだ。そうに違いない。

……ないで

頭の後ろ。耳元に口を近づけて囁くようなかすれ声がした。だが振り返っても室内に女の姿は見当たらない。

「——古都美、どうしたの？　ねえ、古都美ったら」

母の呼びかける声に顔を上げた瞬間、私は見た。母の背後、廊下の壁に掲げられた鏡の中に佇む青い浴衣姿の女を。

「いやっ！　あっち行って！」

そう叫びながら、私は母を部屋から押し出した。勢いよくドアを閉め、鍵をかける代わりに手近にあったカラーボックスでドアの前を塞ぐ。

もう逃げられない。きっとどこへ逃げても、あの声は追いかけてくる。

卑沙子は確実に私の所にやってくるのだ。だったら、もう一刻の猶予もない。この原稿を最後まで読んで、解決策を見つける。

絶対に生き残る方法があるはずだから……。

第六章

其の一

深山部緑地公園に到着した時、時刻は午後三時過ぎだったが、遊歩道を通って緑地に足を踏み入れると、すでに周囲は仄暗く、日の光も届かない薄闇と化していた。

普段、怪奇小説の類を読んで恐怖を感じる時、悟はそれがフィクションであるということを心の支えにしてきた。本の中にどんな怪物が出現しようと、それが現実に現れるわけじゃない。だから、自分には木の杭やニンニク、銀の弾丸も必要ない。物語を最後まで読み終えれば、必ず怪異との戦いに終止符が打たれることを知っているから。

その普遍かつ当然の概念はしかし、この数日で見事に打ち砕かれてしまった。現実に存在する怪物が悟を、そして今は菜緒や那々木を標的にして着実に迫ってきている。

でももう逃げるのは終わりだ。フィクションではない現実の世界で、自分たちの身に降りかかった脅威と決別するために、悟は始まりの場所へと向かっていた。

那々木を先頭とし、悟と菜緒は彼に付き従う形で歩いている。遊歩道の地面は相変わらずぬかるんでいて、油断すると足を取られそうになる。慎重な足取りを心がけつつ、悟は菜緒の様子を窺った。歩きづらい地面のせいか、それともその身にのしかかる恐怖のせいなのか、彼女は肩で呼吸をし、一歩足を踏み出すことすらもつらそうにしていた。

「小野田、大丈夫か？」

そう尋ねると、菜緒は思い出したようにいつも通りの笑みを浮かべるが、それが無理をして作られた笑顔であることは明白だった。母親のこともあって、本当なら倒れてもおかしくないほど心労が溜まっているはずである。今すぐどこかへ逃げ出したい気持ちでいっぱいだろう。

もちろん、逃げる場所があればの話だが。

「二人とも頑張ってくれ。もうすぐ到着だ」

那々木の声に励まされる一方で、悟は疑問に感じてもいた。

那々木はこれから何をするつもりなのだろう。『慟哭の木』がある場所に行けば、どうにかなるという確信があるのか。いや、そうでなくては困る。彼に何かしらの方策があると信じているからこそ、悟と菜緒はいつ怪異が現れてもおかしくないような闇の深奥へとのこのこやってきたのだから。

「那々木さん、これからどうするつもりなんですか？」

悟は決して那々木のことを疑ってなどいなかった。むしろ、他の誰よりも信頼できると思っている。だからこそ彼が何を考えているのかを知りたかった。

那々木はわずかに歩調を緩め、肩越しに悟を振り返った。

「まあ厳密にいえば、あの場所へ行くだけでは何も状況は変わらない。そこが怪異の発祥地である以上、むしろ襲撃される危険性は高くなるだろうな」

「そ、そんな……だったらどうして、わざわざそんな所に行くんですか？」

もどかしさから、つい責めるような口調になってしまう。

那々木は悟を見下ろし、怪訝そうに眉根を寄せた。

「勘違いしてはいけないよ篠宮くん。私はなにも怪異を退治しようなんて思っちゃあいない。そもそも私は霊媒師でもエクソシストでもないんだ。怪異の存在を確かめ、この目でじかに観察したいという気持ちはあれど、それを鎮める力など持ち合わせてはいないんだよ。だから私にそういう期待をしているなら的外れだ。残念だがね」

それはある種の告白であると同時に、悟をひどく落胆させる発言でもあった。

「だったら小野田はどうなるんですか？　那々木さんだって、このままじゃ卑沙子って人の幽霊に襲われるんですよね？」

「そうだな。だからこそ、こういう時は基本に立ち返るんだよ。君たちがやったようにね」

それが何を指すのかが分からず困惑する悟に、助け舟を出したのは菜緒だった。

「もしかして、写真を掘り返すの？」

那々木はにんまりと口の端を持ち上げ、悟に向けていた視線を菜緒へと移動させた。

「その通りだ。結局のところ、それ以外に有効と言える情報は得られなかったからね。君のお母さんの件で、怪異に襲われた時に『目を閉じて顔を見ない』という方法は通用しないと証明された。ならば遭遇する前に対処するしかない。呪いの木――いや、『慟哭の木』の下に埋めた我々の写真を掘り返す。現状ではこれが最もシンプルで安全な方法だろう？」

理屈はわかる。だが、そう都合よくいくのだろうか。漠然とした不安を口にしかけて、悟は思わず口をつぐんだ。那々木の言う通り、それしか方法がないのだからやってみるしかないのだ。それに、那々木がそこまで行き当たりばったりの作戦しか考えていないとはどうしても思えない。いや、思いたくないというのが本音だった。

それから十分ほど歩き続け、遊歩道が三方向に分かれる地点にやってきた。右の道へ進めば大きな池のあるひらけた空間がある。

遠くに聞こえる鳥の声。草木を揺らす生ぬるい風。黒く澱んだ池の水。そして物言わず佇む『慟哭の木』。この場所を覆う不気味で不穏な空気は以前よりもずっと増していた。季節柄そんなことはあり得ないのに、吐く息が白くなるのは何故だろう。

「さあ、急いで掘り出そう。卑沙子はいつやって来るかわからない」

那々木に促されるがまま、周囲のでこぼこした地面に這いつくばるようにして、悟は土を掘り返していった。

いくらも掘り返さないうちに、何枚もの写真が見つかった。だがどれも目的のものではなく、見知らぬ人々の写真ばかりだった。異様だったのは、どの写真も水気を吸ってくしゃくしゃに色あせており、顔が判別できないことである。最初に見つけた高校生カップルと同じように、これらの写真に写る人々もまた、卑沙子の餌食になったのだろうか……。

悟は手を止め、余計な考えを振り払うように何度も頭を振った。

「ない……どうして？　このあたりに埋めたはずなのに……」

取り乱したような菜緒の声が焦燥感を更に煽る。理由はおろか、その仕組みがどうなっているのかも悟には想像もつかないが、ここに写真を埋めてまじないを行った者は、それを自分で掘り返すことができないのかもしれない。菜緒も那々木も、自らの記憶を頼りに探しているはずなのに、見つけられないのはきっと、そういう力が働いているからなのだ。

そんな風に考えれば考えるほど、焦りと恐怖の入り混じる不快な気分に翻弄され、悟の頭には早くも諦めの文字がよぎる。

「あ……あった！」

そんな矢先、菜緒が唐突に声を上げ、見つけ出した写真を掲げた。何かの建物を背景に、那々木がすました顔をして立っている。

「私の写真だな。なぜそんな所に……？」

菜緒がしゃがみ込んでいる位置をしげしげと見つめ、那々木は首をひねった。

「あとは小野田の写真だけだ。急いで見つけないと——」

……みないで

悟が言い終えるより早く、ぐぶぐぶと水気を含んだような囁き声がした。

「き、来た……」

そう呟いて、立ち上がった悟は周囲を見渡した。

粘りつくような恐怖に搦めとられて身体が動かない。強いめまいを覚え、頭がぼーっとしていた。緩やかに波を立てる池をひたすら凝視しながら、悟は呆然と立ち尽くす。

「篠宮くん、しっかりするんだ」

鋭い口調に振り返ると、那々木は手を止めることなく悟を一瞥した。

「最後の最後まで意志を強く持つことを忘れてはならない。恐怖から逃れるために恐怖に呑まれるのは愚かなことだよ。人間の最も弱く脆い箇所をついてくるのが怪異というものだ。もとより人間なんぞが立ち向かえる相手ではないんだよ。それでも戦うと決めたのなら、その意志を強く持ち続けるんだ。そうでなければ生き残ることはできない。奴らの餌食になるだけだ」

高級そうなスーツを泥だらけにしながら、一心不乱に周囲の土を掘り返し続ける那々木の姿を見て、悟ははっとした。彼の言う通りだと思った。救い出すと決めたのに、早くも諦めかけていた自分がひどく情けなく感じられ、強く唇をかみしめた。

悟は再び這いつくばって地面を掘り返す。爪が割れ、指先から血が滲んでも構わず、ただひたすら菜緒の写真を見つけるために。

ぱしゃ、と何かが跳ねた。思わず顔を上げて水面を見ると、池の中央辺りに何か黒くて丸い物体が浮かんでいる。それは水の中を少しずつ移動していて、ゆっくりとこちらに近づいているようだった。物体の周囲には放射状に黒く細いものが広がっていて、その様子は海に浮かぶクラゲか、あるいは――。

「うっ……！」

それが何かを察知した瞬間、悟は強い吐き気に襲われ、胃の中身をぶちまけた。

――髪の毛だ。あの黒いものは、人の頭なんだ。

喉の奥からせり上がってくる酸っぱい液体にむせ返り、涙を浮かべながら、悟は内心で叫んでいた。水面を移動する『それ』は、やがて岸へ到達し、ばしゃばしゃと濁った水を滴らせながら、その姿を現していく。黒く濡れた髪を振り乱した青い浴衣姿。裸足のまま、四つん這いの体勢で地上へと這い出してきたのは、紛れもなく『崩れ顔の女』。巌永卑沙子であった。

夏場とは思えぬほどの強烈な冷気と共に、異様な臭いが周囲に満ちていた。動物の死骸(しがい)を一か所に集め、それを長時間放置した時のような凝縮された腐臭。黒く澱んだ水を吸い、膨れ上がった卑沙子の身体から漂う死の香りだった。

「……現れたか」

那々木はどこか血走ったような眼で巌永卑沙子を見つめていた。

緩慢な動作で立ち上がった卑沙子はその場にじっと佇(たたず)み、腐りきって膨張した両手で顔を覆った。はだけた浴衣の胸元から、土気色に変色したぶよぶよの肌がのぞいている。帯はほとんどほどけていて、太ももなどもあらわになっていたが、そんなことなど気にする様子もなく、卑沙子はこれまでとは違う、異様な声を発した。


『みぃ……ない……でぇ……』


低くくぐもった、およそ女性のものとは思えぬ邪悪な肉声が、薄闇に響いた。

「那々木さん……あれって……いったい……」

それ以上言葉は出て来なかったが、那々木は質問の意図を理解したらしく、「ああ」と応じ、『慟哭(どうこく)の木』を見上げた。

「これまでに現れた霊体としての卑沙子とは違う、とうに腐り果てているはずの彼女の肉体だよ。この古椿によって正常な遺体として風化することを許されず、彼女は死後もなお、澱み濁った水で満たされたこの池の中に沈んでいたんだ」

　これまで目にしてきたのとは明らかに違う、生身の身体を持った卑沙子の姿に、悟は強い戦慄を覚えた。こうして見ているだけで身体の内側から徐々に石にされてしまうかのような、奇怪な感覚が止まらない。

　助けを求めるようにして那々木を見ると、彼は大きく見開いた眼でもって、卑沙子を凝視していた。さっきと変わらず――いや、さっきよりもずっと熱い眼差しで、そこに確かに存在する異様な怪物の姿を一秒たりとも見逃すまいとして。

　彼の頭の中には今、誰かを救おうという感情などないのではないか。ただ、目の前にいる怪異に食い入り、その存在が確認できたことに喜びを感じつつ、夢中で見入っている。そんな感じだった。彼はきっと、悟や菜緒のことはもちろん、おそらくは自分の命すらも顧みることなく、ただ一途なほどに怪異を求めている。

　そこにどんな事情があるのか、悟にはわからない。だが、この時の那々木の姿――その胸の内に秘めたある種の異常性みたいなものを垣間見た気がして、悟は震えあがった。

　本当にこの人物を信頼していいのか、もしかすると、彼についてきてしまったこと自体が、間違いだったのではないかと思えるほどに。

　その時、がさがさと葉を揺らすような音がして、凍り付いていた時間が動き出した。

暗がりから飛び出した一つの影が悟たちのもとへ駆けてくる。

「――先生、どうして？」

菜緒が驚きの声を上げた。病院で別れたはずの坂井が膝に手をついて荒い呼吸を繰り返している。悟たちが病院から去った後、慌てて追いかけてきたのだろうか。

「……あれが、卑沙子なのか？」

坂井は前置きも無しに尋ねると、浴衣姿の異様な女を指差した。

呪いを受けた者のみが視認できるはずの異形の存在を。

「彼女が見えるの？　先生は写真を埋めたわけじゃないのに……」

菜緒が誰にともなく呟き、那々木がそれに応じる。

「さっきも言った通り、あれはこれまで我々が目にしてきたものとは違う。現実に存在している巖永卑沙子の肉体なんだよ。幽体とは違うから写真を埋めていない者にも見える。そういう理屈だろうな」

なるほど、と納得する暇もなく、悟は息を呑んだ。坂井がふらふらとおぼつかない足取りで卑沙子のいる方へと無警戒に歩き出したのだ。

「先生、近づいちゃ駄目だ――」

止めようとする悟を振り返りもせずに、坂井は卑沙子の姿を凝視していた。

「なあ卑沙子、俺が悪かった。どうか許してくれ」

卑沙子は何も応じない。

それでも坂井は呻くように言葉を紡ぎ続けた。

「ずっと、お前のことが忘れられなかった。後を追って死のうと思った。なのに、おめおめと生き永らえちまった……」

そこで立ち止まった坂井は地面に突っ伏し、おいおいと声を上げて泣き崩れた。

すまなかった。許してくれ。そう繰り返す坂井の声が卑沙子に届いたなら、彼女の抱える怨念もいくばくか薄れるのではないか。そんな淡い期待を胸に、悟は生唾を飲み下して、じっと成り行きを見守った。

「……すまなかった、か。確かにそれであなたの気持ちは晴れるかもしれないな」

だがそこで那々木が言い放ったのは、同情の欠片も感じさせない、皮肉めいた言葉だった。

「坂井吉廣。あなたが本当の意味で彼女の許しを得たいのなら、うわべだけの謝罪など何の意味もなさない。この機会に、きちんとすべてを打ち明けるべきじゃあないのか？」

「なんだと……？」

肩越しに振り返った坂井が、那々木を睨み据える。その眼差しには強い悪意のような感情が確かに浮かんでいた。その視線を一身に受け止めながら、小さく息をついた那々木は極めて冷静に、よどみない口調で告げた。

「――巌永卑沙子を殺したのは、あなただということを」

其の二

「俺が、卑沙子を、殺した、だと？」

　一言ずつ確かめるような口調で坂井は問いかけた。

「ええ、そう言いました。この怪異にまつわる噂話は、時と共に様々な尾ひれがついて、何が本当かなどわからないようになっている。まあ、それが怪談や都市伝説のあるべき姿といえばその通りなのですが、それにしても、卑沙子の死の場面であなたが取った行動には決定的な矛盾点がある」

　そう断言すると、那々木は芝居がかったような軽い動作でネクタイを締め直す。

「あなたは潔すぎるんですよ。何事においても潔さというものは美徳とされますが、男女関係においては、そうそう理屈通りにはいかないものだ。あなたが何故、目の前で自殺しようとする恋人を助けられなかったのか。その理由が、私にはどうしても理解できない」

「それは……」

　坂井は言葉を詰まらせてたじろいだ。

「だってそうでしょう？　入水自殺ですよ。投身でも、焼身でも、刃物で傷つけたのでも、薬を飲んだのでも、首を吊ったのですらもない、ただ、そこの池に入っていっただけだ。自殺しようとする相手を止めるのに、これほど簡単な方法もないと思いませんか？　摑んで引き上げるだけでいい。幸い、あなたは彼女よりも力が強いはずの男性であるわけだし、たとえ抵抗されたとしても、力ずくで助けることはできたはずだ」

　菜緒が「確かに……」と小さく呟いた。もちろん、悟も同感である。

「だ、黙れ！　見てもいないくせに知ったようなことを……」

　額に浮いた汗を拭いながら、坂井は那々木を睨みつけ、指を差して反論する。

　その表情には普段の坂井の快活さ、明朗さなど微塵もなく、頑なに何かを隠し通そうとする、ずる賢い蛇のような一面がしっかりと張り付いていた。

「確かに見てはいない。すべては聞いた話ですからね。その話というのも、当時の警察関係者にあなたが証言した内容が元となり噂に転じたわけです。噂である以上、話をする人間の主観が多分に含まれていたはずだ。そうした話が繰り返されるうちに、決定的な矛盾をはらむケースも多くある。例をあげれば、最終的に全員が犠牲者になったという怪談話などがそうだ。『ではいったい、誰がその話を持ち帰ってきたのか？』と指摘されると、途端に胡散臭さが増し、作り話であるとバレた瞬間に面白みが薄れてしまうあれですよ」

「あんた、いったい何の話をしてるんだ？」

那々木の語り口にまんまと翻弄され、坂井は目を白黒させている。

「あなたの話ですよ坂井先生。あなたはさっき、かつての恋人に対して『何を』謝罪した？」

「だから、それは……」

「そう、あなた自身の犯した取り返しのつかない罪に関しての謝罪だ。あなたはその罪の重さに耐えきれなくなっている。呼ばれてもいないのにこの場所へやってきたのも、生徒を守りたいという高尚な理由でも、自らの罪を認め、悔い改めるためでもなく、重い荷物を下ろして楽になりたいと思ったからだ」

うぐ、と唸ったきり、坂井はまたしても弁解しようとはしなかった。

「だから私は思うのですよ。あなたの話、そもそもが最初から違うのではないかとね」

那々木の顔に歪な笑みが刻まれる。名状しがたい邪悪さを秘めた眼差しが坂井へと注がれ、その身体を不可視の呪縛でもって締め上げているかのようだった。

「結論から述べるなら、卑沙子を殺したのはあなただ。そして、その動機は彼女から逃げ出すため。顔が醜く歪んだだけではない。内面すらもおぞましく変化してしまった巌永卑沙子から解放されたかったからなんだ」

悟は池のほとりで顔を覆ったまま佇む卑沙子を見た。はかなげな声でしきりに顔を見ないでと訴え続けるその人物像が、これまでの認識とは大きく食い違っていたとしたら？

悟は言い知れぬ悪寒に襲われ、無意識に小刻みな呼吸を繰り返していた。吐き出す息は依然として白く、指先はおろか、全身の至る所が寒さに凍えている。

「卑沙子は顔を隠すことで、最も見られたくない部分を隠している。それは同時に、彼女の本来の姿をも隠すことに一役買っているんだ。生前の自分を知る人間ならばそのことをすぐに理解できるかもしれないが、あいにく卑沙子は、『自分の存在を知ろうとする者』の前にしか現れない。知ろうとしない人間、あるいは生前の自分をすでに知っている人間では都合が悪いからだ。自分のことを『死してなおこの土地に縛り付けられた悲痛な魂』と認識してもらうためにはね。そういった情報が噂となって流れれば流れるほど、彼女は存在し続けることができる。生きていた頃に彼女が求めていたものを誰かが与えてくれるまで」

那々木の語り口が、どんどん饒舌になっていく。子供みたいに目を輝かせ、生きとした口調で、この瞬間を待ちかねていたとでも言いたげに。

「……アンタ、何もわかってねえな。俺のことも、卑沙子のことも……」

「だったら教えてくれないか。私の仮説に誤りがあるなら、訂正してくれればいい。本当の意味で正解を知っているのはあなただけなのだから――ああ、もちろんこれは生きている人間で、という意味ですがね」

軽い口調で言い放ち、那々木は不謹慎にもほくそ笑んだ。坂井の神経をわざと逆なでするかのような物言いである。口惜しそうに唸り声をあげた坂井は、やがて握りしめた拳を地面に叩きつけ、「クソ！」と毒づいた後で、観念したように顔を上げた。

「あんたの言う通り、俺は自分の許しを求めてここに来た。それは認める」

「それは、巌永卑沙子の殺人をも認めると受け取ってよろしいですか？」

坂井はじっと黙り込み、唇を噛みしめて表情を歪めている。その姿には、やはり悟や菜緒の知る担任教師としての坂井の面影は感じられず、見知らぬ殺人犯の顔をテレビの画面越しに見た時のような、なんとも表現しがたい薄気味の悪さだけがあった。

「――卑沙子は、アンタらが想像しているような人間じゃなかった。確かにあいつの美しさは本物で、町を歩けば誰もが振り返った。大学のキャンパスに現れれば、男女問わず誰もがあいつの美貌に酔いしれたよ。だが卑沙子って女はそれだけじゃなかった。あいつに関わった人間は、ことごとく破滅していったんだ」

そう語る坂井の目には、憎しみにたぎる炎が宿っていた。ついさっき、涙ながらに卑沙子に対して謝罪した人間が抱えるには、あまりにも不釣り合いな感情の発露であった。

「高校時代、あいつと仲が良かった親友は恋人を奪われて自殺した。卑沙子が専攻していたゼミの教授は卑沙子を呼び出し、研究室であいつを押し倒そうとしたところを見つかって懲戒免職。サークルで主役の座を奪い合っていた上級生は線路に身を投げた。他にも不幸な目に遭った人間は大勢いる。おまけにあいつは自分の母親までも……」

そのあたりのことは調査済みなのか、那々木は深く追及する素振りを見せない。すべて承知しているとでも言いたげに、坂井の言葉に対して静かにうなずいていた。

「卑沙子ってのは、そういう奴なんだ。男女問わず、関わる人間を食らいつくし、破滅へと追いやる。まるで悪魔だよ。もともと、ある地方の力のある家の当主が愛人に産ませたのが卑沙子なんだ。あいつの気位の高さはたぶん、そういう所から来てる。だから卑沙子は何に対してもしたたかで、他人の気持ちになんて一切興味がないんだ。俺に近づいてきたのも、サークル内での地位を手に入れるため。実際、あいつの周りにはいつも別の男が大勢いた。でも俺は、それでもよかった。最後に頼りにしてくるのは俺なんだと信じていたからな」

そこで一旦（いったん）言葉を切ってから、坂井はぎり、と食いしばった歯を軋（きし）ませて眉間（みけん）の皺（しわ）を更に深くした。

「だから妊娠したって言われた時も、てっきり俺の子だと思った。お互い学生だったが、俺は結婚しようって言ったんだ。それをアイツ、笑いやがった。真剣にプロポーズしている俺に向かって、あんたの子なんて絶対に産まないだとさ。遊びで付き合ってたのに、マジになられても困るって言って、俺を笑ったんだ……」

坂井はそのまま崩れるように両手を地面について、がっくりとうなだれた。

「事故の原因はそれだったのですね。当時の記事によれば、あなた方の車が信号無視をした相手の車をかわしきれず接触し、そのまま電柱に激突したとありました。だが、実際は逆上したあなたが運転を誤り、対向車に突っ込んでいった」

坂井はうなずき、その先を引き継ぐ。

「気が付いた時には、助手席に乗っていた卑沙子がいなくなっていた。フロントガラスを突き破って電柱に激突した後、工場の鉄条網に突っ込んじまったんだ。裂けた鉄線がめちゃくちゃに突き刺さって、ほとんど顔と同化してた。救急隊が鉄の網に食い込んだ卑沙子の顔を引きはがすまで三時間もかかったよ」

震える両手に顔をうずめるようにして、坂井はかすれた声を絞り出す。

「俺のせいで卑沙子はあの美しい顔を失った。会いに来る友人もなく、お腹の子も亡くしちまって、父親となるはずの男にも捨てられた。何もかも失った卑沙子は当然俺を憎んだ。毎日、彼女の見舞いに出かけていた俺は、献身的な彼氏という周囲の認識の裏で、日々、繰り返される罵倒をひたすらに受け続けた。あんたのせいで顔を失った。友達を失った。恋人を、子供を失った。だから、私が死ぬまで一生面倒を見るのよ。あなたにはそうするだけの責任がある……ってな。わかるか？　卑沙子は顔を失っても、卑沙子のままだった。中身は何一つ変わらない、関わる人間を破滅させる悪魔のままだったんだよ」

そこで顔を上げた坂井は、両目からぼろぼろと大粒の涙を流していた。その反面、表情はいびつな笑みを浮かべている。

「最後の方はもう、誰の手にも負えなかった。自分の姿を見られたくないあまり、人を見れば暴れて大怪我をさせてしまうことだってあった。家具をなぎ倒したり、食器を壁に投げつけたりする姿を見て、俺は悟ったよ。卑沙子がどうにかなっちまうのは時間の問題だってな……」

そこで一旦、坂井は黙り込んだ。

抱え続けてきた苦悩が一気に溢れ出し、言葉が追いつかないとでも言いたげに。

「――だから、殺した？」

「違う。そうじゃない。最初は……殺す気なんてなかった」

この先、坂井がどんな話をするのか、悟には想像もつかなかった。一つだけはっきりとしているのは、その話の先に救いなどないということ。あるのは、そう、坂井が身をもって体験した破滅。悲劇的な結末へと転落していく二人の絶望だ。

「夏祭りの日、俺は卑沙子を連れ出すことにした。お気に入りだった青い浴衣を着て、長く伸ばした前髪とマスクで顔を隠した卑沙子と一緒に、俺はこの場所へやってきたんだ」

坂井は片方の手を広げて池を指し示す。

「卑沙子は俺に言ったよ。『愛しているなら、一緒に死んで。この池なら死体は上がらない。死んでからも顔を見られる恐怖に怯えなくて済む』ってな。そして俺に詰め寄ってきた。俺もその先の人生に希望なんて持てなかったから、素直に受け入れたんだ」

「だが、直前で怖気づいた」

坂井はハッと顔を上げて那々木を睨みつけたが、何も言い返そうとはしなかった。ばつが悪そうに視線を逸らしたことから、図星であったことは間違いないだろう。

「愛しているのは紛れもない事実だった。しかし愛しているからこそ、あなたもまた卑沙子を憎んでいた。自分を軽々しく扱い、他の男との間に子供を作った彼女を憎んでいたが、同時に憎み切れずにいた。あなたの言う通り、巌永卑沙子はそういう人間だったようだ。彼女に関わる人間は等しく彼女に思いを寄せ、手に入れたいと願い、そしてそれが叶わないと気づくと、今度は激しい嫉妬に駆られる。よく言えば天性の人たらし。悪く言うなら、人を惑わす蛇のような女。あなたは誰よりも彼女に入れ込み、そしてついに一線を越えてしまった」

もはや否定する気もない様子で、坂井は壊れた人形のように首を縦に振っていた。

「ああ、そうだよ。アイツに関わったりしなきゃあ、俺の人生はもっと別の形になっていた。こんな風に、惨めな教師なんかにならずに済んだ。演劇を続けて、チャンスをものにして、家庭だって持てたかもしれない。そうだ。アイツにさえ関わらなければ俺は今頃……」

敵意と不快感を剝き出しにした坂井の視線が、闇の中に佇む卑沙子へと向いた。

「そうしてあなたは、巌永卑沙子を池に沈めて溺れさせた。遺体が浮かんでこないのをいいことに、駆け付けた警察や消防に嘘をついて、彼女の自殺をでっち上げた。一人で死にたくなかった彼女は当然ながら助けを求めたはずだ。あなたはそんな彼女を……」

「そうさ……あの時、卑沙子は確かに助けを求めてきた。俺だって、本気で殺そうとなんて思ってなかった。でも……」

坂井はそこで言葉を切ると、全身を小刻みに震わせて頭をかきむしった。記憶にこびりついて離れない何かを必死に引きはがそうとでもするかのように。

「卑沙子の顔を……あの顔を間近で見た時、俺はたまらなく怖くなった。ただでさえ見たことを後悔するような卑沙子の顔が更におぞましく歪んでいたんだ。もし、ここで卑沙子を助けたら、俺は次に何をされる？　どんな目に遭わされる？」

坂井は悟と菜緒を交互に見て、どちらへともなく問いかけた。だがそれは、答えを求めるが故の質問ではなかった。

「だから後には引けなかった。ぐったりとして動かなくなった卑沙子から手を離すと、まるで吸い込まれるように池の底に沈んでいったよ」

そのことを坂井は淡々と告げた。自分ではなく、見知らぬ誰かの仕業であるかのように。

「——那々木、とか言ったたな。アンタ、このこと警察に言うつもりなんだろう？」

那々木はふっと失笑を漏らし、頭を振る。

「勘違いしないで頂きたい。私は何の関係もない部外者で、この土地に不穏な怪異譚がありそうだから興味を持っただけのよそ者だ。怪異とそれにまつわる一通りの顛末には興味があるが、その当事者であるあなたをどうにかしようとは思わないし、あなたが今後どうなろうが知ったことではない。私が興味を持つのは怪異となった巌永卑沙子と、ここにいる二人の子供たちだけですよ」

おまけのように付け足されて納得がいかなかったが、悟はあえて何も言わなかった。

坂井はこちらを一瞥したが、その眼差しにこれといった感情は見出せない。今の坂井にとって、生徒である悟たちはその程度の存在なのだろう。ここへやってきたのだって、悟や菜緒を救うためではなかったのだから。

坂井はただ、自身が背負ってきた二十二年分の罪悪感を手放したかっただけなのだ。もう楽になりたい、苦しみから解放されたいという思いから卑沙子に会いに来た。

それがどういう結果に繋がるかは、悟には想像もつかなかった。

「それに、私が言わずとも、あなたの罪に気づく人間は気づいているはずだ」

「何を言ってる。証拠でもあるのか！」

坂井は表情を凍り付かせ、見るからに狼狽えた様子で声を荒らげた。それに対し、那々木は不敵な笑みを返す。

「誰とは言えません。どこの誰が最初にそんな話をしたのかなど、突き止めようがないのでね。噂というのは本来、そういうものでしょう。しかし、『イサコオイズメラ』という呪文によって、はっきりとあなたの犯した罪が語られているじゃあないか」

そう突きつけられた言葉に、坂井は更にはっとして押し黙る。みるみる青ざめていく表情を見る限り、彼自身もそのことには気づいているのかもしれないと、悟は思った。

「悟くん、この噂にある写真を埋めるという行為が、実は怪異に直接的な関連があるとは思えないという私の話を覚えているだろう？」

急に話題を振られ、悟は戸惑いながらも首を縦に振った。

「この『イサコオイズメラ』についても、同じことが言えるんだよ。誰が流したかもわからない噂話によって怪異を呼び出す方法が正しく語られるということ自体がおかしい。そういうものは普通、語り継がれるうちに尾ひれがついて、よりいい加減なものに転じると相場が決まっているからね。にもかかわらず、君や小野田くんは卑沙子を呼び出すことに成功している。これはどういうことなのか」

その時、悟は頭に浮かんだ考えを黙っていられず、那々木の言葉を遮って声を上げた。

「写真じゃなくても、呪いたい相手に関するアイテムなら何でもいい。それと同じで、その言葉自体にも深い意味なんてないんですか？」

「ふむ、惜しいな。厳密に言えばちゃんと意味はある。だが、怪異を呼び出すのとは関係ないということさ。この三度繰り返す呪文は怪異を呼び出すためではなく、噂を聞いた者にあることを伝えるためのメッセージなんだよ。つまりは巌永卑沙子が坂井氏によって殺されたという告発だ。それが語り継がれるうちに奇妙な言葉へと転じていった。伝言ゲームにありがちな聞き間違いによって、『イサコオイズメラ』に変化したんだ」

きっぱりと言い切った那々木の強い口調をまともに受けながら、坂井はしかし、素直に受け入れようとはしなかった。

「何をバカなことを――」

尚も否定しようとする坂井をぱっと広げた手で制し、那々木は静かに言い放つ。

「『イサコオイズメラ』……正しくは、『卑沙子を沈めた』」

瞬間、坂井は雷に打たれたかのようにその身を硬直させ、大きく見開いた目で茫然と那々木を見つめていた。

「そう、あなたが卑沙子を沈めて殺した。二十二年間抱え続けたあなたの秘密は、どこの誰とも知れぬ者に、とっくにバレていたんだ。犯行を立証することは出来なくても、噂という形で何年も前から、この町の住人に広まっていた。たとえ私がこの怪異の起源を調べようとしなくても、いずれ他の誰かによって明らかにされていただろう。巌永卑沙子があなたに殺された事実と、あなたがそれをひた隠しにしながら何食わぬ顔で生きながらえ、あろうことか教師という人を教え導く立場についていたという、より醜悪な事実をね」

緩慢な動作で立ち上がった坂井は、小刻みに首を左右に振りながら、おぼつかない足取りで数歩後退した。まるで、そうすれば那々木が黙ってくれるのではないかという、惨めな希望にすがるようにして。

「だからもう一度、あえて言わせてもらう。わざわざ私が声を上げずとも、この町にはあなたのしたことに気付いている人間が大勢いる。大学の同窓生や関係者、あなたと卑沙子の関係を知っていた人々が、この場所で起きた真実に気づいていたはずだ。うまく隠し通せていると思っていたのは、あなただけだった。もはやこれ以上、隠し立てすることなど不可能なんだよ。そろそろ、現実と向き合う時が来たんじゃあないのか？」

容赦なく突きつけられた那々木の言葉に、坂井は哀れなほどに表情を引きつらせていた。

「お、俺だって……こんな気持ちを抱えたまま生きるのはうんざりなんだよ。だから二度と来ないって決めたこの場所に来た。あんたが言ったんだろ。俺が話をすれば卑沙子は満足するって。だから俺はこうして、全部終わりに――」

直情的に声を荒らげ、那々木に摑みかからん勢いで足を前に踏み出した坂井が、口を開いたまま唐突に言葉を途切れさせた。何かに躓いて前のめりに転倒したらしい。

「うっ、なんだこれ……」

首だけで振り返った坂井の視線の先、右の足首に何かが巻き付いている。地中から這い出した細長くて土気色をした蔓のようなものが坂井の足を絡めとり、ぎりぎりと締め上げているのだった。

「うがっ……あああ！　やめ……なにを……」

坂井は苦痛に呻きながらそれを外そうとするが、肉に食い込むほど強く巻き付いていて簡単には外れない。

そんな彼を嘲るように歪な声で囁きながら、卑沙子が足を踏み出した。

『……な……いでぇ……みない……でぇ……』

土気色をした彼女の足が土を踏みしめるたび、ずちゅ、と湿った音をたてる。

その様子をじっと見つめながら、坂井は不意に薄笑いを浮かべた。迫り来る恐怖を目の当たりにして、正常な思考を保つことができなくなってしまったのかもしれない。

　悟ははっとした。助けなければまずいことになると思った。

　反射的に足を踏み出して坂井のもとへ駆け出そうとした矢先、那々木に腕を摑まれた。

「ダメだ。君は動かずにじっとしていろ」

　那々木にしては珍しい、有無を言わせぬ口調だった。その迫力に気圧(けお)されて素直に従った悟は、それが正解だったことをすぐに思い知らされる。

　地中から伸びた植物は更に二本、三本とその数を増やし、あっという間に坂井の全身を拘束していった。何やら喚(わめ)きながら抵抗していた坂井だったが、やがて目の前に卑沙子がやってくると、一切の抵抗を諦(あきら)めて彼女を見上げた。

「先生……だめ。みちゃだめ！」

　菜緒の叫びは、坂井の耳には届かなかった。

　どこか恍惚(こうこつ)とした表情を浮かべ、この時を待ち焦がれていたとばかりに笑いながら、坂井はじっと卑沙子を凝視している。

　卑沙子の両手がゆっくりと開き、土気色に膨れ上がった指先で坂井の両肩を摑む。黒く変色した爪が、ありえないほど深く彼の身体に食い込んでいた。

　そして次の瞬間、卑沙子の身体に変化が起きた。はだけた浴衣の胸元や、脇腹のあたりが見る間に膨れ上がり、歪に変形したかと思えば、腐敗した皮膚を突き破るようにして、ずるりと植物の蔓のようなものが這い出す。幾重にも重なり合ったそれらの蔓はやがて人の腕のように形を変化させていった。

「まさか……そんな……」

菜緒が唖然として声を震わせる。それと同時に彼女は自分の母親がどうやって両の瞼を引きちぎられたのかを悟ったのだろう。その腐敗した体内から伸びた異形の植物が第三、第四の腕となって襲い掛かったのだと。

そして今、坂井を拘束した卑沙子の新たな腕と化した奇怪な植物は、人の手と同様に五本の指を持ち、ぬらぬらと黒光りする粘液をまとって坂井の顔を舐めるように這いまわっていた。

『……あぁ、みたのね……』

卑沙子が囁いた直後、坂井の絶叫が、けたたましく響いた。

「あああぁああっぁああ……さ……こ……ひ……さこぉおぉぉぉおお！」

大きく見開いた彼の両目が、眼窩から飛び出さんほどの勢いで膨張し、瞬く間に白く濁っていく。血の涙を流しながら身をよじる坂井だったが、卑沙子に身体を掴まれて逃げることもままならない。

坂井の身に起こる惨劇はそれだけではなかった。卑沙子の身体から伸びた土気色の触手が、坂井の口の端に指を引っかけ、そのまま強引に押し広げる。でたらめな力で引っ張られた顔の皮膚がミチミチと音を立てて引き裂かれ、周囲に鮮血が迸った。

おごご、と苦しそうに呻く坂井の顔に覆いかぶさった卑沙子が大きく口を開く。そして次の瞬間——ごぷり、と大きな音がして、卑沙子の口から何かが大量に吐き出された。吐瀉物のように勢いよく流れ出した無数の『何か』が、強引に口を広げられた坂井の体内へとすさまじい勢いで流し込まれていく。

予想外の衝撃からか、ごぼごぼと喉を鳴らす坂井の身体は完全に弛緩し、もはや抵抗する力は残されていなかった。蛇口を全開にしたみたいに容赦なく注がれる大量の『何か』は、坂井の口から溢れ、身体の上や周囲の土に零れ落ちていく。

「あれは……種子……か？」

那々木はおもむろに呟いた。卑沙子が吐き出していたのは植物の種だった。彼女は自らの体内から吐き出した無数の種を、坂井の口の中へと注ぎ込んでいるのだ。

筆舌に尽くしがたい光景を前に、悟は言葉を失って呆然と佇んでいた。目にするのもおぞましいはずなのに、目を離すことができなかった。

もろもろもろもろ、と胸が悪くなるような吐瀉音を響かせながら、十秒以上にわたって種子を吐き出し続けた卑沙子は、やがて吐き出すのをやめて坂井を解放した。彼女の口元の皮膚はずたずたに引き裂かれ、喉から腹部にかけて不自然に盛り上がった彼の身体は、地面に倒れ込んで小刻みに痙攣している。周囲の地面には、坂井の血と得体の知れない粘液にまみれた小さな種子が大量に散らばっていた。

聞き取れないほどのかすかなうめき声をあげ、痙攣を繰り返していた坂井は、やがてその身体を大きく仰け反らせた。そして次の瞬間、無数の『芽』がその腹を突き破った。坂井の体内に流し込まれた種子が、いっせいに芽吹いたのだ。

それらはまるで意志を持っているかのように、凄まじい速度で伸びていき、大量の血をあたりにまき散らしながら坂井の身体を覆いつくしていく。

「――そうか。これこそが『慟哭の木』の目的だったんだ」

静かな口調に感情の昂りを滲ませながら、那々木は古椿を仰ぎ見た。

「この木の下に写真を埋めると、卑沙子の霊が写っている者のところに現れる。だが同時に、まじないをした者のところにもやって来てしまう。この、呪いをかけた方もかけられた方も等しく無事では済まないというシステムが戒めとなって、安易に呪いを広めることを抑止しているんだ。だが、軽率な動機からまじないを実行したり、他者を憎むあまりに卑沙子を利用したりする人間は、自分だけは助かりたい一心でここへ戻ってくる。埋まっている写真を探し出すためにね」

ひと呼吸おいて、那々木は鋭い表情を崩さずに続ける。

「そこへ肉体を有した卑沙子が現れ、坂井氏を襲ったのと同じやり方で体内に種子を植え付け、地中へ引きずり込み、『慟哭の木』の一部にする。この一連の流れこそが『慟哭の木』がもたらす呪いの全貌なんだ。卑沙子に襲われ、視力を奪われて自我を失うというのは確かに悲惨ではあるが最終目的ではない。他者を陥れ、同じ苦痛を味わう覚悟のない卑劣な心を持つ人間がここで『慟哭の木』の餌食になる。そうして初めて、この呪いは完遂されるんだ。町に流れる噂も、怨霊となって人を襲う卑沙子ですらも、すべてはそのために存在している歯車の一つに過ぎない。その証拠に、我々は怪異によって示された餌に食いつき、まんまとこの場所へ戻ってきてしまったのだからね」

そう言い終えた那々木は、こんな状況にもかかわらず冗談めかした笑みを浮かべ、芝居がかった仕草で肩をすくめた。

「じゃあ、先生は……」

悟は弱々しく嘆きながら坂井を振り返る。己の体内から発生した植物によって既に全身をまんべんなく覆われ、坂井は巨大な人型の球根と化していた。彼の血を吸って生長した無数の芽は、ぬかるんだ地面に根を張り、暗い地中へと坂井を連れ込もうとしている。

その一方で、『慟哭の木』からはあの泣き叫ぶような声が響き始めた。前回ここへ来た時に聞いたのとは比べ物にならないほどの大きな悲鳴が幾重にも重なって膨れ上がっている。

「や……いやあああ！」

菜緒の悲鳴が虚空に響いた。つられて振り返ると、幅二メートルはあろうかという『慟哭の木』の幹のあちこちが膨れ上がり、人の顔を浮かび上がらせていた。大きく開かれた口の部分から、この世のものとは思えぬ叫び声が絶えず放たれている。

坂井は程なくして、あの無数の顔の仲間入りをする。そして自らの意志など無関係に、未来永劫あの木と命運を共にし、こうして新たな仲間を迎え入れる時には幹に顔を出して叫ぶのだろう。そうやって永遠の呪縛に囚われた自らの不運を嘆き、絶望し続けるのだ。

「なるほどな。『慟哭の木』とは、よく言ったものだ」

那々木は一人呟いて苦笑した。それから彼が浮かべたのは、高揚感に満ちた危険な表情であった。目の前で起きた出来事のすべてを見逃さず、脳裏に刻み込まんとする強い意志と、この先、さらに何が起こるのかという期待に彩られた不敵な笑み。池の中から這い出してきた卑沙子を見た時と同じ、激しい妄執に囚われているかのような顔。

彼は今、追い求めていた怪異が予想外の形で顕現したことに対する驚きと感動、そしてその邪悪さに魅せられ、醜悪な悪の気配にどっぷりと浸っているのだ。己の内から迸るその感情を抑えきれずに、モラルや常識などというものとは無縁の場所で、那々木は笑っていた。

ただ純粋に。無垢なほどに。

『……みない……でぇ』

坂井の身体が完全に地中へと没した頃、卑沙子は再び低くくぐもった声で呻いた。両手で顔を覆い、湿った足音を響かせる彼女は、まっすぐに菜緒の方へ向かってくる。その胸部や腹部から飛び出した触手はうねうねと奇怪な動きをして、今か今かと摑みかかる相手を探しているかのようだった。すでに人間のそれとは程遠い怪物じみた卑沙子の姿は、悟や菜緒を更なる恐怖の底へ叩き落とし、身動きが出来ない程がんじがらめにしていた。

「小野田……逃げないと……」

かろうじてそう呟くと、悟は菜緒の手を取った。だが彼女は首を横に振り、悟の手を振りほどく。

「――いいの。もう、いいから。悟くんは早く逃げて。私はもう、いいから……」

「何言ってるんだよ。なんで諦めるんだよ小野田！」

突然そんなことを言いだす菜緒に対し、悟は混乱を禁じ得なかった。問い返す声に思わず怒気が混じる。それでも菜緒は頑なに首を横に振るばかりだった。

「坂井先生と同じ理由だよ。お母さんにしちゃったことの罪悪感がどうしても無くならないの。私はこの先、その気持ちを抱えたまま生きて行かなきゃならない。本当の意味で、お母さんからは解放されないんだよ。そんなの絶対に無理だから……」

寂しそうに笑う菜緒を前にして、悟はかけるべき言葉を見つけられなかった。

「悟くん、ありがとね。私が襲われれば呪いは終わる。那々木さんの写真は見つかったから、きっと二人とも助かるよ。だから、悟くんはちゃんと生きてね。つらくても、悲しくても、どんな理不尽な目に遭っても、生きていれば絶対にあなたを必要としてくれる人に巡り合える。お父さんやお母さんにだって、きっと——」

そこで菜緒は両手を伸ばし、悟を強く抱きしめた。ふわりと香る髪の匂いが鼻先をくすぐる。あまりにも儚く、淡く、そして、せつない香りだった。

「——さよなら。悟くん」

菜緒は悟を軽く突き飛ばし、迫り来る卑沙子へと向き直った。その決意と諦観の同居する横顔に対し何を言ったらいいかがわからず、悟はしりもちをついたまま、ぼろぼろと大粒の涙を流していた。

「嫌だ……おのだ……いやだぁ……」

涙が止まらない。どうにかしたいという気持ちだけが先走り、何をしたらいいのかがわからない。握りしめた拳で地面を何度も殴りつける。無力な自分が心の底から嫌になった。こんなことになるくらいなら、最初から自分が卑沙子に襲われていればよかった。

「うわあああぁ！」

やりきれぬ思いから、悟は声を震わせて叫んだ。

「――全く、なんてザマだ。篠宮悟」

不意に放たれたのは、突き放すような冷たい声だった。

「彼女を助けたいと言った君の決意はそんなものだったのか。がっかりを通り越して、呆れてしまうな」

顔を上げた瞬間、那々木の鋭い眼差しが悟を射貫いた。

「君が彼女を救いたいと言ったんじゃあないか。それなのに、いざその状況になったら小さな子供みたいに泣きべそをかいて降参か？　足をバタバタさせて駄々をこねていれば、誰かが助けてくれるとでも思っているのか？」

言い訳の一つも出てこなかった。そんなものが那々木に通用しないことも理解していた。

「その優秀な頭でよく考えるんだ。目の前に、その儚い命を投げ出そうとしている女の子がいる。君はきっと、その子のことが好きだ。そうだろう？」

えっと言葉に詰まった悟の肩を掴み、那々木は先を続けた。

「だったら勝ち目がなくても立ち向かえ。無謀な戦いでもいい。結果的に負けても構わない。歯を食いしばって立ち上がり、決して目を逸らすな。でないと本当に見るべきものも見えなくなる。わかるはずのこともわからずじまいだ」

強い意志を滲ませる口調。悟を見つめるその瞳の奥には、それまでの彼からは想像もできないほど熱い感情が見て取れた。だがそれも一瞬のことで、那々木はすぐに視線を逸らし、ふっと脱力したように頭を振った。

「まあ、今更こんなことを言っても無駄だな。もはや君にできることは何もない。だから、そこで大人しく見ていればいい。小野田菜緒がこの怪異にどのようにして立ち向かうかを」

一方的に言い放ち、悟から手を離した那々木は菜緒へと向き直った。

「小野田くん、よく聞くんだ。巌永卑沙子はあのような姿になり果てても生前の記憶を残し、自らの意思で我々の前に現れている。重要なのは彼女をどのような手段で鎮めるかだが、今の我々には切れるカードが一つもない」

「わかってる。もう無理なんだよね……」

菜緒の声には微かに落胆の色が滲んでいた。

「──だが、方法がないのなら作り出せばいい。君はこの一連の出来事を通して卑沙子の存在を知った。坂井の話から、卑沙子がどういう人間であるかも知った。これこそがまさしく、怪異を知るということなんだよ。今なら解決の糸口を導き出せる。誰かに与えられた方法ではなく、君自身が見出した方法でね」

「私が……？」

弱々しく尋ねた菜緒に対し、那々木は強い確信をもってうなずいてみせる。

「巌永卑沙子は何故、顔を隠して我々の前に現れるのか。何故『見ないで』という言葉を繰り返しているのか。彼女が生前に叶えられなかった願いとは何か。求めていたものが得られないからこそ、死してなお手に入らないからこそ、余計に欲しているものが何なのか、今の君にならわかるんじゃあないか？」

それらの問いかけは、何もかも投げ出そうとしていた彼女の眼差しに微かな光を灯した。

だが卑沙子は菜緒の目前にまで迫っている。もはや一刻の猶予もなかった。むせ返るような腐臭が辺りに充満し、不快な湿気が焦りを増長させ、もどかしさに拍車をかける。

「周囲を受け入れられず、目に映るものすべてが信じられない圧倒的な孤独の中で彼女は何を求めた？　坂井に求めて得られなかったものは何だったのかな？」

「求めていたのに、得られなかったもの……」

そう繰り返し、菜緒は卑沙子に向き直る。一方の卑沙子は顔を覆う手を大きく広げ、今にも菜緒に摑みかかろうとしていた。

『みないでぇ……わたし……みない……でぇ……』

卑沙子の手が、菜緒の肩に触れる。穢れた水を吸って膨れ上がった土気色の指が菜緒の細い身体をがっちりと押さえ込んだ。

「ぁああ……いや……いやああ！」

そして卑沙子と目を合わせた瞬間、菜緒は大きく目を見開き、喉(のど)を震わせた。悲痛な絶叫が薄闇の中にこだまする。苦痛をそのまま音にしたような金切り声が、『慟哭(どうこく)の木』による嘆きの合唱と相まって、おぞましく響き渡る。耳を塞(ふさ)ぎたくなるほどの混乱の中で、菜緒の眼球が徐々に白く濁っていくさまを、悟はただ茫然(ぼうぜん)と見つめていた。

ほどなくして彼女の視力は失われる。最後に目にした卑沙子の顔を網膜に焼き付けたまま。死ぬまでその悪夢的な光景に囚(とら)われたままで。

生き地獄と呼ぶにふさわしい日々の始まりを暗示する破滅的な叫び声がいつまでも続くかに思われた、まさにその時。菜緒の悲鳴が唐突に途切れた。

菜緒は白濁した眼球で卑沙子を見つめながら、そっと持ち上げた手で彼女の顔に触れた。

「――」

消え入りそうなほど小さな菜緒の声が、無数の慟哭に覆われた薄闇の中で微かに響く。

「――――」

続けてもう一度、菜緒が何かを繰り返し囁(ささや)いた。

悟にはその声を聞き取ることが出来なかった。すぐ隣では那々木が口の端を持ち上げ、満足げに笑っている。

「素晴らしいじゃあないか。彼女は答えに辿り着いたようだ」

那々木は両手を広げ、高らかに言い放つ。それと同時に卑沙子は菜緒の身体を解放し、両手を左右に力なく垂らした状態で、一歩、また一歩と後退していく。顔にかかった長い髪のせいで表情を見ることはできないが、微かに窺えるその口元には、微笑みが浮かんでいるような気がした。呆気にとられる悟の視線の先で、卑沙子は池の中へと足を踏み入れ、ゆっくりと、その身を沈ませていく。慎重に、迷いのない足取りで、卑沙子は水の底へと姿を消していった。

何がどうなっているのかを正しく理解できぬまま、悟は菜緒に駆け寄った。

「小野田、しっかりしろ！」

地面に座り込んで項垂れている菜緒を抱え起こすと、両目から流れる血が頬を濡らしていた。白くしなやかな指が悟の手をきゅっと握る。

「那々木さん、小野田が……」

急いで病院へ――と那々木を振り返った時、彼は卑沙子が沈んでいった池をじっと見つめていた。微かにさざ波を立てる水面と、緩やかな風に揺れる木々の葉音。『慟哭の木』に浮き出ていた無数の顔は一つ残らず消え去っており、先程までのおぞましい嘆きの声は嘘のように止んでいた。

「どうやら、成功したようだな」

静寂に沈む薄闇の中に、那々木の声が響き渡る。

「君たちは怪異の呪いに打ち勝ったんだ――」


「な、なによ……これ……」

そんな言葉が口から飛び出した。当然だ。こんなの聞いていた話と全然違う。生き残るために必要な、最も重要な情報が書かれていない。

卑沙子が迫ってきて一度は死を覚悟した菜緒だったが、那々木の助言により重要な何かに気が付いた。そして存在しなかったはずの対処法を作り出し、それによって卑沙子を退けることが出来た。そこまではいい。だが肝心の菜緒の発言が書かれていないのだ。

残されているのは数ページのエピローグだけである。

こんなのおかしい。那々木は確かに、最後まで読めば答えが分かると言ったのに。

……みないで

すぐ耳元で声がする。直後に、私は凍り付いたように身を硬くした。振り返るまでもない。このさほど広くはない部屋の中に、すでに彼女がいる。

まずい。これは非常にまずい。原稿を読めばきっとどうにかなる。そう信じていたのに、解決編を読み終えた今では、その行動が正しかったのかという疑問が私を惑わせていた。

読んでしまったのは間違いだったのか。もっと早い段階で読むのをやめていればよかったのか。例えばそう、お風呂(ふろ)で卑沙子の姿を見た時に、きっぱりと原稿を手放していればこんなことにはならなかったのか。那々木の言うことなど信じなければよかったのか……。

だしぬけにスマホが鳴動し、テーブルの上でガタガタ揺れた。

『やあ久瀬くん。待たせてしまってすまない。少々ごたついてしまってね。不審な他殺体が見つかったり、その死体が消えてしまったり、そうかと思えば死んだはずの人間が平気な顔をして現れたりして、もうてんやわんやだよ。ちょうど刑事をしている奴が一緒にいるから、細かい手はずはそっちに任せて、私はこの村に伝わる不死の血脈について調査を――』

私が相槌(あいづち)も打たずに黙り込んでいることに気が付いたらしい。那々木は途中で喋(しゃべ)るのをやめ、こちらの様子を探るかのように数秒の間、沈黙した。

『――いるのか、今そこに?』

「……はい。すぐ近くに……」

そう答えた瞬間、それまで押しとどめていた言葉が濁流のように押し寄せてきた。

「那々木先生、私に言いましたよね？　原稿を最後まで読めば対処法が分かるって。君は助かるって。はっきりそう言いましたよね？」

『ああ、言った。それで原稿は？』

　那々木は平然と応じるばかりか、まるで悪びれる様子もなく訊き返してきた。

「あとはエピローグだけです。でもこれ、どういうことなんですか？　なんで菜緒が喋った言葉が書かれていないんですか？　あれ、わざと隠してますよね。文脈から見ても、那々木先生には聞こえていたはずなのに、どうしてですか？」

『それは――』

「私を騙したんですか？　こんな目に遭わせといて、答えを知ってるのにおあずけなんてひどいです。意地が悪すぎますよ。先生は私がどうなってもいいっていうんですか？」

『ちょっと待て、話を――』

　遮ろうとする那々木に先んじて遮り、私は声を荒らげた。

「だいたい、先生の作品はいつもそうですよ。クライマックスで思わせぶりなことを喋っておいて、最後の最後まで明言しないことが多すぎます。自分の頭の中ではちゃんと固まっているのかもしれませんけど、読者はそうはいかないんですよ。あなたのひとりよがりな小説の事ばかり考えているわけじゃないんです。だいたい、今の時代は小説なんてほとんどの人が読んだらポイですよ。先生の小説だって、何度も読みこんで考察する読者なんて、数える程しかいませんからね。前の編集者はよかったかもしれませんけど、私は全然納得できません！」

一息に言い切って、私は荒い呼吸を繰り返す。この機会に乗じて、まとめて読んだ那々木作品に共通する不満をぶちまけてやった。担当編集者としては少々、あるまじき行為かもしれないが、もはやそんなことを気にしてなどいられない。こうすれば助かるという言葉を信じて原稿を読んだのに裏切られたのだから、暴言の一つも吐きたくなって当然だ。

『おい、ちょっと待て。そこまで言われるのは聞き捨てならない。いいか、私は日本を代表するホラー作家だ。いずれは世界に羽ばたく恐怖の伝道師なんだぞ。その私の作品がポイされるだって？　そんな馬鹿な話があってたまるか。私のファンならば、ちゃんと作品を読みこんで考察に考察を重ねてくれている。きっと私の作品を正しく理解してくれているはずなんだ』

「はんっ！　なにが恐怖の伝道師ですか。ふざけてるんですか？　現実を見て下さいよ。本当に先生の言う通りなら、どうして行く先々で先生の名前も作品タイトルも知らない人とばかり出会うんですか？　先生が本当に日本のホラー界を背負って立っているのなら、ファンでもない人に自著を押し付ける必要なんてないんじゃないですか？」

痛いところを突かれたとばかりに、ぐぬぬと歯嚙みした那々木は、何か言い返そうと言葉を探したようだったが、結局は何も浮かばなかったらしい。

『く、久瀬くん、君の言いたいことはわかる。だが今は私の作品を批判するよりも、先にやるべきことがあるはずだ』

ひどく狼狽した声で、取り繕うように言った。ちょっと言い過ぎてしまったかとも思うが、こんなものでは私の怒りはおさまりそうになかった。

「わかってますよ！　先生に言われなくてもね！　自分が危険だってことくらいちゃんと理解してます！」

半ば叫ぶように言い放つと、那々木は周囲を気にするように声を潜め、『すまない……』と呟いた。彼の背後では、何やら大勢があぁでもないこうでもないと口論しているようで、さっきからしきりに那々木を呼んでいる声も聞き取れる。でも、こっちだって命がかかっているのだ。このままうやむやにさせるわけにはいかない。

「先生、聞いてますか！」

『あ、ああ、もちろん聞いている。とにかく、君が重大な勘違いをしていることだけは先に言っておかなければならないな』

「勘違い？　私が？」

『エピローグを読めば、その意味もわかると思うんだが、その時間はないのか？』

「ありませんよ！　ほら、聞こえるでしょう？　幽霊の……卑沙子の声が！」

『あいにく、電波の関係か、私には……にも……こえ……』

ノイズ混じりの音声が途切れ、私は背筋が凍りつくような思いにとらわれた。

「ああ、やめて。先生、切らないで。教えてください！　私、どうすれば……」

『――悪いが、私にはどう……ることもでき……いよ』

こんな状況でも、一切の感情の動きを感じさせせない冷静な声が私を苛立たせる。

「ふ、ふざけないでよ。どうしてわたしがこんな……こんな目に……」

スマホを持つ手が馬鹿みたいに震えている。怒りからか、それとも恐怖からくる震えなのか、自分でも判断がつかなかった。

『久瀬くん、君……答えを知って……ずっと昔……教えてもらっているはず……だよ』

ぶつりぶつりと、声が途切れる。不安定な回線にすらイライラが募って仕方がない。

「そんなはずないわ。誰がそんなこと教えてくれるっていうの？」

もどかしさに身悶えしながら、私はスマホに向かってしきりに呼びかけた。

『……そこまで読み終えたなら気付いてもいいはずだ。確かに原稿にはあえて明記しなかった点もあるし、登場人物はほとんどが仮名だ。もちろん、中には実名の者もいるがね。だが大切なのはそこじゃない。私が原稿に書かなかったことにこそ、真相は隠されている』

——意味がわからない。書かれていないこと？　そんなもの、那々木の頭の中を覗きでもしない限りわかるはずがないのに。

『思い出すんだ。何度も言うが、答えはすでに……君の……か……』

最後にはざーっと砂嵐のような音がして、電話は切れた。

「先生？　ちょっと、那々木先生？　もう、なんなのよ！」

そう毒づきながら顔を上げた時、思わずスマホを取り落としてしまった。

カーテンを引き忘れた窓ガラスに映り込んだ部屋の様子。私の斜め後ろに静かにたたずむ青い浴衣姿の女が映り込んでいた。

……みないで

卑沙子の声が私の耳朶を打つ。悲しく、せつなく、そして悪意に満ちた声だった。

振り返ると同時に腰が抜けた。床に座り込んだ私を卑沙子が見下ろしている。

「やめて……こないで……」

「いや……やだ……来ないでよ。私、見ないからぁ！」

いくら懇願しても、卑沙子には届かない。青白い手に覆われた顔が目の前に迫ってくる。

周囲に漂う腐った水の臭い。むせ返るほどの臭気に思わず胃液が込み上げる。口に手を当てながら、私は坂井教諭の死にざまを思い返していた。

卑沙子の口から大量に吐き出された種子が体内に入っていく感覚はどんなものだろう。口腔を強引に押し広げられ、喉の奥に流し込まれる感覚は、想像するだけでおぞましい。でも、ここはあの緑地じゃない。そばに『慟哭の木』はないし、死体の沈んでいる池もない。つまり、この卑沙子は肉体を持たぬ怨霊としての卑沙子ということになる。実体が襲ってきているわけではないから、坂井のような死に方はせず、視力を奪われるだけだ。そう思ったところでしかし、何の慰めにもならなかった。むしろ私にはその方がずっと恐ろしく感じられる。視力を失った世界には卑沙子の顔だけが残る。それで正常でいられる自信は私にはなかった。

——嫌だ。おかしくなるのも、死ぬのも、どっちも嫌だ。私は生きていたい。どんな時も私を愛し、守ってくれたお父さんのためにも……。

死よりもおぞましい不快な悪夢に直面した時、私の頭の中には、父の他にもう一人、強くイメージされる人物がいた。引っ越し先で事故死したという、近所に住んでいたお姉ちゃんだ。顔も名前も思い出せないけど、記憶の底にずっと残っている人。両親がいない時、よく私の相手をしてくれた。私が得意になって〈人宝教〉のお祈りをやって見せても笑ったりせず、御礼にとあの『おまじない』を教えてくれた——。

「おまじない……？」

意図せず呟いた瞬間、私の脳内に電流が駆け抜けていった。

固く閉ざされていた記憶の蓋が音を立てて開き、そこに原稿の内容がリンクして走馬灯のように駆け巡った。そしてある地点、いくつかの箇所が連鎖的に繋がっていき、私の思考を奮い起こしていく。わずか数秒の間に、私は一つの結論に達していた。

もし、この結論が正しければ、何もかも説明がついてしまう。那々木の言うことが嘘偽りのない事実だと認めざるを得なくなる。

確信はあった。そして、他に方法が残されていない以上、これに賭けるしかなかった。

私は目をしっかりと開いて、今まさに顔を覆う手を開こうとしている卑沙子を見上げた。
　彼女が本当に求めていた言葉。欲していた気持ち。多くの人たちに恐れられ、愛する者にすら捨てられた彼女が最後に求めたもの。それは——。

「いたいの……とんでけ……」

　ぴたり、と。卑沙子の動きが止まった。まるで、動画を停止した時のように、不自然なほどの反応で動きを止めたのだ。
　私の声が、心が、卑沙子へと届いている証拠だった。

「……痛いの痛いの……飛んでいけ……」

　私は手を伸ばし、卑沙子の手に触れる。冷たくて弾力を失った、血の通わない皮膚の感触。だがその奥には今も、巌永卑沙子の魂がある。誰もが恐れる怪異となり果てた彼女が、死してなお本当に求めているもの。
　それはどこまでも純粋で、無垢(むく)な優しさに満ちた言葉。
　世界で一番、優しいおまじない。

「もう誰も、あなたの事を傷つけない。怖がったりもしない。もう、大丈夫だから……」

　私は冷たく濡(ぬ)れた卑沙子の身体をそっと抱き寄せた。
　不思議と恐怖は薄れていた。彼女の身体の感触も、むせ返るほどの臭気も、今はちっとも嫌じゃない。嫌悪感の代わりに、心地よい微睡(まどろみ)に包まれているような感覚が私の心を満たしていた。

その後、卑沙子は私の腕から離れ、濡れた髪から雫を滴らせながら立ち上がった。両手で顔を覆ったまますするすると後退し、部屋の隅の暗がりに溶け込んでいく。

その姿が完全に消えてしまう直前、注意していなければ聞き逃してしまうほどの微かな声で卑沙子は最後に――。

――ありがとう。

そう、呟いたような気がした。

四日目　夜明け

押入れの中から目的のものを探し当てた時には、全身汗みずくになっていた。

取り出したのは一冊のアルバム。家族で写したものの他に、小学校、中学校、そして高校時代の写真が収められている。その中に紛れ込んでいた一枚のスナップ写真。

私の家の前の通りで撮影された写真だが、中央に写っているのは私の家族ではなく、ある少女と母親であった。二つ隣の家に住んでいた母子(おやこ)で、母親は毎日仕事で忙しそうにしていた。その頃、私の両親は集会で家を空けることが多かったので、帰りが遅くなる時は兄ではなく、その少女が私の面倒をみてくれた。

写真の裏には、手書きのメッセージが添えられている。

『ことみちゃんへ。

お母さんと二人で写した写真だけど、よく見たらことみちゃんも写り込んでいたので、焼き増ししておきました。私はもうすぐこの町を出て行くけど、ことみちゃんのことは忘れないからね。たくさん遊んでくれてありがとう。本当の姉妹のように仲良くなれて、とても嬉(うれ)しかったよ。

悲しい時には、ことみちゃんの笑顔を思い出して頑張るからね。ことみちゃんも、私が教えたおまじない、やってみてね。怖いものが来た時は、きっと守ってくれるから。
じゃあね。ばいばい
菜緒』

記載されている通り、母子の少し後ろ、家の塀から半身を乗り出した形でこちらを見ている少女の姿があった。幼い頃の私である。

小野田菜緒こそ、私が小さい頃に面倒を見てくれたあの少女だった。そして原稿に登場する『こーちゃん』は私のことだった。その事実に気づいた時、私は答えに辿り着いた。

菜緒は私が写り込んでいるのを知らずにこの写真を『慟哭の木』の下に埋めた。私だけが無事でいられたのは、当時五歳だった私が怪異について何も知らなかったからだ。

原稿の舞台となる深山部町とは、私の実家があるこの町のことだった。緑地公園は現在、みどりの里公園と名を変えている。さっき調べてみてわかったことだけれど、緑地の中で起きた凄惨な殺人事件によって遊歩道は閉鎖され、それに伴って公園にも改修の手が入ったらしい。そのため、私が小学校に上がる頃には、『慟哭の木』にまつわる噂話はすっかり流行らなくなっていた。

時代の移り変わりと共に町の廃墟は取り壊され、心霊スポットはレジャー施設になり、アーケード街はシャッター街に転じた。原稿の中でこの町の様子を描写していても、今とは全く違う光景なのだから、同じ町だと気付かないのも無理はないように思う。

小さい頃の私は兄のお下がりの服ばかり着せられていたし、兄の悪戯で髪の毛を切られ、男の子のように短くしていた時期があった。誰にもこーちゃんとは呼ばれていなかったけれど、それはきっと執筆の際に那々木が私の名前を正しく知らなかったからか。あるいは、主要な人物ではないから仮名にしたのかもしれない。

では那々木はどうして私が劇中の『こーちゃん』だと気が付いたのか。それはきっと、出版社主催のパーティで私を見た時に、私が無意識に行った両手をかざし、交差させてまた戻すという〈人宝教〉のお祈りの仕草を目撃したからではないかと思う。上京してからは極力、人前では見せないようにしていたのだが、食事の席などでは、つい習慣として出てしまう。そのことから私が作中に登場する少女ではないかと疑いを持ち、年齢や出身地なんかを前任の編集者に確認させたのだろう。そして、那々木は私を担当編集者に据え、あの原稿を読ませたのだ。

原稿を読んで何も起きなければ、私は『こーちゃん』ではない。逆にもし怪異がやって来れば、那々木の推測は的中したことになる。万が一にも、私の身が危険にさらされることを承知のうえで、彼はあの呪いが今でも健在なのかを確かめようとした。『崩れ顔の女』について、もっとよく知るために……。

そしてもう一つ、那々木は私が彼の作品を『胡散臭い』と軽視していたことに気がついていたのかもしれない。私の言葉の端々や態度といったものから敏感にそれを感じ取り、私が那々木悠志郎に対して敬意を払っていないことを見抜いていたとしたら？　あのプライドの高い那々木のことだ。それは非常に腹立たしいことだったのではないか。だからこそ、怪異が迫って来ることを知ったうえで、あえて私に原稿を読ませた。どれだけ疑り深い人間でも、怪異を目の当たりにしてしまえば、信じないわけにはいかなくなるからだ。

結果的に、那々木の目論見は成功した。

より深く、恐ろしい世界がすぐそこにあると実感した今、私はこれっぽっちも那々木の原稿に書かれたことが嘘だなんて思っていない。ある程度の誇張表現はあるにしても、根本的な出来事は、すべて彼自身が体験したものだという事を信じてしまっている。

那々木が求めていたのは、つまりこういう事なのだ。解決方法を思い出すのがあと少し遅かったら本当にアウトだったが、それすらも那々木は見通していたのではないか。私が何が何でも生に縋りつこうとすること。原稿を最後まで読み切ること。そして今も存在し続けている巌永卑沙子の魔の手から生還することも……。

「ふ……ふふ……ふっ……あははははは！」

何がおかしいのか、自分でもさっぱりわからない。生き残れたという安堵感か。まんまとしてやられた自分が滑稽で仕方ないのか。あるいは、とんでもない男だと思いながらも、彼のことを全く憎む気になれない愚かな自分を嘲笑しているのかもしれない。

エピローグ

七月に入って最初の日曜日。菜緒の母親が病院で息を引き取った。死因は心臓麻痺(まひ)という事らしいが、実際は自殺だったのではないかともっぱらの噂だった。

菜緒は母親のような症状に陥ることはなかったが、わずかな時間でも卑沙子の顔を見てしまったせいで、視力のほとんどを失ってしまった。これまで通りの生活は送れないし、新しい家族と暮らしている父親を頼ることもできないので、長野県にいる親戚(しんせき)の所に行くことになったのだという。

別れの挨拶(あいさつ)はおろか、手紙の一つすらもやり取りすることなく、彼女は悟の前から姿を消した。何とも物悲しい、一方的な別れだった。

那々木の通報によって坂井の遺体は『慟哭(どうこく)の木』の下、地中深くから発見された。身体中に巻き付いた植物を取り去ってみると、肉や骨は半ば溶解し、原形をとどめていなかったという。そのほかにも、人骨らしき破片がいくつか発見されたが、損傷が激しく、身元を特定するのは容易ではないらしい。那々木は警察関係者にツテがあるらしく、その辺の情報は抜かりなく把握していた。

また、不審死体の発見によって、深山部緑地への立ち入りは禁止されることになった。もともと変質者が出没したり、夜間に女性が連れ込まれて暴行されたりなど、何かと問題の多い場所であったために、地域からも反対の声は上がらなかった。近々、鉄柵などが設置され、本格的にあそこを封鎖する方針だという。これで少しは『慟哭の木』や『崩れ顔の女』にまつわる噂話はなりを潜めるかもしれない。

そういったもろもろの騒ぎがようやく落ち着いた頃、悟はこの町を去ることになった。

最後に登校した日、どことなく名残惜しさを感じながら教室を後にした悟は、階段の踊り場へ差し掛かる。そこで手すりに寄り掛かって腕組みをする眞神月子と鉢合わせした。

月子は立ち止まった悟を見て、どこか思わせぶりにはにかんで見せた。

「篠宮くん、転校するんだって？　どこに行くの？」

身構える悟に対し、月子はごく自然な口調で世間話を始めるみたいに言った。

「まだわからないよ。この町を出るってことしか」

「何それ、変なの。随分と行き当たりばったりなんだねぇ」

いつもの調子で、月子はからからと笑う。

怪異との戦いを終えた翌日、悟のもとへ新たな保護者となる叔父が訪ねてきた。

満里子に呼ばれ、階下に降りた悟は、叔父の姿を見るなり目玉が飛び出すのではないかというほど驚いた。篠宮家の人々は当初、定職を持たぬ叔父を見下すような態度をとっていたが、「これまで悟が世話になったお礼に」とぶ厚い封筒を差し出された瞬間、これ以上ないほどの愛想笑いを張りつけ、手もみゴマすり、叔父に感謝の意を述べた。

実は叔父はその父親――つまり悟の祖父に当たる人物から相続したかなりの遺産によって、働かずに人生を二度繰り返せるほどの経済力を有しているという。それを食いつぶしながら、自分の好きなことをして生きているというから、叔父が親戚たちの鼻つまみ者になっているのも無理はないと、悟自身も妙に納得してしまった。

「――でも、良かったね。頼れる大人を見つけられたじゃない。たぶんあと七年――ううん、八年くらいはその人と一緒に過ごせると思う。一か所に留まることはないけど、それはそれで楽しそうだし。篠宮君には、そういうのが合ってるんだと思うよ。でもその分、別れは苦しいものになる。今の悟くんには想像もできないくらいにね」

そこまで言って、月子はわずかに表情を曇らせた。

「だから覚悟はしておいてね。きっと、悟くんは悟くんじゃあなくなっちゃう。苦しくてたまらないだろうけど、それは必要なことだから起こるんだよ。だから絶対に逃げちゃダメだからね」

よく意味の分からないことを一方的に告げた後で、月子は有無を言わさず抱き着いてきた。

「お、おい……なにしてるんだよ……ちょっと！」

取り乱し、慌てて振りほどこうとするが、首に巻き付いた月子の腕はがっちりとホールドされていて外れそうになかった。

「――ずっと先の未来で、会おうね」

どこか名残惜しそうに囁いて、悟を解放した月子は、最後にもう一度笑みを浮かべ、パタパタと手を振って踵を返した。しばし呆気に取られていた悟だったが、階段を駆け下りて行く月子の背中を見つめているうちに、なんだかおかしくなって笑い出した。

彼女はきっと、この先もあんな感じで唐突に意味の分からないことを言って周囲を驚かせたり、キャラに似合わず幽霊や怪異についての鋭い勘を働かせたりするのだろう。誰が相手でも常に飄々として、雲のようにつかみどころのない彼女らしい、身勝手な別れ方だった。

校舎を後にし、グラウンド脇を通り抜け、校門に差し掛かったところで、悟は呼び止められた。思わず立ち止まると、待ち伏せしていたみたいに物陰から現れた安良沢が、手にしていた数冊の文庫本をぐいと押し付けるように差し出してくる。

「これ、やるよ。もう読まないと思うから」

困惑しつつタイトルを確認すると、悟がまだ読んだことのない作品ばかりだった。

「いいの？　こんなにたくさん……」

予期せぬ申し出に戸惑いながら尋ねると、安良沢は口を尖らせそっぽを向いてうなずいた。

「どうせ転校先でも友達なんて簡単に出来ないんだろ。暇つぶしに持って行けよ」

不愛想な口ぶりだが、噴き出すように笑った表情は柔らかかった。

「新しい町にも、俺みたいにホラーの良さがわかる奴がいるといいな」

「安良沢ほど詳しい奴なんてそう簡単に見つからないよ」

「まあ、それもそうか」

そこで会話が途切れ、悟は言葉に詰まった。安良沢も同様に落ち着かない様子である。

「――俺、勉強頑張って、どっかの大学の教授になるよ」

やがて我慢しきれなくなったみたいに、安良沢は口火を切った。

「そこで民俗学とか研究して、怪奇現象とかそういうのをもっと詳しく調べたりしてさ。いつか、あの呪いの噂を証明する。それ以外にもいろいろ、北海道だけじゃなくて、全国各地で怪異を蒐集するんだ。そして学会で発表とかしてさ……」

そこで一旦、口ごもり、安良沢は俯きがちに視線を伏せた。悟が辛抱強く待っていると、おもむろに顔を上げた安良沢は、意を決したようにこう切り出した。

「噂話や怪談話でも、ちゃんと論文を書いて証明すれば本物になるだろ。お前らが見たものの謎を、いつか俺が解き明かしたいんだ。こんなの、俺のキャラじゃないかもしれないけど……」

最後の部分だけ自信なさそうに口ごもった安良沢に、悟は真剣な表情を向け頭(かぶり)を振った。

「――安良沢ならなれるさ。きっとね」

安良沢はほんの一瞬、驚いたように表情を固まらせ、それから照れくさそうに笑った。

「じゃあな、篠宮」

それが、安良沢と交わした最後の会話だった。

学校を後にした悟はその足で緑地公園を訪れた。できればもう二度と近づきたくなかったのだが、待ち合わせにこの場所を指定されたので仕方がない。

広場にやってくると、叔父はすぐに見つかった。

「――遅くなってごめん、那々木さん」

声をかけると、那々木は顔を上げ、読み止(さ)しの本にしおりを挟んだ。

「おいおい、水臭いじゃないか。これからはちゃんと『叔父さん』と呼んでくれ」

おどけた口調でベンチから立ち上がり、那々木は悟を見下ろした。

そう、彼こそが悟の母親の弟であり、悟から見て叔父にあたる人物なのである。

那々木がこの町にやってきた本来の目的は悟に会うことだった。しかし途中で怪異譚らしき噂話を聞きつけたために、ついそちらを優先してしまったというわけだ。初対面の時に名前を名乗った時点で悟のことには気がついていたくせに、那々木は互いの関係を明かそうとはしなかった。

この事には正直驚いたし、人の悪い性格に苛立ちを覚えもしたが、同時に、どんな人物かと不安になっていた叔父の正体が那々木であったことは素直に嬉しかった。

ちなみに、悟の母親の旧姓は『那々木』ではなく『瓜生』というのだが、これは母親が幼い頃に養子に出されたためである。那々木と悟の母親は互いに成人してから再会し、そこから交流が復活したのだという。

それともう一つ、那々木の本名は『那々木登志也』といい、悠志郎というのは、曾祖父の名を借りたペンネームであった。執筆活動をする時や、今回のように怪異譚蒐集に赴く際に、そう名乗るようにしているらしい。

「それじゃあ、そろそろ行くとしようか」

那々木は立ち上がり、悟を見下ろす。すらりとした体躯におろしたての濃紺のスーツが様になっている。さすがは資産家だ。

「――ねえ、那々……叔父さん」

呼び止める声に足を止め、那々木は振り返る。

「どうしたんだ。浮かない顔をして」

「――僕さ、どうすればよかったのかな?」

その質問に対し、那々木は怪訝そうに眉を寄せて小首をかしげた。

「ふむ、今回、君はなかなかよくやったと私は思うがね」

「でも、もとはと言えば僕のせいでこんなことになったんだよ。小野田だって……」

「――それはもう、聞き飽きたよ」

那々木は苦笑まじりに頭を振った。

「それに小野田菜緒は、ちゃんと一命をとりとめたじゃあないか。視力だって、完全に失くしてしまったわけではない」

「それは結果論だよ。あの時、小野田は卑沙子に殺されるのを受け入れようとしてた。説得しようとしたけど、結局僕は彼女を引き留めることもできなかった」

大見得を切ったのに。いざ蓋を開けてみれば、自分一人だけ何の役にも立たなかった。菜緒のように勇気を出して立ち向かうことも、那々木のように怪異の正しい性質を見抜くこともできなかった。自分などいなくても何も変わらなかった。そんな思いが、居場所を求める自分を更に否定してしまう。今回のことが起きるまでは、菜緒と過ごす時間にそれを見出せていた気がする。しかし、それはきっと自分だけが抱く幻想だったのだ。だからこそ、菜緒は何も言わずにいなくなってしまった。

そう思えば思うほど、悟の胸は強く締め付けられていく。

「――そうだな。確かに君の言う通りかもしれない」

不意に向けられた那々木の言葉は、驚くほど冷ややかだった。

はっとして顔を上げると、那々木はその顔に一抹の冷徹さを滲ませ、悟を見下ろしていた。凍てつくような鋭い視線に射貫かれて、悟はその身を硬直させる。

「自分でよくわかっているようだが、君は確かに役立たずのお荷物だった。口は達者で、頭に詰め込んだ知識も、それを論理的に理解する力も小学生にしてはなかなかだ。しかし結局のところ、人間の本質が現れるのは危機に瀕した瞬間なんだよ。怪異に直面した君はその存在に狼狽え、怯え、恐怖し、震えあがることしかできない臆病者だった」

言い返す言葉など見当たらなかった。

「何の力も持たず、おぞましく強大なものの前では等しく無力で、一方的になぶられるだけのひ弱な人間。だが、いいかい？　それは誰にとっても同じことなんだよ。我々は怪異の前では呆れるほどに非力で、吹けば飛ぶような虫けら同然の存在なのさ。多少の個人差はあれど、その定義は変わらない」

彼自身がそのことを痛感しているかのように、那々木の口調にはやりきれなさが滲んでいた。

「だからこそ、立ち向かう際には怪異のことをよく『知る』必要がある。己を知り、人を知り、起源を知り、そして怪異を理解する。そうすることから、すべては始まるんだよ」

自分の非力さを知り、敵の恐ろしさを知ること。そうして初めて、自分たちが生き残る手段が見えてくる。那々木があの土壇場で菜緒に告げた言葉も、すべてはそこに通じていた。坂井の告白があってこそ理解できた卑沙子の人間性。そしてそこから導き出した対処法。無謀な戦いにあえて立ち向かう姿勢こそが、最後の最後で不可能を可能にした。

「とはいっても、今回のように『知ること』が脅威となる怪異も存在するわけだから、好奇心というものも扱いを間違えれば命とりになる。このことは肝に銘じておかなくてはならない」

戒めのように言って、那々木は相好を崩す。張り詰めていた空気が、ふわりと弛緩した。

「とにかく、君はまだ若い。若過ぎるくらいにな。だから、これから知っていけばいい。自分のことも、友人のことも。そして、怪異についてもだ」

那々木は上着のポケットから取り出した煙草をくわえ、オイルライターの蓋を開いた。それは胴の部分に月に吼える狼の意匠、裏面には幾何学的な文様のようなものが描かれている年代物で、よく手入れされているのか、真新しさすら感じさせる輝きを放っていた。石をこすると、ぼっと音がして火が点き煙草の先端が赤熱する。吐き出された紫煙は風に乗って高く舞い上がっていった。

「――ねえ叔父さん、これから『慟哭の木』と卑沙子の幽霊はどうなるのかな？　またいつか、まじないをする人がいたら、彼女は出てくると思う？」

「さあ、どうかな。一つだけ言えるとしたら、怪異はそれ自体では何も起こしはしないということだ。人が関わって初めて怪異は怪異となり得る。何かが起きる時、原因となるのは必ず生きた人間だ。それゆえに、人が起こした災厄は、必ず人の手で終わらせなければならない。それが出来るのも、やはり人間だということさ」

深く吸い込んだ煙を吐き出し、那々木は吸いさしを携帯灰皿に落とした。

「……わかる気がする。たぶんね」

曖昧な返答だったが、那々木は満足したらしい。彼は一度だけふっと笑みをこぼし、それから静かにうなずいた。

どちらからともなく歩き出した二人を、沈みゆく夕陽だけがじっと見つめていた。

了

後日

休み明けに出社すると、編集長は真っ先に那々木の原稿について質問してきた。

「那々木さんの原稿、どうだった？　形になりそう？」

「すみません。あれは表には出せません。ずっと昔に書いた原稿らしいので、内容が古いというか。文章も粗削りでしたし。なので、別の書下ろしをお願いしようかと」

「……そうかぁ、わかった。なるべく早く頼むよ」

はい、と殊勝に返事をして頭を下げ、自分のデスクに戻る。バッグの中から、プリントアウトした『忌木の呪』の原稿を取り出して、私はぼんやりと考えを巡らせた。

事件の後、篠宮悟は那々木と共に各地を転々とする生活を送るようになった。那々木を保護者として成長した悟は、今では私より年上の立派な大人になっているはずだ。

那々木の年齢についての私の読みは外れていた。あの原稿に書かれているのは、私が五歳の頃の出来事だから、約二十二年前のことだ。そうすると、当時の那々木が二十代前半だとしても、今では四十代の半ばということになる。それにしては今の那々木は随分と若作りではあるが、もともと年齢不詳なタイプだから、さほど違和感も感じない。

それよりも疑問に思うのは、篠宮悟が今はどこで何をしているのかということだ。那々木のもとから独立しているのか。彼と同じように、どこかで執筆活動でもしているかもしれない。劇中では、彼も小説を書いている描写があったし、何よりホラー好きだった。編集者という立場を抜きにしても、一度、彼の作品を読んでみたいものである。その一方で、那々木の既存作品に悟が登場していないのは何故かという疑問が持ち上がる。彼ならきっと、頼りになる助手として活躍できたはずなのに……。

今度、会った時にでも那々木に確認してみよう。そう決着をつけて物思いから立ち返ると、私は原稿を手に立ち上がった。

これは、やはり表に出すべきではない。本にして、万が一にも、私と同じような境遇にある人が手に取ってしまったら、怪異は必ずその人の所に現れるだろう。私が運よく切り抜けられたのは、小野田菜緒との繋（つな）がりがあったからで、他の人が同じようにいくとは限らない。

——人が関わって初めて怪異は怪異となり得る。

作中の那々木の言葉が脳裏をよぎる。この原稿こそがまさしくその体現だ。ならば、今ここで終わりにしなければならないだろう。

原稿を処分箱に放り、デスクに戻った私はメールを立ち上げる。

『那々木悠志郎様

取材から戻られましたら、ぜひ一度打ち合わせのお時間を設けていただきたく思います。その際は新作のご執筆について、お話をお聞かせください。

堂文社　文芸編集部　久瀬古都美』

　メールを送ってから、原稿データが添付された那々木のメールや保存したデータ全てを削除する。これであの原稿を所有するのは那々木だけ。彼が誰かに見せようとしない限り、決して外に出ることはない。そう思うと、ようやく肩の荷が下りた気がした。

　それと同時に、私は那々木の次なる作品が待ち遠しくてたまらなくなっていた。

　那々木の作品を通して、この現実を侵食する恐ろしい怪異を知ることが楽しみで仕方がない。次はどんな怪異を見られるのか。どんな怪異譚を知ることができるのか。あんなに怖い思いをしたのに、彼が描き出す新たな事件と怪異を知りたいという欲求が、今もこの胸の中で渦を巻いている。

　それはある種の中毒症状のように、私を恍惚的な感傷に浸らせるのだった。

　思い返してみると、今回の件は悪いことばかりではなく、長年わだかまっていた家族の気まずさに一つの区切りをつけるきっかけにもなってくれた。

　当初の私の推測は見事に外れており、兄は写真を埋めてなどいなかった。母は私が風呂場で騒ぎ立てた時、幽霊が出たという発言から、てっきり父親の幽霊が出たのだと思い込み、兄に相談していたのだという。なぜそんなことをしたのかというと、そこには、とても簡単には受け入れられないような事情があった。

　当時、〈人宝教〉にどっぷり浸かりきっていた父は、幹部の地位を保つためのお布施を払えなくなったため、小学五年生の私を連れて『特別集会』に出かけた。そこで父は私を、一部の幹部たちの慰みものにしようとしていたのだという。〈人宝教〉が児童虐待のニュースを報じられていることからも、その話が事実である可能性は大いにあった。もちろん、あの父が私をそんな風に扱おうとしたことは信じられなかったし、ショックも大きかったけれど、これが真実だということが不思議と理解できてしまった。

私が虐待に遭わずに済んだのは、車が事故を起こし、父が帰らぬ人となったからだった。その時、母は家で必死に祈りを捧(ささ)げていたのだという。『あの人を止めてほしい。あの子を無事に返してほしい』と。

結果的に父が死に、私は無事に戻ってきた。その直後に母は信仰を捨ててしまったが、今でも習慣としてお祈りを続けているのは、どんな形であれ、私を無事に返してくれたことに感謝しているからかもしれない。

いずれにせよ、このことを涙ながらに語ってくれた母は私を憎んでなどいなかった。それどころか何を犠牲にしてでも守りたいと思ってくれていたと知って、私は救われた。私はもう、母親の視線に怯(おび)えなくて済む。同じ苦しみを感じていた菜緒とは、違った形でこの苦しみに終止符を打てたのだ。

そのことに安堵する一方で、私にはまだ納得のいかない問題があった。それは他でもない、引っ越し先で事故死したという小野田菜緒のことだ。

調べてみると、菜緒は高校受験を間近に控えた雨の日に、見通しの悪い交差点で大型トラックにはねられ、命を落としていた。運転手は過労による睡眠不足で、居眠り運転だったことを認めている。疑いようのない事故死である。けれど、それでも私は疑ってしまうのだ。

一度はなりを潜めた怪異が、再び彼女の前に現れたのではないかという可能性を。卑沙子は確かに菜緒や私の前から消えた。しかし、その存在が消滅したわけじゃない。それは作中で那々木も口にしている。さらに言うと、菜緒が埋めた写真は、誰かが掘り返しでもしない限り、今もあの『慟哭の木』の下にあるのだ。暗く澱んだ池の底で、古椿の根に抱かれるようにして眠る卑沙子と共に。

だから、またいつか何かの拍子に、卑沙子が私のところにやって来るのではないかという不安が拭い去れない。菜緒は再び現れた卑沙子の襲撃に遭い、その恐怖からトラックの前に飛び出したのではないか。そんな風に思えてならないのだ。

菜緒は逃げきれなかった。だとしたら、私も……。

……で

すぐ背後から声がした。

弾かれたように立ち上がって振り返る。途端に激しい動悸に見舞われ、眩暈を覚えた私はデスクに手をつき、深く息を吐き出した。

「……あの、だいじょうぶですか、久瀬さん？」

そこには、突然振り返った私を驚愕の眼差しで見つめる後輩社員の姿があった。

「——ああ、礼美ちゃん。大丈夫。どうかしたの？」

「驚かせちゃってすいませぇん。でも私、何度も声をかけたんですよぉ」

礼美は困ったような顔をして上目遣いに私を見上げる。

「これ、郵便物ですって何回も言ったのに、久瀬さんぼーっとしてて全然聞こえてないみたいだから、こうやって近くで……」

礼美が口元に手を当て、軽く屈んで見せた。デスクに座る私の耳元に語り掛ける体勢だ。

「なんだ、そういうこと……」

安堵すると同時に変な汗が噴き出してきた。額を拭うと、ぐっしょりと濡れている。

「そういうことって……？」

「何でもないの。ありがとう。あ、郵便物ってこれ？」

受け取ったのは、やや厚めの封筒だった。サイズから見て何かの資料だろうか。これといって覚えはない。不審に感じていると、礼美があっと思い出したように付け足した。

「浪川さんが担当を変わる前に那々木先生に貸し出してた資料だそうです。少し前に戻って来てたんですけど、ほら、久瀬さん連休だったから」

「そう、わかったわ。それじゃあ私から浪川さんに連絡して——」

差出人を確認しようとして、私は言葉を失った。

「あの、久瀬さん？　大丈夫ですかー？」

「あ、うん……えっと……これ、本当に那々木先生から……？」

「ええ、そうですけど……」

それっきり黙り込んだ私を見て礼美は怪訝な顔をしていたが、編集長に呼ばれ、名残惜しそうに去っていった。

私はもう一度、差出人の欄を食い入るように見つめる。

『篠宮悟』

確かにそう記されていた。

――なぜ？　なぜここで、彼の名が出てくるの……？

次の瞬間、私は稲妻に打たれたかのような激しい衝撃と共にすべてを悟った。

一つだけ、見落としがあった。那々木に指摘された私の『勘違い』。決定的なその事実に、今ようやく気が付いた。私の解釈は最初から間違っていた。これではあの原稿の読み取り方はまるで変わってくる。その証拠に那々木は何度も繰り返していたではないか。あれは彼が初めて遭遇した怪異譚だと。

劇中の那々木は初めて怪異に遭遇した様子ではなかった。怪異譚を蒐集しているとも、ライフワークだとも言っていた。それはつまり、あの時点ですでにいくつかの怪異と遭遇してきたということを意味している。それに、那々木は自分を『ホラー作家』とは言っていない。本を出したことがあると言っただけだ。

　こうして考えてみれば、微かな違和感はいくつもあった。それは単に、那々木が今より若いからとか、怪異譚の蒐集に慣れていないとか、そんなレベルの話ではない。これまでに読んできた既存の作品に登場する那々木悠志郎とは、まるで違う人物像だったことが、今ならはっきりと理解できる。

　篠宮悟は、この事件によって怪異の存在を信じるようになり、各地を旅するようになる。叔父の那々木悠志郎——いや、那々木登志也と共に。

　その後、悟の身に何が起きたのか、登志也がどうなったのか、詳しいことはわからない。だが成長した悟が叔父と同じように、怪異に異様な執着を見せるようになり、怪異譚を蒐集するホラー作家になったのは紛れもない事実だった。

　捻じ曲がっていた真相への糸口が、するするとほどけてゆく。そのことがもたらすのは、およそ快感とは程遠い、戦慄ともいえる感覚だった。

　那々木の著作に篠宮悟が登場しないのは当然のことだ。

　叔父と同じペンネームを使い、ホラー作家として、怪異譚蒐集家として叔父の後を継いだ彼が——。

　篠宮悟こそが、私たちの知る那々木悠志郎なのだから。

参考文献

『知れば恐ろしい日本人の風習』千葉公慈　河出文庫
『お呪(まじな)い日和　その解説と実際』加門七海　角川文庫
『しぐさの民俗学』常光徹　角川ソフィア文庫
『日本俗信辞典　植物編』鈴木棠三　角川ソフィア文庫
『怖い女　怪談、ホラー、都市伝説の女の神話学』沖田瑞穂　原書房本書は書き下ろしです。
登場する人物や場所はフィクションです。

忌木のマジナイ　作家・那々木悠志郎、最初の事件
阿泉来堂

角川ホラー文庫　22971

令和3年12月25日　初版発行
令和6年10月30日　再版発行

発行者——山下直久
発　行——株式会社KADOKAWA
〒102-8177　東京都千代田区富士見2-13-3
電話 0570-002-301（ナビダイヤル）
印刷所——株式会社KADOKAWA
製本所——株式会社KADOKAWA
装幀者——田島照久

●お問い合わせ
https://www.kadokawa.co.jp/ （「お問い合わせ」へお進みください）
※内容によっては、お答えできない場合があります。
※サポートは日本国内のみとさせていただきます。
※Japanese text only

ISBN978-4-04-111991-4　C0193

角川文庫発刊に際して

角　川　源　義

　第二次世界大戦の敗北は、軍事力の敗北であった以上に、私たちの若い文化力の敗退であった。私たちの文化が戦争に対して如何に無力であり、単なるあだ花に過ぎなかったかを、私たちは身を以て体験し痛感した。西洋近代文化の摂取にとって、明治以後八十年の歳月は決して短かすぎたとは言えない。にもかかわらず、近代文化の伝統を確立し、自由な批判と柔軟な良識に富む文化層として自らを形成することに私たちは失敗して来た。そしてこれは、各層への文化の普及滲透を任務とする出版人の責任でもあった。

　一九四五年以来、私たちは再び振出しに戻り、第一歩から踏み出すことを余儀なくされた。これは大きな不幸ではあるが、反面、これまでの混沌・未熟・歪曲の中にあった我が国の文化に秩序と確たる基礎を齎らすためには絶好の機会でもある。角川書店は、このような祖国の文化的危機にあたり、微力をも顧みず再建の礎石たるべき抱負と決意とをもって出発したが、ここに創立以来の念願を果すべく角川文庫を発刊する。これまで刊行されたあらゆる全集叢書文庫類の長所と短所とを検討し、古今東西の不朽の典籍を、良心的編集のもとに、廉価に、そして書架にふさわしい美本として、多くのひとびとに提供しようとする。しかし私たちは徒らに百科全書的な知識のジレッタントを作ることを目的とせず、あくまで祖国の文化に秩序と再建への道を示し、この文庫を角川書店の栄ある事業として、今後永久に継続発展せしめ、学芸と教養との殿堂として大成せんことを期したい。多くの読書子の愛情ある忠言と支持とによって、この希望と抱負とを完遂せしめられんことを願う。

一九四九年五月三日